세스페데스의 십자가

세스페데스의 십자가

지은이 | 윤천수

1판 1쇄 펴낸날 | 2020년 9월 20일

펴낸이 | 문나영

펴낸곳 | 필맥
출판신고 | 제2003-000078호
주소 | 서울시 서대문구 경기대로 58 경기빌딩 606호
홈페이지 | www.philmac.co.kr
전화 | 02-392-4491
팩스 | 02-392-4492

ISBN 979-11-6295-026-5 (03810)

* 잘못된 책은 바꿔드립니다.
* 값은 뒤표지에 있습니다.

이 도서의 국립중앙도서관 출판예정도서목록(CIP)은 서지정보유통지원시스템 홈페이지(http://seoji.nl.go.kr)와 국가자료공동목록시스템(http://www.nl.go.kr/kolisnet)에서 이용하실 수 있습니다. (CIP제어번호 : CIP2020036920)

세스페데스의 십자가

윤천수

역사소설

펄떡

차 례

전란의 땅 코라이 · 7

오랜 앙숙 · 23

1593년 12월 27일 · 35

짐 진 자 · 46

사흘간의 초대 · 76

사제와 포로 · 93

동무 되고 동지 되어 · 124

비밀과 음모의 성 · 135

풀빛이 스러지랴 · 155

떠날지 머물지 · 180

위험한 여행 · 204

신부를 사로잡으라 · 231

크리스마스 선물 · 252

흩날리는 벚꽃 · 272

어찌하여 저를 그곳에 보내셨나이까 · 304

†

피란길에 조선 사내아이 하나가 왜군에 잡혔다.
남의 집 종살이를 하는 천민의 신분으로
눈빛이 복잡한 아이였다.
왜군은 아이를 죽이는 대신 포로로 끌고 갔다.
십자 문양이 그려진 깃발을 든 왜병들이었다.
전란 속에서 벚꽃 따위는 핏빛으로 피고 졌다.
그렇게 근 2년이 지난 후…….

전란의 땅 코라이

 거칠어지나 싶던 풍랑이 기어이 폭풍이 되어 선단을 덮친다. 칠흑 같은 밤, 겨울 바다가 사납게 일떠선다. 크고 작은 배들이 속수무책으로 노도에 휩쓸린다. 쓰시마 섬에서 출항하기 전에 바다의 풍색을 미리 살피지 않았던 건 아니다. 전날 저녁 무렵까지만 해도 잠잠한 물결이었는지라 배를 띄운 것인데, 밤사이 돌변한 바다다.
 군선과 민간에서 징발한 선박 등 육십여 척으로 이뤄진 대규모 보급 선단이다. 노를 젓고 저어도 배들은 앞으로 나아가질 못하고 외려 뒤로 옆으로 밀린다. 방향을 놓친 배들은 어둠속에서 이리저리 뒤엉키고 부딪친다. 가까스로 돛을 올린 배들은 바람에 제 몸을 맡긴 채 항로를 잃고 흩어진다. 쾅, 어디선가 배가 충돌하는 소리가 들린다. 선원들이 바다로 굴러 떨어지며 지르는 비명이 다급하다. 군선에 실렸던 양곡과 탄약 따위의 보급품 궤짝들이 물속으로 떨어지는 소리가 밤바다에 요란하다. 조선 웅천성의 일본군 병영으로 가던 보급물자다. 조선 수군의 복병선이나 탐망선에 발각될까봐 일부러 야간 출항을 감행한 것인데, 사달은 엉뚱한 데서 나고 만다.

보급선단은 풍비박산 직전이다. 우지끈, 짙은 어둠속에서 또 둔탁한 소리가 들린다. 어느 군량선의 돛대가 부러지기라도 한 모양이다. 세찬 바람이 돛폭을 찢고 높은 파도가 뱃전을 때린다. 선실이 요동친다. 선창 기둥마다 사람들이 필사적으로 매달려 있다. 선단에는 황발에 벽안의 이방인이 탄 배도 끼어 있다.

"신부님, 괜찮으세요? 꽉 잡고 계세요."

"난 괜찮아요. 수사님이나 꼭 잡으세요."

나무기둥을 붙들고 간신히 서 있는 덩치 큰 중년의 서양인, 바로 에스파냐 사제 그레고리오 데 세스페데스(Gregorio de Céspedes)다. 곁에선 그를 수행하는 작은 체구의 늙수그레한 일본인 보좌수사 레온(Leon)이 힘겹게 버티고 있다. 세스페데스는 이목을 피하기 위함인 듯 평범한 겉옷을 껴입고 있다. 하지만 몸이 흔들릴 때마다 겉옷 속에 감춰진 검은 사제복이 목덜미와 팔소매 쪽부터 언뜻언뜻 드러나는 건 어쩔 수 없다.

"대체 여기가 어디쯤 될까요?"

세스페데스가 유창한 일본어로 묻는다. 자신은 지금 지구 동쪽 끝의 어느 험악한 바다에 떠 있는 것인가.

"글쎄요. 조선 땅은 점점 멀어지는 것 같군요."

레온이 기둥에 힘겹게 매달려 확신 없는 답변을 한다.

"지팡(Jipang)과 코라이(Coray)의 전쟁에 바다도 노했나 봅니다."

"예전부터 일본과 조선의 바닷길이 순탄치는 않았지요."

배가 파도 한 덩이를 맞고 다시 기우뚱한다.

"저희를 코라이 땅으로 인도하소서!"

신부는 무사히 조선으로 갈 수 있도록 해달라며, 기둥을 잡은 오른손을 잠깐 떼어내 십자성호를 그은 뒤 라틴어 기도문을 웅얼거린다.

배는 폭풍과 격랑에 밀려 캄캄한 바다 어디론가 흘러가고 있다. 선원들은 배가 거꾸로 일본 쪽으로 떠밀려가는 것 같다고 소리친다. 그들은 모든 걸 바다에 맡긴 듯 더는 어쩌질 못한다. 선단을 이뤘던 배들은 뿔뿔이 흩어져 어디로 사라졌는지, 이제 주위엔 배의 불빛도 희미하고 사람들의 고함소리도 들려오지 않는다. 오로지 보이는 건 짙은 어둠, 들리는 건 짐승 같은 폭풍의 소리. 이제는 누구라도 목적지에 닿을 수 없다는 사실을 깨닫고 있다. 선원들은 이미 항해를 포기하고 쓰시마 섬으로 되돌아가기로 결심을 굳힌 상태다. 나가사키 항구에서 출발해 쓰시마 섬을 거쳐 조선의 웅천 포구로 들어가려던 항해 계획이 무산되는 순간이다.

세스페데스도 자신의 기도가 이뤄지지 않을 것임을 안다.

"크리스마스에 맞춰 코라이에 도착해야 하는데……."

코라이, 조선은 쉽게 다가갈 수 없는 곳 같다. 지금 뜻밖의 불길한 해난 사고가 그것을 암시하는 듯하다.

"아우구스티노(Augustinus) 님이 우리를 초청해놓고 하루하루 손꼽아 기다렸을 텐데 참 안타깝군."

세스페데스는 이 어둡고 사나운 바다 건너 고립무원의 성에서 자신을 기다리고 있을 아우구스티노의 모습을 떠올린다. 기리시탄 다이묘(크리스천 영주)인 그에게 고해성사를 준 게 언제였던가.

콰르르!

파도가 잠잠해지기는커녕 사나워지기만 한다. 칠흑빛 밤바다에 뿔뿔이 흩어져 떠도는 조난선을 마지막 한 척까지도 남기지 않고 죄다 산산조각 내려는 기세다. 무자비하다. 용서가 없는 바다다. 이토록 무서운 바다는 처음이다.

콰르르 콱!

큰 파도 한 덩이가 또 짐승처럼 울부짖으며 배를 덮친다. 뱃전을 넘어온 시커먼 바닷물이 사람들을 후려친다. 세스페데스도 내동댕이쳐져 선창 바닥에 몸을 부딪힌다.

'오늘밤 신께서 우리를 거두려 하심인가. 저 으르렁거리는 죽음의 바다에 버리려 하심인가.'

솔직히 두렵다. 묵시록에 이런 지옥의 바다가 있던가.

"도미네, 우비 에스트(Domine, ubi est. 주님, 어디 계십니까)?"

신부는 캄캄한 허공을 향해 라틴어로 외친다. 지금 위급한 순간, 그분께선 어찌하여 멀리 떨어져 있기만 하는가. 아니, 오히려 아득한 어딘가로 자꾸 더 멀어져 가기만 하는 것인가.

"쿠오 바디스, 도미네(Quo vadis, Domine. 주님, 어디로 가시나이까)?"

신부는 가까스로 몸을 가눠 성호를 긋는다.

†

이튿날 새벽녘, 지옥의 바다는 언제 그랬던가 싶게 달라져 있다. 폭풍과 파도가 물러간 바다 저 멀리 수평선 너머로 동이 틀 무렵, 세스페데스와 레온이 승선한 배는 거의 난파선 꼴을 하고 쓰시마 섬으로 되돌아온다. 다른 배 서너 척과 함께. 또 다른 이십여 척의 배들은 쓰시마 인근 다른 섬에 닿았거나 원래 출항지인 나가사키 항으로 돌아갔으리라. 규모가 큰 군선 몇 척만은 무사히 조선 땅에 상륙했을까. 결국 보급선단 육십여 척 가운데 절반가량이 돌아오지 못한 것이다. 쓰시마 뱃길이 험난해도 대규모 선단 전체가 예상치 못한 풍랑으로 풍비박산하긴 드문 일이다.

"신부님, 쓰시마 성으로 다시 돌아가 몸을 추스르시지요."

"하는 수 없군요. 거기서 또 며칠 신세를 지면서 다시 출항 날짜를 잡읍시다."

에스파냐 사제 세스페데스와 일본인 수사 레온은 쓰시마 영주의 성채인 금석성(金石城)을 향해 피곤한 발걸음을 옮긴다. 금석성은 그들이 나가사키를 떠나 중간 기착지로 쓰시마 섬에 배를 대고 출항을 기다리는 동안 며칠 묵었던 곳이다. 쓰시마 영주인 소 요시토시(宗義智) 역시 다리오(Dario)라는 세례명을 가진 20대의 젊은 기리시탄이다. 다리오는 장인이 되는 고니시 유키나가와 함께 조선정벌 전쟁에 나간 터다.

"마리아 님이 얼마나 외로울까요? 아버지와 남편이 모두 출정했으니 말이에요."

"마리아 님은 나이 어린 새댁이어도 신심이 두터우니 능히 이겨낼 겁니다."

사제와 수사는 홀로 성채를 지키고 있을 마리아(Maria)를 걱정하며 지친 발길을 서두른다.

열일곱 살 새색시인 마리아 고니시 다에(小西妙). 그녀는 다리오 소 요시토시의 아내이자 아우구스티노 고니시 유키나가의 딸이다. 마리아는 텅 빈 성안에서 끊임없이 마리아 성모를 부르며 기도를 올렸다. 아버지와 남편을 위한 어린 새댁의 기도소리가 하루 종일 성안에서 떠나질 않았다.

"신부님도 성채에 돌아가면 며칠 푹 쉬셔야 합니다. 조선에 가기도 전에 몸져눕기라도 한다면 큰일이니까요."

"내 걱정은 하지 마세요. 다 하늘의 뜻입니다."

"그래도 의술가인 제 얘기도 좀 들으셔야 합니다."

레온이 아까부터 세스페데스 신부의 건강을 염려한다. 그는 신부를 수행하는 보좌수사로 일본 전통의술에도 밝다. 게다가 통변 솜씨까지 갖춰 조선말을 제법 구사하며 중국의 한자로는 필담이 가능하다. 서양 이방인인 세스페데스는 그런 레온이 있어 여러 모로 든든하고 고맙다는 생각을 한다.

'레온 수사! 이 힘난한 코라이 여행을 당신과 함께하게 된 건 행운입니다.'

†

조선의 추위가 자심했다. 난리가 나고 두 번째로 맞는 겨울이었다.

평안도며 함경도며 황해도며 파죽지세로 북상했던 왜군의 예봉이 꺾인 지는 오래였다. 3대 선봉장 고니시 유키나가(小西行長), 가토 기요마사(加藤淸正), 구로다 나가마사(黑田長政)는 남하를 거듭해 각자 경상도 웅천, 울산, 부산에 성을 쌓고 웅거했다. 다들 휘하 병력의 절반 이상을 잃고 패배의 쓰라린 맛을 본 뒤였다. 조·명 연합군의 역공으로 수세에 몰리면서 이제는 종전을 위한 강화교섭에 매달려야 하는 처지였다. 협상은 조선의 반대에도 불구하고 명·왜 양측 간에 진행됐다. 회담이 일부 진척을 보여 양측 군대의 상당수가 조선 땅에서 철수해 본국으로 돌아가기도 했다. 하지만 회담이 언제까지 얼마나 이어져야 종전이 될지는 알 수 없는 노릇이었다.

고니시 유키나가와 가토 기요마사, 앙숙 간인 두 선봉장은 명나라와의 협상 주도권을 놓고 경쟁하는 일방, 이 순간에도 바다 건너 나고야성에서 자신들의 일거수일투족을 노려보고 있을 것만 같은 도요토미 히데요시(豊臣秀吉)의 매서운 눈빛을 떠올리며 각자 나름으로 난국 타개에 골몰했다.

전쟁은 소강상태였다. 지난 초여름 진주성 혈전 이후 큰 싸움은 없었다. 문제는 경상도 바닷가였다. 왜군은 웅천에서 부산을 거쳐 울산으로 이어지는 해안지대에 크고 작은 성을 쌓고 농성전에 들어갔다. 왜성에 든 군병의 숫자는 자그마치 도합 사오만 명을 헤아렸다. 전쟁에 지쳐 고향집으로 돌아가기만을 고대하는 왜병들에게 조선에서의 하루하루는 지옥 같은 나날, 애오라지 스스로 버티고 견뎌야 하는 시간이었다. 본국 보급선이 끊겨 먹을 것도 입을 것도 없었다. 오로지 경상도 바닷가의 외로운 성에서 지독한 추위와 굶주림에 맞닥뜨리는 수뿐이었다. 바다로는 조선 수군의 이순신 함대에 막히고 땅으로는 연합군과 조선 의병의 기세에 눌려 꼼짝없이 물과 뭍 사이에 갇힌 꼴이었다. 왜병들은 스스로 쌓은 성에 갇혀 한숨과 눈물을 지었다.

†

쓰시마 금석성은 웅장하지도 화려하지도 않은 소박한 성채다. 사제 세스페데스와 보좌수사 레온이 초라한 몰골로 성문에 다다랐을 때 마리아가 놀란 기색을 하며 뛰어나온다.

"바다에서 그런 큰일을 겪고 돌아오시다니!"

자초지종을 들은 마리아는 눈물까지 글썽인다. 그녀의 희고 가느다란 손목에 걸린 까만색의 묵주 팔찌가 가볍게 흔들린다.

"크리스마스를 여기서 지내라는 뜻인가 봅니다."

신부의 말에 마리아가 맑은 눈을 들어 웃음 짓는다.

"조선 방문은 어차피 늦어진 것이고, 그리 생각하는 게 편하겠군요."

수사도 한마디 거든다. 마리아는 거친 항해에서 돌아온 두 사람을 따뜻한 다실로 안내하는 동안에도 계속 떠든다.

"어쨌든 잘 돌아오셨어요. 성탄절에 신부님의 발길이 이 외딴 섬에 닿았다는 것만으로도 저희에게는 축복이고 영광입니다. 이곳 사람들은 전쟁을 걱정하고 있어요. 그들을 위로해주시고, 세례도 부탁드리겠습니다. 전쟁이 난 뒤로 세례를 받으려는 사람들이 많답니다."

"크리스마스 은총이 내리길 빕니다."

세스페데스 신부는 지난 며칠 쓰시마 섬에 기착해 머무는 동안 다리오 즉 소 요시토시 영주의 친척과 가신들에게 세례미사와 고백성사를 베푼 적이 있었다. 그때 새로 기리시탄이 된 사람이 스무 명이나 됐다. 신부는 조선침략 전쟁에 끌려간 남자를 가족으로 둔 여인들을 위해서도 기도했다. 여인네들은 한사코 낯선 서양 신부에게 매달렸다.

"신부님, 이 작은 섬에서 오천 명이나 끌려갔답니다. 섬에 남자가 없어요."

"신부님, 저희 섬사람들이 무사히 돌아오도록 도와주세요."

유럽 선교사들이 지팡(Jipang)으로 부르는 섬나라 일본은 지금 전쟁의 회오리에 휩쓸려 있다. 간파쿠(關白) 도요토미 히데요시는 총동원령을 내려 전국 다이묘들을 코라이 정벌 전쟁의 구렁으로 몰아넣었다.

간파쿠는 그리스도교 탄압에도 혈안이 되어 금교령을 내리고 포르투갈과 에스파냐의 선교사들에 대해 추방령까지 내렸다. 처음엔 그리스도교에 호의를 베풀기도 했으나 그리스도교의 정치적 위협을 의심한 간파쿠의 돌변이었다.

그게 6년 전의 일이었다. 그때 세스페데스 신부도 자신이 원장으로 있던 오사카 수도원과 교회를 빼앗기고 규슈 남쪽 지방으로 쫓겨가야 했다. 세스페데스는 간파쿠에 의해 빈손으로 쫓겨나면서 예수와 그리스도교를 박해한 로마의 필라투스(Pilatus, 빌라도) 총독과 네로(Nero) 황제를 떠올리지 않을 수 없었다.

이제 간파쿠는 양아들로 삼은 조카에게 그 직위를 물려주고, 그 스스로는 지위를 더 높여 다이코(太閤)라 칭하고 있다. 다이묘들은 그를 간파쿠도노(關白殿, 관백전하)에서 다이코사마(太閤樣, 태합전하)로 더욱 높여 부르며 머리를 조아리고 허리를 굽혀야 했다. 지팡, 일본은 그렇게 도요토미 히데요시의 천하가 됐다.

"신부님, 나가사키에서도 탄압이 심해 힘드셨을 텐데 또 위험한 조선까지 가셔야 하다니요. 제 아버님 때문에 가시는 것이지만요."

마리아의 눈에 수심이 어린다.

"사제의 길은 늘 가시밭길입니다. 이번 코라이 여행도 잘못되면 나도, 아버님도 모두 위험에 빠집니다."

"조심하셔요. 신부님을 밀고하려는 자들이 있으니까요. 일본은 완고한 땅이에요."

"나도 낯선 사람을 만나면 밀고자가 아닐까 해서 겁이 난답니다. 그럴 땐 나 또한 나약한 인간이지요."

"신부님도 그러실진대 저희는 어떻겠어요. 아버님, 남편, 저까지 불안감에……."

그녀가 말을 다 잇지 못한다. 차를 준비하던 손길도 잠시 멎는다.

"너무 걱정 마세요. 내가 코라이에 가면 아우구스티노 님과 다리오 님을 위로해 드릴 테니까요."

"부디 그러셔요. 아버님이야 원래 독실하시지만, 남편은 전쟁터에서 신앙을 잘 지키고나 있는지 궁금하군요."

새색시 마리아는 남편인 다리오 소 요시토시의 신앙심을 미더워하지 못하는 눈치다.

다리오는 신혼 중에 장인인 아우구스티노 고니시 유키나가를 따라 조선에 출병했다. 기리시탄 세례도 아내와 장인의 권유로, 그것도 비밀리에 받았다. 결혼은 정략적이었다. 장인과 사위 간에 영주로서의 정치적 목적이 맞아떨어진 결과였다. 부부지간이 아닌 옹서지간의 인연을 맺은 꼴이랄까. 세상사를 헤아리기에 아직은 어리고 순수한 새색시 마리아의 영혼이 애처로울 노릇이었다.

"조선에 가시면 아버님께 줄리아 소식도 전해주셔요. 잘 지낸다고요."

"아, 그렇군요. 줄리아, 오타 줄리아!"

"제가 잠깐 줄리아를 데려올게요. 신부님이 다시 오셨으니 인사 여쭈라고 해야겠네요. 두 분은 따뜻한 오차 좀 들고 계셔요."

마리아가 조용히 일어나서 미닫이 방문을 열고 나간다. 신부와 수사는 그녀가 손수 준비한 차를 마시며 약속이라도 한 듯 지그시 눈을 감는다. 차의 향기가 방안에 은은하다.

오타 줄리아(大田 Julia). 지난해 전란 초기에 전쟁고아가 되어 이곳에 끌려온 조선 소녀였다. 아이의 반듯함과 영특함을 알아본 아우구스티노 고니시 유키나가가 쓰시마 섬의 딸 마리아에게 보내 양육을 맡겼다. 아우구스티노는 아이를 양녀로 삼고 '줄리아'라는 이름까지 붙여 장차 자신과 같은 기리시탄으로 키울 욕심이었다.

"줄리아! 신부님과 수사님이 다시 오셨으니 인사드려라."

곧 마리아가 기모노 차림의 단발머리 여자아이를 데리고 들어와 인사를 시킨다. 마리아와 얼핏 친자매처럼 보인다. 아이 뒤로 시중드는 시녀도 따라붙었다. 줄리아는 나이가 어린데도 이목구비가 반듯하고 태도가 의젓하다.

"안녕하세요. 두 어르신께 인사 올립니다."

아이가 공손히 일본말로 인사한다. 신부와 수사는 자애로운 미소로 답한다.

"어찌나 예쁘고 영특한지, 일본말도 빠르게 배우고 있답니다."

마리아가 아이를 칭찬한다. 뒤쪽에서 시녀도 대견스럽다는 듯 가만히 고개를 끄덕인다. 신부가 아이에게 묻는다. 다 알고 있는 거지만 말을 걸어보고 싶어서다.

"몇 살이랬지?"

"여섯……, 일곱……? 잘 모르겠습니다."

"어디서 왔지?"

"조선에서 왔습니다."

"고향엔 누가 계시지?"

"아무도……, 잘 모르겠습니다."

"고향집에 가고 싶니?"

"가고 싶습니다."

신부는 거기서 질문을 멈춘다. 아이의 눈에 그렁그렁 눈물이 고이기 시작했기 때문이다. 옆에서 마리아가 안쓰러웠던지 대신 나서서 말을 거든다.

"가여운 아이죠. 어린것이 난리 속에서 부모형제가 어찌됐는지 뭘 알겠어요. 이 아이의 원래 이름과 나이는 아무도 모른답니다."

"오!"

신부가 어깻숨을 내쉰다. 소녀의 반짝이는 눈물에서 겉으로 드러내지 못하는 아픔과 슬픔의 빛을 본 탓이다. 그것은 어린 나이에 걸맞잖게 의젓한 척하는 행동의 이면에 드리워진 어두운 그늘의 색조다. 마리아가 있는 성에서 제아무리 공주 대접을 받는다 해도, 지금 이 아이가 머무는 곳은 나라 잃고 가족 잃고 이름까지 잃은 채 바다 건너 멀리 끌려온 비애의 땅 아닌가.

신부는 나가사키에서도 많이 봤다. 조선의 어린 아이들까지도 전쟁 포로로 마구 끌려오는 광경을, 잡혀온 포로들이 다이묘들의 영지에서 노동자로 부려지거나 아니면 노예로 팔려 마카오, 인도, 포르투갈로 또다시 끌려가는 광경을.

"눈빛 슬픈 줄리아를 위해 기도합니다."

신부가 중얼거린다. 몸도 마음도 여전히 무겁다. 긴긴 시간 바다 폭풍과 싸우느라 지친 탓만은 아니다.

†

마리아에게 보내진 조선 아이는 오타 줄리아 말고도 한 명이 더 있었다. 권가회(權嘉會)라는 남자아이였다. 줄리아가 도착한 지 얼마 되지 않아서였다. 권가회는 줄리아보다 나이가 많아 열세 살이었다. 제법 철도 든 아이였다. 가회는 공교롭게도 마리아의 남편인 다리오 소 요시토시의 부하들에게 잡혀 포로 아닌 포로가 되었다. 소 요시토시는 상관이자 장인인 고니시 유키나가에게 가회를 인도했다. 벌써 기품이 엿보이는 아이라고 판단한 고니시는 가회를 줄리아처럼 기리시탄으로 만들고 싶었다. 가회는 그렇게 쓰시마의 마리아에게 맡겨졌다. 하지만 가회는 쓰시마 섬에서 한동안만 머물다 다시 본토 규슈로 보내졌다. 나가사키 예수회의 서양 신부에게 체계적으로 기리시탄 교리를 배우기 위해서였다.

권가회는 쓰시마 금석성 주변의 물푸레나무가 하얀 꽃을 피우던 늦봄에 와서, 그 나무가 갈색 열매를 맺기 시작하던 늦여름에 떠났다. 가회가 낯선 일본사람의 손에 이끌려 성을 떠나던 날 줄리아는 성문 밖에서 눈물을 글썽이며 고사리 손을 흔들었다. 가회도 눈물이 어려 제대로 발걸음을 떼지 못하고 언제까지고 뒤를 돌아다봤다. 줄리아와 헤어지는 것은 어린 마음에, 아니 어린 마음이어서 발을 동동 구를 만큼 애타는 일이었다. 성에 머물렀던 잠시 동안이나마 오누이처럼 지낸 터였다.

"오빠, 어디든……, 잘 가!"

"오타 줄리아, 너도 어디서든지……, 잘 있어야 해!"

조선말로 나누는 두 아이의 마지막 작별인사였다. 낯선 섬에서의 운명 같은 짧은 만남이었고 또 운명처럼 기약 없는 이별이라는 것을 아이들이라서 모를 리 없었다. 기이한 조우와 별리도 인연일 수 있는가. 성문 밖에 나와서 함께 가회를 배웅하던 마리아와 시녀들도 두 아이의 숙연한 분위기에 눌려 있었다. 마리아는 간간이 옷소매로 눈물을 훔치기까지 했다. 서로 멀어져가는 두 아이의 외침 소리가 다시 울렸다.

"잘 가! 가회 오빠."

"줄리아, 우리 언제 만날 수 있을까?"

†

적들은 길가와 산허리 등 각처에
연달아 군막을 한창 짓고 있고,
횃불과 포성이 끊이지 않으며,
부산포와 동래 등지로부터
창원과 진해에 이르기까지
해안 일대에는 불빛이 늘어서 있습니다.
―《임진장초》, 이순신

오랜 앙숙

고니시 유키나가의 웅천성(熊川城).

경상도 웅천의 쪽빛 겨울바다가 아스라이 성곽 아래로 펼쳐진다. 점점이 섬들을 띄운 바다다. 수평선 끝까지 시야가 트여 눈이 시리다.

성루 곳곳에 울긋불긋 내걸린 군기가 세찬 해풍에 펄럭인다. 자세히 보면 십자가를 교묘히 변형한 문양을 넣은 깃발인데, 예수교 금교령을 의식해 일부러 그렇게 만든 것이다. 어쨌거나 밖에서 힘차게 나부끼는 깃발의 모양새로 본다면 위용 넘치는 성채의 모습이겠으나, 성은 채 완공되지 않아 한편에서는 요란하고 어수선한 막바지 공사가 이뤄지고 있다.

"우리가 굶주리는 것도 모자라 이 추위에 성벽까지 쌓아야 하는가?"

"이렇게 성을 탄탄히 짓는다는 건 철군하지 않는다는 뜻이지."

"그럼 우린 고향에도 못 가고 이 성에 눌러앉는 거야?"

지난 여름부터 몇 달째 축성 공사에 동원된 왜병들이 불만에 차 수군댄다. 그런 가운데도 공사는 하루가 다르게 진척돼 간다. 조금이라도 축성술이 있는 기술자는 모조리 동원된다. 일찍이 전국시대를 거치며 숱한 성을 쌓고 전쟁을 치러온지라 성 축조 경험과 기술이 풍부한 그들이다.

축성 공사장에는 조선인도 마구잡이로 내몰린다. 전쟁포로가 동원되고 때로는 인근 마을의 민간인도 징발된다. 성에는 그런 포로 아닌 포로들로 가득하다. 일본에서 보급선이 와서 보급품을 내리고 돌아갈 때는 포로 수송선이 되어 포로들을 실어가야 하는데, 요샌 보급선마저 끊기고 보니 성안의 포로 숫자가 늘면 늘었지 줄어들지는 않는다. 조선인 포로들은 공사장에서 왜군의 감시 속에 온종일 돌과 흙과 나무를 져 나른다. 그 돌을 깨고 흙을 이기고 나무를 자르는 일도 포로들의 몫이다. 뼈가 빠지는 노역이다.

"저것들, 일하는 꼬락서니라니!"

감시 왜병 하나가 성벽 공사장 구석에서 조선인 포로들을 향해 투덜거리며 인상을 쓴다. 그 직후다. 얏, 하는 기합소리와 악, 하는 비명소리가 동시에 터진다. 순식간의 일이다. 피 묻은 칼을 쥐고 서 있는 왜병 앞에 목이 반쯤 잘린 포로가 쓰러져 있다. 나이 들고 몸이 굼떠 일을 제대로 하지 못한다는 이유로 왜병이 칼을 휘두른 것이다. 산골에 박혀 나물이나 캐고 바다에 나가 미역이나 건져 먹고살던 촌사람들이니 당연히 성 쌓는 일에는 굼뜨고 솜씨가 없을 수밖에 없다. 전쟁에 지친 왜병들은 신경이 날카로워질 대로 날카로워져 있다. 화풀이로 그깟 쓸모없는 늙은 포로 하나쯤 즉결처분하는 건 죄도 되지 않는다.

"어이, 을라수! 시체 치워라."

왜병이 더벅머리 청년을 불러 명령한다. 포로를 통솔하는 임무를 맡긴 포로다. 더벅머리가 황급히 명령을 이행한다. 그는 동료 두엇과 함께 유혈이 낭자한 시체를 거적에 둘둘 말아 맞들고 사라진다. 거적 통째로 성벽 낭떠러지 계곡에 던져버려도 그만일 터다.

을라수(乙羅修).

양반집 하인배였던 그는 2년 가까이 포로생활을 하는 중이었다. 진작 배에 실려 왜국에 노예로 끌려갔어야 했는데, 왜병들의 필요상 지금까지 성에 남겨졌다. 비록 그가 지체 없는 출생이라곤 해도 총명하고 영악한 구석이 있었다. 양반 종살이 시절에 어깨너머 들은 풍월로 천자문 몇 글자도 깨친 바 있고, 왜군을 포로로 따라다니면서는 눈썰미 좋게 왜의 말도 익혀 제법 의사소통이 되었다. 게다가 행동도 빠릿빠릿하고 눈치 있게 구는 게, 왜병들에겐 끌고 다니며 부려먹을 필요와 가치가 충분한 포로였다. 바로 지금처럼 명령 한마디면 동족의 시체를 치우는 험상한 일도 서슴지 않듯이. 나이는 어려도 동족 포로들의 노역장에서 감독 노릇까지 하고 있는 그였다.

조선 남녘 바닷가의 산골짜기 성에서 기약 없이 갇혀 지내야 하는 왜병들은 날로 날카롭고 난폭해져 조선인 포로뿐만 아니라 걸핏하면 자기네끼리도 싸우고 죽였다. 심신이 쇠약해진 병사는 저절로 죽었다. 총칼을 내던지고 성을 빠져나가는 탈영병도 생겼다. 조선에 투항하는 왜 병사 즉 '항왜(降倭)'가 속출했다. 굶주린 군졸들이 병마를 함부로 죽여 날고기를 씹고 생피를 마셨다. 몰래 인육을 먹는다는 흉흉한 소문까지 돌앉다. 살인, 자살, 아사, 병사, 탈영, 투항, 폭력……. 성곽 높이 펄럭이는 십자가 깃발 아래 벌어지는 참황이었다. 혼돈의 구렁에 빠진 군영, 그 지옥의 성에 기리시탄 다이묘인 고니시 유키나가 즉 아우구스티노가 있었다.

"저 푸른 바다는 고요하건만 이 성엔 폭풍 노도가 이는구나!"

어느 날 고니시 유키나가는 성루에 올라 다도해 멀리 수평선 쪽에 시선을 던져두고 탄식한다. 혼란을 군령으로만 다스리기에는 그도 지쳐 있다. 인간으로서 어쩔 수 없는 무력감에 사로잡힌다. 그는 목 앞쪽에 가만히 손을 갖다 댄다. 두꺼운 갑옷 속에서 작은 철십자가 목걸이의 감촉이 전해진다. 기도 소리가 낮게 깔린다.

"저 아우구스티노는 하느님의 계율을 어겼나이다. 저와 병사들의 영혼을 악에서 구하소서!"

한 손엔 십자가 깃발을, 다른 한 손엔 총칼을 들고 조선을 짓밟은 그였다. 십자가 깃발을 들고 십자가 목걸이를 걸고 무수한 조선인의 목숨을 앗아 온 날들이었다. 사도신경 기도문을 외며 칼에 피를 묻혀 온 시간이었다. 이번 조선정벌 전쟁뿐만 아니라 이미 본국의 숱한 내전 때부터 그래온 세월이었다.

'나는 칼을 든 기리시탄인가, 십자가를 든 사무라이인가?'

오늘따라 더 심란하고 피곤하다.

'십자고상 앞에서 경건하게 성호를 긋던 기리시탄의 손, 싸움터에서 무자비하게 칼을 휘둘러 피바람을 일으키던 사무라이의 손, 어느 쪽이

나의 진정한 손인가? 나는 어찌하여 상반된 두 가지 손을 가졌는가?'

그는 웅천 바다의 먼 수평선에 두고 있던 시선을 거둬 자신의 손을 잠시 내려다본다. 손이 무슨 잘못일까. 그는 하릴없이 다시 바다를 응시한다. 수평선 저 너머로 가면 쓰시마 섬, 더 너머로 가면 본토 육지다. 불현듯 그 땅 어딘가에 있을 세스페데스의 얼굴이 떠오른다.

'신부는 별고 없이 잘 지내고 있는가? 젊은 시절에 교토에서 처음 만났지. 내게 고해성사를 주며 평화를 사랑하는 다이묘가 되라고 기도했지. 난 이제 신부를 만날 면목도 없게 됐군.'

사제 앞에 속죄하고 위로받고 싶은 마음이다. 그와 그의 기리시탄 부하들은 조선 땅에서 벌써 2년째 미사를 올리지 못하고 있다.

'나가사키에선 내가 써 보낸 편지를 받아 봤을까? 편지를 봤다면 지금쯤 사제가 이곳에 올 때도 되지 않았는가?'

그는 천천히 성루를 내려오며 중얼거린다. 달포 전 그는 비밀리에 나가사키 일본 예수회로 사제 파송을 청원하는 편지를 써 보낸 사실이 있다.

'명국과의 평화협상 전망은 불투명하고 병영은 혼돈의 도가니인데, 이럴 때 사제라도 곁에 있다면 위안을 얻으련만⋯⋯.'

발걸음이 내내 무겁다. 고니시 유키나가가 걷고 있는 성루 아래로는 왜병들의 삼엄한 감시 속에 아름드리 소나무 목재를 떠메어 나르는 조선인 포로들의 긴 행렬이 이어진다. 인근 야산에서 벤 해송을 축성 공사장까지 끌어오는 노역의 대열이다. 앞에선 허연 누비옷을 입은 더벅머리 사내아이가 지키고 서서 목청 크게 포로들을 독려하는 중이다. 을라수다.

†

가토 기요마사의 서생성(西生城).

남해에서 동해로 꺾여 든 울산 앞바다에 핏빛 노을이 깔리고 있다. 앙상한 겨울나무 가지에 얹히듯 걸린 시뻘건 해가 서생 포구를 처연히 물들인다. 예로부터 군사 진지 아랫동네였던 진하촌(鎭下村)이 노을 짙은 포구 속에서 오련하다. 마을을 돌아 진하 해변으로 흘러드는 돌배미강 즉 회야강(回夜江)도 하릴없이 불그레한 강줄기를 이룬다.

산꼭대기의 우뚝한 왜성에도 짙붉은 석양이 비낀다. 서생포를 굽어보며 성채 높이 내걸린 흑백색의 나무묘호렌게쿄(南無妙法蓮華經) 깃발들이 일제히 노을빛을 머금는다. 가토 기요마사의 전쟁지휘소가 될 천수각(天守閣)은 이미 하늘로 뾰족 솟고 누각 지붕들은 아스라하다. 여기도 축성 공사가 막바지에 다다라 있다. 해자의 흙을 퍼내고 석루의 돌을 괴고 석단의 층계를 쌓고 우물터의 땅을 뚫느라 하루해가 진다. 온종일 돌을 깨는 망치소리가 성 안팎에 시끄럽다. 망치의 굉음은 저녁 하늘을 울리고 노을 진 바다를 흔든다. 총칼을 쥐던 손에 망치 따위의 연장까지 들어야 하는 왜병들이 힘에 부쳐 신음을 토한다. 강제로 끌려오거나 포로로 붙잡힌 조선인들이야 더 말할 게 없다. 조선인들이 고달픈 공사장에 내몰리긴 웅천성이나 이곳이나 마찬가지다.

유난히 기다란 투구에 황금빛 가죽의 갑옷 차림으로 백마에 올라탄 가토 기요마사는 공사장 곳곳을 돌며 부하들에게 호령한다.

"힘을 내라! 서둘러라!"

어찌나 크게 고함지르는지, 평소 자신의 작은 키를 조금치라도 크게 보이려고 쓰고 다니는 길쭉한 투구가 머리 위에서 덜렁댈 정도다.

"임시로 거처할 성이 아니다. 대충 짓지 말고 견고하게 지어라. 우린 끝까지 이 성에 머물 것이다."

일찍이 본토 전쟁기지인 나고야(名護屋) 성을 축조한 바 있는 그는 축성술의 대가임을 자부한다. 세밀한 공정과 공법에도 일일이 지시를 내린다. 부하들은 겉으로는 따르지만 속으로는 반발한다.

'본국으로 철수는 안 하고 성만 쌓으면 되나.'

'우린 고향에도 못 가고 여기서 죽는 건가.'

하루하루 견고하게 쌓아올리는 성곽의 겉모습과는 달리 성의 내부는 하릴없이, 속절없이 무너져 내리고 있다. 과로, 굶주림, 추위, 질병으로 죽어가는 군병들의 숫자가 하루에도 큰 짐마차로 적게는 대여섯 대, 많게는 열 대도 넘는다. 병사들이 싸우다 죽는 게 아니라 엉뚱하게도 지쳐서 죽고 굶어서 죽고 얼어서 죽고 병들어서 죽는다.

불교도 다이묘인 가토 기요마사는 단말마의 비명을 지르며 죽어가는 부하들 앞에서 손수 목어를 치며 천연스레 설법한다.

"숨이 끊어질 때의 모진 고통을 이겨라. 죽음은 가장 편안한 잠, 영면이다. 그 잠에 드는 순간마저 고통스럽지 않다면 그것이 죽음이겠는가. 고통을 감수하는 고통으로써 고통을 초극하라. 그리하여 마침내 기꺼운 마음으로 편안한 죽음을 맞이하라. 삶도 죽음도 윤회할지니 다음 생엔 평화로운 곳에 태어나리라."

서생성에서 시신을 화장하는 연기가 퍼져 서생 포구의 하늘을 덮는다. 쌓이는 시체를 다 태우지 못해 한겨울에도 역한 송장 냄새가 바닷바람에 풍긴다. 아예 셈조차 치지 않는 조선인 포로들의 주검까지 더하면, 울산 서생포 왜성은 숫제 거대한 화장장이다.

가토는 하루하루 용케 살아서 버티는 장졸들도 독려한다.

"나의 용맹스러운 군대여! 우리에게 부처님의 자비가 내릴 것이다. 너희가 괴롭고 힘들 땐 법화경을 외워라."

가토는 손으로 검은색 박자목을 딱딱 치며 먼저 낭송하기 시작한다. 나무묘호렌게쿄, 나무묘호렌게쿄……. 합장한 병사들이 따라 읊는다. 일본불교 니치렌(日蓮)종에서 신자에게 외게 하는 일곱 자 다이모쿠(だいもく, 題目).

"다이모쿠를 많이 외워라. 욀수록 영혼의 번뇌를 벗을지니라."

병사들이 각자 목청을 높인다.

"부처님이시여! 살상금지 계율을 어긴 죄업이 소멸되기를 간구하나이다."

"부처님의 오묘한 법 연화경에 귀의하나이다. 나무묘호렌게쿄……."

가토의 군영에는 여러 종파의 불교도 병사들이 있다. 종군하는 승려들도 수두룩하다. 오랜 세월 일본 민중 속에 뿌리 내린 불교는 예수교처럼 '사교'가 아니다. 서생성 안의 병영 법당에선 종군승려의 법회가 밤낮없이 이어진다. 독경 소리는 낭랑하고 향불내는 은은하다. 병사들이 싸움터에서 살육, 약탈, 방화, 강간을 저지르고 돌아온 날 밤에도 그 낭랑한 소리는 들리고 그 은은한 향기는 감돈다.

"부처님 자비를 베푸소서!"

불교도 다이묘의 신념 깊은 설법과 종군승려의 신심 어린 법회에도 불구하고 전쟁터에 끌려와 축성 공사에까지 내몰린 군병들에게 자비로운 부처님과 같은 마음을 온전히 기대하기란 어렵다. 불심깨나 있던 병사들의 성정마저 날로 거칠어진다. 그럴수록 죽어나는 쪽은 그들 밑에서 노역을 감당하는 조선인 포로들이다. 포로들이 엄동설한에 고작 막 누더기 핫옷 하나 걸치고 바윗덩이를 떠메어 산비탈을 오를 때 서생포 바다에선 갈매기가 운다. 서생성의 포로들은 부처님의 자비에서마저 벗어나 있다. 웅천성의 포로들이 하느님의 자비에서 벗어나 있듯이.

원래 승벽심이 강한 가토 기요마사다. 앙숙관계인 고니시 유키나가에겐 조금만치도 질 수 없으니 그는 또 결연히 부하들에게 명령한다.

"이 가토의 성이 저 고니시의 성보다 못해선 결코 아니 된다. 고니시의 성보다 더 웅장하고 더 화려하게 지어라."

명령 한마디에 부하들은 다시 조선인 포로들까지 족대긴다. 포로들의 어깨엔 더 무거운 돌, 더 큰 통나무가 얹힌다. 돌의 무게를 못 견뎌 주저앉고 만 늙은 포로의 몸뚱이로 총대와 채찍이 떨어지고, 매질도 견디지 못한 늙은이는 물찌똥을 싸며 눈을 허옇게 까뒤집는다. 거기에도 하느님이나 부처님은 없다.

명나라와 화친조약 협상이 시작된 후 가토 기요마사는 고니시 유키나가에 대한 정탐활동을 강화하기 위해 웅천성 쪽에 자신의 비밀첩보원인 닌자(忍者)들을 풀어놓았다.

"지금 고니시 그 얼간망둥이가 주도하는 협상은 내겐 치욕이다. 고니시 그자가 명나라와 굴욕적인 협상을 계속한다면 가만두지 않겠다."

가토는 닌자 첩자로부터 염탐 내용을 보고받고는 공공연히 분기를 표출한다.

"고니시 그 기리시탄 사교도 놈이 도대체 무슨 꿍꿍이를 꾸미는지, 빨리 웅천성으로 가서 더 알아봐라."

가토는 닌자를 되돌려 보낸 뒤에도 쉽사리 분심을 억누르지 못한다.

'난 이십오만 석의 봉토를 소유한 다이묘야. 고니시는 봉토가 이십만 석밖에 안 되잖나. 그런 놈이 감히!'

조선에 출병하고도 고니시에게 지지 않으려 부단히 발버둥친 가토였다. 처음 부산에 상륙할 때도 고니시가 가토보다 나흘 먼저였고, 한성을 점령할 때도 고니시가 하루 차이로 가토에 앞섰다. 그때 가토는 도요토미 히데요시에게 보내는 승전 보고서에서 한양 입성 날짜를 고니시보다 앞선 것으로 조작까지 하지 않았던가. 고니시가 평안도로 북진할 때 가토 자신은 더 북쪽으로 향하고자 함경도까지 올라가지 않았던가.

고니시에게 지기 싫은 가토는 엉뚱한 승벽도 부렸으니, 조선 마을을 노략하러 가는 부하들에게 이렇게 족쳤다.

"고니시 부대가 조선인 포로 한 두름을 엮으면 너희는 두 두름을 엮어라. 고니시 부대가 조선인 코 세 바구니를 베면 너희는 네 바구니를 베어라. 고니시 부대가 조선인 귀 다섯 자루를 자르면 너희는 여섯 자루를 잘라라."

일본 규슈 지방의 영지 다툼에서부터 이어진 그 둘의 오랜 악연은 바다 건너 조선의 전쟁터에서도 그토록 질겼다.

끼룩 끼르룩.

무심한 갈매기 한 떼가 날이 저무는 서생포 진하촌으로 날아든다. 삼삼오오 짝을 이룬 민가들이 바다안개를 품어 아련한 빛을 띤다. 모두가 피란을 떠난 진하촌, 그 버려진 마을은 지금 왜병들의 차지가 되어 있다. 진하 해변의 선입지(船入址, 선착장)에 정박한 왜선 몇 척이 파도에 밀려 꺼떡인다.

끼르룩.

갈매기가 나는 허공 저편으로 서생성의 모습이 잡힌다. 거대한 성벽, 드높은 성루, 화려한 전각을 갖춘 가토 기요마사의 요새. 서생포 왜성은 하루가 다르게 울산 동해 바다를 향해 그 웅자를 드러낸다.

†

일본에서 활동하던 예수회 선교사들은
1592년에 임진왜란이 발발하자
그들이 접할 수 있는 정보와 기록들을 이용하여
전쟁 발발 동기와 도요토미 히데요시의 인물됨과
전쟁 상황 및 조선에 대한 여러 가지 정보를
보고서로 작성하여 유럽으로 급송하였다.
-《예수회 신부 세스페데스》, 박철

1593년 12월 27일

"이번엔 두 분이 무사히 조선에 도착하시길 기도할게요."

마리아가 금석성 언덕 어귀까지 따라 나와 환송한다. 그레고리오 데 세스페데스 사제와 레온 보좌수사가 쓰시마 섬에서 다시 조선 웅천으로 향한 건 크리스마스가 하루 지나서다.

"제 아버님과 남편께 전해주세요."

마리아는 정성껏 준비한 묵주 꾸러미도 건넨다.

"마리아 님의 소중한 선물이 이번에는 꼭 전해질 수 있길 소망합니다. 부디 잘 지내세요."

어린 색시와 작별하는 사제와 수사도 마음이 애틋하긴 마찬가지다. 두 사람은 신분을 드러내지 않으려고 이번에도 허름한 겉옷을 걸치고 배에 오른다. 지난번 폭풍을 만나 되돌아온 다른 수송선 세 척도 함께 출항한다. 바다가 사납지 않다.

†

조선 해역으로 접어들고서도 항해는 순조롭다. 어둑어둑해질 무렵이다. 하늘과 바다를 가르는 수평선의 경계도 흐리마리 어둠에 지워진다. 일부러 밤 시간을 택한 터. 다행히 폭풍우도 만나지 않고, 조선 수군에게도 발각되지 않는다.

"저 희끄무레한 게 코라이 땅이겠지요?"

"예. 다행히 조선에 닿나 봅니다."

세스페데스와 레온은 어스름에 휩싸인 뱃머리에서 막 희미하게 드러나기 시작한 육지를 바라본다. 둘 다 감회에 빠진 듯하다. 전란의 땅 조선에서 어떤 끔찍한 일들이 벌어지고 있는지 아직 알지 못하는 그들이다. 세스페데스로서는 생각지도 못한 코라이 파견 발령이었다. 그러니까 한 달 전쯤의 일이었다.

†

나가사키 운젠(雲仙) 화산의 정상이 흰 눈에 덮이기 시작하던 초겨울 날.

세스페데스 신부는 멀리 수도원에서 기거하던 중 전갈을 받고 나가사키의 일본 예수회 관구를 찾았다. 엄밀히 말하면 준관구였다. 일본 예수회는 아직 로마 예수회 본부로부터 정식 관구로 승격을 받지 못하고 준관구에 머물러 있었다.

"그레고리오 데 세스페데스 신부! 코라이에 급히 가주셔야 하겠소."

검은 사제 복장에 보라색 모관을 쓴 페드로 고메스(Pedro Gómez) 관구장이 불쑥 꺼낸 말이었다. 탁자에는 편지 한 통도 놓여 있었다.

"아우구스티노 장군이 사제 초청 서한을 보내왔소. 읽어보시오."

관구장은 세스페데스와 같은 에스파냐 출신으로 지긋한 나이에 얼굴엔 주름살이 잡혔다. 세스페데스는 관구장의 얘기를 귀로 들으며 눈으로는 편지를 훑어 내렸다. 자신의 이름을 거명하진 않았지만 누구든 사제를 조속히 파견해주기를 고대한다는 내용에서 편지의 다급성이 읽혀졌다.

"그레고리오 신부를 선발한 건 아우구스티노 장군과 막역한 사이이기 때문이오. 부디 우리 예수회의 결정에 따라주시오."

세스페데스는 관구장의 설명을 묵묵히 듣고 있었다. 뜻밖의 발령이지만 선교사로서 마땅히 따라야 했다. 다른 사람도 아닌 아우구스티노 고니시 유키나가의 간청 아닌가.

"그레고리오 신부! 처음으로 코라이에 들어가는 사제가 되는 것이오. 우리 예수회로선 26년 만에 찾아온 기회요. 1567년에 가스파르 빌렐라(Gaspar Vilela) 포르투갈 신부가 코라이 입국 계획을 세운 바 있으나 실행에 옮기지 못했소. 신부! 각오를 단단히 해야 할 것이오. 힘들고 위험한 여행이오."

관구장의 목소리는 긴장돼 있었다. 도요토미 히데요시의 바테렌(伴天連, 신부) 추방령에 가뜩이나 위축된 예수회로서는 모험을 감행하는 일이었다.

"그레고리오 신부의 코라이 파송 사실은 인도 예수회를 통해 로마 본부로 보고하겠소. 바티칸 교황청에서도 기뻐할 것이오."

"알겠습니다. 제 임무는 오직 아우구스티노 군대를 영적으로 돌보는 것인가요?"

세스페데스는 적이 담담했다.

"그렇소. 그의 군대는 기나긴 전쟁에 몹시 지쳐 있소."

"전란을 겪고 있는 코라이 사람들에게도 복음을 전파할 수 있다면 좋

1593년 12월 27일

겠지요?"

"그야 우리도 바라는 바이지만 무모하고 불가능한 일이오. 코라이도 지팡처럼 완고한 나라요."

관구장의 깊은 눈가에 주름이 졌다.

"외람된 말씀이지만 피 흘리는 전쟁은 주님의 뜻이 아닙니다. 종전이 돼서 아우구스티노가 돌아오면 좋겠군요."

"그렇긴 하지만 아우구스티노가 패전해 철군한다면 우리로선 코라이 선교의 기회를 잃는 것이겠지요."

늙은 관구장의 말에서 '코라이 전쟁'에 대한 예수회의 시각 중 일면이 드러나고 있었다. 관구장은 중국까지 들먹였다.

"우리가 코라이를 통해 대륙으로 진출한다면 치나(China) 선교 가능성도 열리게 될 것이오."

"치나에는 이미 오래전에 마카오를 통해 선교사가 들어간 걸로 압니다……."

"벌써 10년 전에 이탈리아 예수회에서 마테오 리치(Matteo Ricci) 신부를 파송했는데, 그는 아직도 남쪽 변방에 머물고 있다는 소식이오. 황제가 있는 수도 페킹(Peking, 북경)으로 들어가기 위해 애쓰고 있지만 여의치 못한 것 같소. 이럴 때 우리 예수회가 먼저 페킹에 들어가 선교 활동을 시작할 수 있다면 오죽 좋겠소."

"재차 외람된 말씀이오나 우리의 주관적 입장만을 앞세우는 건 아닐까요? 이번 코라이 전쟁에 대해서도 그렇고……."

관구장은 한동안의 침묵 끝에 입을 떼었다.

"솔직히 우리 예수회로선 도요토미 히데요시 정부에 협조하지 않을 수 없소. 이번에도 아우구스티노 같은 크리스천 다이묘들이 앞장서 코라이 전쟁에 출정하지 않았다면 노회한 다이코 도요토미 히데요시가 우리를 가만 놔뒀겠소? 지금 다이코는 우리에게 금교령과 추방령을 내리고도 모른 척 지켜보고만 있소. 그 이유는 우리가 자신에게 협조적이라고 생각하기 때문이 아니겠소?"

관구장은 점점 속내를 드러내 보이기 시작했다.

"이번 코라이 전쟁은 단순하지 않소. 코라이, 지팡, 치나라는 극동의 세 나라가 얽힌 복잡한 국제 전쟁이오. 로마 본부에서도 관심을 갖고 있는 만큼 우리 예수회는 선교 차원에서 이 전쟁의 향방을 예의주시하고 있소. 아우구스티노의 군대가 승리한다면 우리도 선교의 기회를 잡게 될 것이오."

곰곰 듣고 있던 세스페데스가 관구장의 말을 막고 나섰다.

"관구장님! 설마 저의 코라이 파송을 식민지 개척 시대의 누에바 에스파냐(Nueva Espana, 멕시코) 사제 파송쯤으로 생각하시는 건 아니겠지요? 저는 식민지 정복자를 따라 들어간 가톨릭 사제로 이름을 남기긴 싫습니다."

세스페데스는 오래전부터 에스파냐와 포르투갈의 동료 선교사들에게서 전해 들어 신대륙에 관한 이야기를 알고 있었다. 불과 수십 년 전에 잉카(Inca)와 아즈텍(Aztec) 같은 인디오 지역에서 식민지 정복 군대와 함께 파송된 선배 사제들이 겪었던 일에 대하여, 본의든 아니든 간에 그들이 범했던 과오와 죄악에 대하여.

"허허, 그레고리오 신부! 그건 적절한 비교가 아니오. 신부는 지금 코라이 전쟁터에서 영적 굶주림과 목마름을 겪는 아우구스티노 다이묘와 그의 병사들에게 복음을 전하기 위해 파송되는 것이오."

관구장은 애써 손사래까지 쳤다.

"저는 그 어떤 정치적 계산이나 이유를 떠나 하느님의 종으로서 코라이에 갈 것입니다. 아우구스티노를 위해서뿐만 아니라 코라이의 평화를 위해서도 기도하겠습니다."

"성직자로서의 양심과 행동을 믿겠소."

관구장이 쭈글쭈글한 손을 들어 성호를 그었다.

"아시다시피 저는 종신서원을 한 사제입니다. 정결하고 정의로운 사제의 길을 가겠다고 하느님께 약속한 몸입니다."

"신부에게 신의 가호가 있을 것이오."

페드로 고메스 관구장 신부가 마지막으로 세스페데스 신부의 어깨를 감싸안아 주었다. 세스페데스의 눈길이 창밖 멀리 운젠산 쪽을 향하고 있었다. 하얀 눈으로 덮인 산 정상이 아득한 시야에 잡혔다. 저 뜨거운 화산은 어찌하여 기리시탄의 도시 나가사키를 내려다보고 있는가, 아니 노려보고 있는가. 서양 이방인에게 운젠산은 어떤 무서운 증오의 용암이 끓고 있는 산으로 여겨질 때가 있었다. 신부는 가끔씩 까닭 모를 불안감, 심지어는 근원 모를 불길한 예감에 사로잡혔다가 스스로 소스라치기도 했다.

†

배는 조선 땅을 향해 다가간다. 바다에 짙은 어둠이 내려 사위를 분간하기 어렵다. 하늘에서 별빛 몇 낱 뿌려질 뿐이다.

"코라이 밤바다가 참 고요하군요."

"전쟁 중이라곤 믿어지지 않네요."

세스페데스와 레온이 나란히 뱃전에 서 있다. 신부의 감회는 더할 수밖에 없다.

'여기에 오기까지 얼마나 멀고 험한 바닷길을 거쳤던가. 이십 년도 넘는 여로 아니었던가. 그리운 고향인 에스파냐 마드리드에서부터 포르투갈 리스본, 아프리카 해안, 인도 고아, 마카오, 지팡, 코라이까지……. 마드리드 시장의 아들로 태어나 유럽 귀족의 풍요로운 삶을 누릴 수 있었던 나는 왜 험난하고 고독한 십자가의 길을 걸었던가. 스무 살 청춘시절 명문 살라망카 대학의 문학도이자 철학도였던 내가 어찌하여 신학도가 되고 선교사가 되었으며 종내는 종신서원을 하고 사제가 된 걸까.'

바다 속만큼이나 깊은 상념이다.

'내게 삶이란 항상 죽음이 준비돼 있어야 하는 것이었다. 그 준비된 삶 속에 내가 있었다. 유럽 선교사로서 지구의 동단 그 미지의 땅에 간다는 건 가슴 뛰는 일인 동시에 죽음을 준비해야 하는 두려운 일이었다. 종교 미션을 수행한다는 소명의식과 더불어 동서양의 문화 교류와 문명

전파에 일조한다는 사명감은 뿌듯한 것이지만, 순교를 영광으로 받아들여 기꺼이 피를 흘려야 하는 운명에 대해서도 엄중히 준비해야만 하는 것이리라.'

바다 속처럼 끝이 없는 상념이다.

'사제 서품을 받던 아득한 시절에 나는 인간을 무조건으로, 맹목적으로 사랑하라고 배웠다. 같은 인간으로서 그게 가능할까 하는 의문 속에서도 나는 지금껏 그 사제 시절 초년의 다짐을 저버리지 않았다.'

"바닷바람이 차갑군요. 이젠 선실로 드시지요."

수사의 음성이 신부의 상념을 깬다.

"아뇨. 여기에 있다가 도착 순간을 지켜보고 싶군요. 추우면 수사님이나 들어가시구려."

"그럼 저도 그냥 여기에 있겠습니다. 저야 신부님을 지켜야죠."

신부의 고집에 수사가 물러선다. 신부가 일말의 안타까움을 토로한다.

"코라이는 우리를 적군으로 보겠지요?"

"우리가 일본군 배를 타고 왔으니 그렇게 생각하겠지요."

"슬프군요. 모든 이에게 평화의 사도로 왔어야 하는데……."

"전쟁 중에 온 탓이지요. 밝은 대낮을 피해 어둠속에 숨어 들어오는 것도 서글픈 일이고요."

"그러네요. 이제 우린 저 미지의 땅에서 누구를 만나게 될까요?"

"저도 궁금하군요. 우리가 과연 어떤 사람들을 만나 무엇을 하게 될는지요?"

"신의 뜻에 달린 일이겠지요."

뱃전 대화는 끝난다. 신부는 어둠의 바다를 응시한다. 마음속에 소회가 일기는 여전하다. 상륙을 앞둔 순간에도 밀물처럼 끊임없이 밀려든다. 신부가 그렇게 만 가지 회포에 젖어 있을 때다. 갑자기 웅성대는 선원들의 목소리가 들린다.

"배는 무사히 육지에 닿았는데, 여기가 웅천 포구는 아닌 것 같네."

"뱃길이 어긋났어. 웅천성은 여기서 좀 떨어진 것 같군."

"캄캄해서 도무지 선입지를 못 찾겠군."

배가 목적지인 웅천성 선착장으로 바로 들어가지 못하고 근처 바닷가에 닿은 모양이다. 웅천만의 해안 지형이 복잡한 데다 야간에 목측에만 의지해 항해하다 보니 빚어진 실수다. 선장이 보급운송 책임자로서 명령을 내린다.

"밤이 늦었다. 지리도 어두우니 오늘밤은 이곳에서 정박한다. 내일 새벽 날이 밝는 대로 웅천성에 배를 대고 보급물자를 하역하겠다."

선장은 그러면서 선원들에게 잠시 배에서 내려 휴식하는 것은 무방하다며 임시상륙을 허가한다.

"우리도 오늘 밤은 배에서 묵고 웅천성은 내일 아침에 방문해야겠네요."

"하는 수 없지요. 수사님, 배 안이 답답하니 일단 내립시다."

사제 세스페데스가 보좌수사 레온과 함께 배에서 내린다. 정말이지

한밤중에 어디가 어딘지 분간할 수 없다. 해안 기슭 뒤로 커다란 산등성이의 검은 윤곽이 배경처럼 드리워져 있을 뿐이다. 비록 잠입일망정 사제로서 처음 '코라이 땅'을 밟는 순간이다.

첫 발을 내디딘 곳은 모래톱이 펼쳐진 곳의 꽁꽁 언 갯바위. 사제가 허름한 겉옷을 벗어버리자 검은 복장의 본모습이 드러난다. 사제는 전란의 동토에 가만히 엎드려 입과 이마를 맞춘다. 목에 건 십자가가 흘러내려 땅바닥에 닿는다. 허리에 새끼줄처럼 꼬아 두른 검정색 장식 띠가 맨땅에 드리워진다.

미지의 대지와의 입맞춤, 새로운 땅을 밟을 때마다 잊지 않는 신에 대한 감사의 표시이다. 포르투갈 리스본, 인도 고아, 마카오, 일본 나가사키에서도 그랬다. 감탄사처럼 라틴어가 튀어나온다.

"도미네 데우스(Domine Deus, 주 하느님)!"

사제는 애써 날짜를 기억한다. 자신이 보는 달력으로 1593년 12월 27일 밤이다.

'어찌하여 저를 오늘 밤 이곳에 보내셨나이까?'

검은 사제의 시선이 밤하늘을 향한다. 캄캄한 허공에서 응답처럼 어떤 음성이 들리는 듯하다.

'내 빛은 어둠속에서도 비치고 있었느니라……'

사제가 소스라치듯 십자성호를 그으며 다시 중얼거린다.

"인 노미네 파트리스 에트 필리 에트 스피리투스 산크티 아멘(In nomine Patris et Filii et Spiritus Sancti Amen, 성부와 성자와 성령의 이름으로 아멘)!"

†

우리는 마침내 성 요한 축일에 두 번째로 출항해
하느님의 가호로 코라이에 도착했습니다. ……
코라이에서 일어나고 있는 사건들을 볼 때
평화가 이룩될 것 같지는 않습니다. ……
웅천성은 난공불락의 요새로
높은 방어벽과 망루와 튼튼한 초소를 세워 놓았습니다.
-세스페데스의 편지, 1593년 12월

집 진 자

"성이 다 완성됐군요."

"가히 철옹성이군요."

십자가가 그려진 대형 군기가 펄럭이는 웅천성의 웅장함과 화려함은 세스페데스 사제와 레온 수사로 하여금 감탄을 금치 못하게 했다. 그러나 그들이 성안에 들어섰을 때 감탄은 탄식으로 바뀌어야 했다. 성안에서 죽음의 냄새가 났기 때문이었다. 오랜 세월 영적 수련을 해온 수도자인 그들은 그 냄새를 직감적으로 맡을 수 있었다. 세스페데스 사제는 예민하게도 냄새만이 아니라 어떤 환영까지 보고 있었다.

"악의 성입니다."

"음산한 기운이 떠돌아요."

사제와 수사가 소곤거렸다.

"수사님, 바벨론(Babylon)성 아시지요?"

"저도 성경을 읽었으니 당연히 알지요."

"제가 왜 이 성을 보면서 그 까마득한 옛날의 바벨론성을 연상하게 되는 걸까요. 겉은 으리으리하지만 안에선 신의 뜻을 거스르는 죄악의 성 말이에요."

"신부님이 무슨 말씀을 하시려는 건지 알겠습니다."

어쩌면 사제와 수사는 웅장한 성벽과 화려한 성루의 이면을 꿰뚫어 보고 있는 것인지 몰랐다. 번쩍이는 성채 안에 드리워진 죽음과 폭력과 질병의 어두운 그림자를.

"우린 이 죄악의 성에서 악마에 쫓기는 영혼들을 구해야 합니다."

"아우구스티노 다이묘님이 우리를 초청한 사정을 짐작하겠군요."

사제와 수사가 성에 도착했을 때 공교롭게도 그들을 반겨줄 아우구스티노 고니시 유키나가는 부재중이었다. 성을 비운 그를 대신해 휘하 가신과 영주들이 이 뜻밖의 진객을 맞이했다.

"저희 다이묘께선 모종의 중차대한 군사 비밀협상 건으로 며칠 외부에 머물고 계십니다. 다이묘께서 돌아오실 때까지 저희가 모시겠습니다."

갑옷 차림의 한 기리시탄 가신이 예의를 갖추며 정중히 양해를 구했다. 세스페데스로서는 당장 아우구스티노를 만날 수 없다는 게 아쉬웠다. 하지만 아쉬움을 내색할 수는 없는 노릇이었다.

†

조선 경상도 웅천은 왜 이리 춥기까지 한 것일까. 한겨울에도 따뜻한 일본 나가사키와는 비교가 되지 않는다. 조선 땅에서 맞는 첫 아침에 세스페데스 신부는 두꺼운 솜옷을 껴입고도 추위를 탄다. 웅천만엔 칼바람이 분다. 웅천성 좌우 양쪽 바다로 통하는 제포와 안골포의 움푹한 포구가 오히려 바람을 빨아들이는 통로의 역할을 하면서 차가운 해풍을 그대로 성곽 쪽으로 받아넘긴다.

날은 추운데 성곽 여기저기가 마무리 공사로 소란스럽다. 꺼멓고 허연 사람들이 한데 뒤섞여 전각을 짓고 돌담을 쌓고 길을 내는 따위의 노역을 하고 있다. 자세히 보니 검은색은 군복을 입은 일본 병사들이고, 희누른색은 막누더기 누비옷을 걸친 조선인 포로들이다. 추위, 강제노동, 절망에 찌든 사람들의 후줄근한 행색과 추레한 몰골이 드러난다. 세스페데스의 눈에는 병사든 포로든 다들 악마의 성을 떠도는 유령 같다.

'호화로운 성채 안에 감춰진 비극이구나!'

아침 바다 한가운데로 솟은 태양의 빛이 처연하게 느껴지는 이유가 바로 이 때문이다.

신부 앞에 펼쳐지는 참경은 적나라하다. 조선인 포로들이 두 명씩 짝을 이뤄 돌담 공사에 쓸 회반죽 통을 어깨에 메고 지나가는 중이다. 고개를 숙이고 얼굴을 찡그린 채 무거운 회반죽 통을 나르는 노역 행렬은 끝없이 이어진다. 행렬 옆에서는 젊은 조선인 하나가 지키고 서서 동료들을 향해 큰소리로 떠든다.

'요란스러운 코라이 젊은이로군. 감독자인가?'

신부는 먼발치에서 이 낯선 청년에게 눈길을 주고 있다. 제멋대로 날리는 더벅머리 흑발, 교활하리만치 번득이는 눈, 빠릿빠릿한 몸동작이 얼핏 보기에도 유난스러운 조선인이다.

'누군데 저렇게 나를 빤히 쳐다보지?'

더벅머리 청년에게도 신부는 신기한 존재가 아닐 수 없다. 더벅머리는 아까부터 정체 모를 이방인의 생김생김을 힐긋거리며 호기심 가득한 눈초리를 보내고 있다. 이방인은 자신을 드러내지 않으려 커다란 삿갓까지 눌러썼으나 색다른 외모를 온전히 감출 수는 없다.

 "신부님, 남들이 봅니다. 이제 그만 처소로 가시죠. 웅천성 경내는 숙소에서도 얼마든지 감상하실 수 있습니다."

 세스페데스 신부와 레온 수사를 안내하던 기리시탄 가신이 그들의 걸음을 재우친다. 가신은 서양 신부의 노출을 꺼리는 눈치다.

 "두 분의 숙소는 저 꼭대기에 있는 천수각입니다. 저곳엔 아우구스티노 다이묘님의 집무실이 있지요."

 가신은 성곽의 가장 높은 곳에 갓 지어진 황금색 전각을 손으로 가리킨다. 금빛 기와지붕의 찬란한 광채가 탁 트인 사방으로 퍼져나간다.

 "이렇게 환대해 주셔서 감사합니다."

 세스페데스 신부가 고개 숙여 답례한다. 가신이 재차 호의를 베푼다.

 "신부님, 언덕길이 가팔라 힘드니 말을 타시지요. 제가 말을 대령하겠습니다."

 "아닙니다. 경내 구경도 할 겸 걸어서 가겠습니다."

 신부는 극구 사양한다. 가신이 체념하는 표정을 짓는다. 수사가 나선다.

 "말 대신에 다른 부탁이 있습니다만……."

 "어떤 부탁이든 말씀하십시오."

"저 아래 성문 입구에 우리가 가져온 짐이 있습니다. 짐을 숙소까지 날라야 하는데……."

수사가 머뭇거리자 가신이 다시 친절히 답한다.

"염려하시지 않아도 됩니다. 저희가 알아서 옮겨 드릴 테니, 두 분께선 그냥 처소로 드시지요."

신부와 수사에게는 나가사키와 쓰시마에서 배로 실어온 짐이 있었다. 뱃사람들이 배에서 화물을 모두 내려 성문 앞에 부려 놓고 간 것이었다. 신부와 수사의 짐짝은 거창하진 않았지만, 성구와 성물 등 여러 가지를 챙겨오다 보니 제법 부피와 무게가 나가는 게 각자 두어 덩이씩이나 됐다. 의술가이기도 한 수사는 전통 의료도구와 약재 따위가 들어 있는 궤짝까지 가져 왔다.

가신이 병사를 불러 뭔가 지시를 내린다. 그러자 병사는 조선인 포로들이 있는 쪽으로 뛰어간다. 가신은 다시 손님들을 안내한다.

"자, 짐 걱정은 하지 마시고 저와 함께 걸어 가시지요. 숙소가 언덕에 있어 힘드실 겁니다. 그 대신 전망은 좋지요."

신부와 수사는 가신을 따라 천수각으로 향한다. 그때 그들의 등 뒤에서 병사의 거친 목소리가 들린다. 조선인 포로에게 고함치는 소리다.

"야, 을라수! 몇 놈 데리고 나를 따라와."

세스페데스는 가신의 하명을 받은 병사가 포로들을 시켜 짐을 나르려 한다는 걸 깨닫는다. 그리고 병사에게 호명을 당한 포로가 바로 아까 그 더벅머리 젊은이이며, 그의 이름이 '을라수'라는 사실도 알아챈다.

세스페데스는 서툰 발음으로 조선 이름을 또박또박 되뇌본다.

'을, 라, 수······.'

이윽고 두 사람은 언덕바지 숙소인 천수각에 도착해 여장을 푼다. 방은 각자 하나씩 옆으로 나란히 배정되어 있다. 가신의 처소 역시 같은 곳에 있다. 그의 처소는 작은 정원을 사이에 두고 두 사람의 방과 마주하고 있다. 천수각의 내부 치장이 황금빛 외관 못지않게 화려하다. 정교한 돌담과 회랑을 따라 이어지는 크고 작은 방들은 고급 목재를 써서 하나같이 으리으리하고 깔끔하다. 가신의 말마따나 지대가 높아서 담장 아래로 성안의 풍경이 한눈에 들어온다. 성 안뿐만이 아니다. 성 밖으로는 웅천 앞바다의 수려한 풍광이 잡힌다. 지금 순간으로만 본다면 전란에 휩싸인 슬픔의 바다가 아니다.

각자 방에서 여독을 풀던 신부와 수사가 방문을 연 것은 바깥의 인기척 때문이다. 문밖 회랑과 정원 마당에서 병사가 지켜보는 가운데 아까 그 을라수를 필두로 대여섯 명의 포로 짐꾼들이 짐 덩이를 부리고 돌아가는 중이다. 신부는 급히 병사를 시켜 을라수만 잠깐 불러오도록 한다. 뒤돌아 정원을 나가던 을라수가 다시 불려온다. 신부가 을라수에게 짐을 방안까지 들여 달라는 뜻으로 손짓을 보낸다. 을라수는 말없이 신부의 짐 궤짝을 어깨에 지고 방으로 들어와 조심스럽게 내려놓는다. 그가 날라 온 것은 십자가와 성경책과 전례 용구 등이 들어 있는 궤짝으로 신부의 가장 소중한 짐이다.

'네가 나의 십자가 짐을 져 왔구나!'

신부는 방을 나가려는 을라수에게 다가가 고마움의 표시로 어깨를 살짝 짚어준다. 을라수의 더벅머리에선 냄새가 끼친다. 움칫 돌아보는 그의 눈빛은 아까 노역장에서처럼 매섭고 교활하지 않다. 외려 나약하고 천진하다.

'눈빛이 복잡하군. 절망과 구원의 빛이 뒤섞인 눈망울이야. 흑진주같이 새까맣기만 한 저 눈동자에 뜻밖에도 영혼의 다양한 빛깔이 담겨 있을 줄이야!'

신부는 영성을 맑혀온 수도자로서 을라수의 찰나적 눈빛을 읽어낸다.

'하기야 인간의 눈빛은 순수함과 교활함을 함께 담고 있지.'

신부가 무슨 생각을 하든 말든, 그를 위해 언덕바지까지 십자가 짐을 졌던 더벅머리 을라수는 발자국소리를 죽여 조용조용 숙소를 빠져나가는 중이다. 서로 한마디 말도 나누지 않은 첫 만남이었다.

†

아우구스티노를 기다리는 며칠 동안 세스페데스 신부는 천수각 숙소에 틀어박혀 지냈다. 숙소 벽에 십자가와 성화를 걸고 작은 제대를 차려 놓고 기도를 올리는 것 외엔 일과가 없었다. 간혹 문안객으로 찾아온 다이묘들과 인사를 나누고 환담할 때도 있긴 했다. 아우구스티노를 따라 출병한 규슈 지방의 기리시탄 다이묘들이었다. 그것도 잠시였으니 낮에 무료할 땐 전각 회랑에 나와 조선의 남해 바다를 감상했다. 밤에 지루할 땐 나가사키 예수회 앞으로 편지를 쓰는 게 고작이었다. 언제 어떻게 보낼지조차 모르는 편지였다. 낮이든 밤이든 아직 숙소 밖 출입은 금지였다. 아우구스티노의 참모들은 신부의 노출을 꺼렸다.

'지팡도, 코라이도 내겐 모두 은둔의 땅이구나.'

어디를 가도 자신의 존재를 숨겨야 하는 현실을 신부는 담담히 받아들였다. 아니, 아우구스티노를 위해서라면 그림자가 돼도 좋았다. 그건 선교사로서 지난 세월 그에게 진 신세에 보답하는 일이기도 했다. 지금까지 그의 보호가 있었기에 '지팡' 땅에 발붙일 수 있었고 '코라이' 땅까지 밟은 것 아니겠는가. 생각하면 십자가와 칼의 만남이었다. 둘 다 한창때이던 15년 전에 28살의 유럽 선교사와 21살의 일본 사무라이 사이에 싹튼 교분이자 우정이었다. 그런 그가 지금 조선 출정의 선봉장이 되어 살육과 파괴에 앞장서고 있었다. 신부는 안타까웠다.

'전쟁의 피를 묻힌 아우구스티노를 속죄시키리라.'

†

이튿날 낮에 사제는 천수각 회랑에서 웅천 앞바다를 내려다보다 깜짝 놀라고 만다. 멀리 포구 선착장에서 남녀노소의 사람들이 줄줄이 배에 실리고 있는 게 아닌가. 다들 몸이 묶인 채 군선 서너 척에 나뉘어 태워지고 있다. 배에 실리지 않으려고 발버둥치는 사람에게는 총칼을 든 일본 병사가 달려든다. 사제는 저들이 일본으로 끌려가는 조선인 포로들이라는 걸 직감한다. 더구나 저 배들은 며칠 전 자신도 태우고 웅천성에 도착한 군수물자 보급선이다. 이제 귀환하는 길에 포로와 전리품을 수송하는 것이리라. 배들은 날이 어둑해질 때를 기다렸다가 조선 수군을 피해 바다로 빠져나갈 것이다.

'코라이에 오자마자 이런 현장을 목격하다니. 그것도 내가 타고 온 배에 조선인들이 실릴 줄이야. 이 성은 분명 바벨론성이다. 아득한 옛날 유대 사람들을 포로로 잡아다 가두고 전리품을 뺏어다 쌓아뒀던 그 사탄의 성 바벨론이 지금의 이 모습 아니고 무엇이었으랴.'

사제의 입에서 짧은 탄식이 터진다.

"도미네 데우스!"

†

아우구스티노 고니시 유키나가는 사흘 뒤에 돌아왔다. 웅천성에 싸락눈이 희끗희끗 날리는 날이었다. 고니시는 환영의 인사를 건네기 위해 몸소 세스페데스 신부의 숙소를 찾았다.

"그레고리오 신부님! 저희를 위해 조선까지 먼 길 와주셔서 영광입니다."

그는 예전부터 호칭하던 방식대로 세스페데스의 세례명을 부르며 반가움을 금치 못한다.

"아우구스티노 장군님의 초청을 받아 오히려 제가 영광입니다. 2년 만에 뵙는군요."

"조선에 출정할 때 신부님은 이 몸을 위해 기도하셨지요. 내가 오늘날까지 무운을 누리는 것도 그 덕분이오, 하하!"

고니시는 무장으로서 일부러 호방한 모습을 보인다.

"아우구스티노 님께 하느님의 자비와 평화가 함께하길 빕니다."

세스페데스가 성호를 긋는다.

"신부님은 항상 내게 평화를 사랑하는 다이묘가 되라고 하시었소. 평화, 나도 바라는 바요."

고니시의 목소리에서 갑자기 힘이 빠진다.

"전쟁은 하느님의 뜻이 아닙니다. 예수님은 칼로 선 자는 칼로 망한다고 가르치셨지요."

"신부님, 알고 있습니다. 그래서 나도 평화회담을 서두르고 있어요. 사실 며칠 성을 비운 것도 그 때문이었소. 유게키 쇼군과 만나 협상하느라……."

그러니까 세스페데스가 사흘을 기다리며 기도만 올리고 있던 동안에 고니시는 성 밖 모처에서 명나라 사신을 만나고 있던 터였다. 고니시가 말한 '유게키 쇼군(遊擊將軍, 유격장군)'은 심유경이라는 자였다. 심유경은 원래 저잣거리의 무뢰한 출신으로 술수꾼 기질이 다분하고 술책에 능한 위인이라는 말이 나돌았으나, 고니시로서는 강화 교섭을 위해 그와 머리를 맞대지 않을 수 없었다.

"협상이 좀……, 여의치 않소이다. 요샌 그 걱정에 잠을 못 자오."

고니시의 목소리는 여전히 맥없다. 세스페데스가 보기에도, 2년 전 나고야 앞바다를 까맣게 뒤덮은 군선을 거느리고 호기롭게 출병하던 그의 모습이 아니다. 지금 그의 표정에선 전쟁 수행과 평화 협상의 이율배반적 노선을 걸어야 하는 무장으로서의 복잡한 감정이 드러나고 있다.

"솔직히 나는 기리시탄으로서 이 전쟁을 피할 수 있으면 피하고 싶었소. 내가 내 사위인 쓰시마 도주와 함께 전쟁을 막기 위해 노력했다는 건 신부님도 알 것이오. 하지만 워낙 야심이 강한 다이코 주군의 명령인지라 거역할 수 없었소이다."

고니시는 목청을 편다. 세스페데스가 아는 한 그들 장인과 사위는 전쟁과 평화 사이에서 태도가 오락가락했다.

"난 초전에는 승승장구했소. 그런데 지금은 평양성도 잃고 한성도 내주고 웅천까지 후퇴했으니 패장 신세가 된 것이오. 본국의 주군께서 얼마나 실망하시겠소. 게다가 경쟁자인 가토 기요마사는 나를 모략하는 판이니……."

세스페데스가 끼어든다.

"아우구스티노 님의 진정한 주군은 따로 계십니다. 우리의 임금은 하느님이십니다."

"압니다."

"땅이 아닌 하늘에 계신 임금의 명령을 따르십시오."

"나도 고민이 많았소. 내가 이 전쟁의 무모함을 알면서도 선봉장으로 나선 것은 기리시탄을 보호하기 위함이었소. 하느님의 땅인 내 영지와 하느님의 자녀인 내 백성을 지키고자 했던 것이오."

"기리시탄 다이묘로서 겪을 수밖에 없는 고뇌이지요."

"딸아이 마리아를 외딴 쓰시마 섬으로 시집보낸 것도 이유가 있지요. 기리시탄을 박해하는 본토에서 멀리 벗어나게 해주고 싶었소."

고니시는 벽에 걸린 십자고상을 바라본다.

"그레고리오 신부님!"

고니시가 세스페데스 쪽으로 돌아 앉더니 무릎을 꿇는다.

"신부님에게 고백성사를 바치고 싶습니다."

고니시의 눈빛이 진지하다. 세스페데스 신부가 천천히 고개를 끄덕인다. 고니시가 성호를 그은 뒤 읊조린다.

"저 아우구스티노, 하느님께 살상의 죄를 지었습니다. 제가 알지 못하는 죄도 많이 지었습니다. 이 죄인을 긍휼히 여기시고……."

고니시의 머리에 신부의 손이 얹혀 있다. 신부의 숙소는 고해소가 되어 있다. 신부가 죄의 고백과 용서에 대해 훈계한다.

"하느님께선 지금 십자가 아래에서 아우구스티노가 행한 고백을 들으셨습니다. 거듭해 말하지만 피 흘리는 전쟁은 그분의 뜻이 아닙니다. 종전 협상을 빨리 마무리짓는 게 그나마 지은 죄를 씻는 일입니다. 하느님은 평화를 사랑하는 자를 사랑하시나니……."

신부의 사죄경이 이어지는 동안 고니시는 안온한 얼굴을 되찾아간다. 일본을 떠나 실로 2년 만에 조선에서 신부에게 바친 고백성사다.

"마음이 한결 가벼워졌소. 내일부턴 내 부하들의 고해를 들어주시오. 그들도 몸과 마음이 병들어 있소이다."

"그러겠습니다."

고백성사가 끝나고도 두 사람의 대화는 계속된다. 세스페데스는 오사카에 있는 아우구스티노의 부인 유스티나(Justina)와 쓰시마 섬에 있는 딸 마리아의 안부를 전한다. 그녀들의 편지와 선물도 건넨다. 나가사키 예수회의 근황과 사정도 들려준다. 두루 소식을 전해 듣던 아우구스티노가 묻는다.

"오타 줄리아, 그 아이도 많이 컸지요?"

자신이 양녀로 삼아 쓰시마로 보낸 조선 소녀에 대한 질문이다.

"예. 마리아 님의 양육 덕분에 잘 지내더군요. 둘이 자매 같았습니다."

"권가회, 그 아이도 잘 지내겠지요? 지금쯤 세례를 받았을 법도 한데……."

권가회 역시 아우구스티노에 의해 조선에서 쓰시마를 거쳐 규슈 지방으로 보내진 사내아이다.

"그 아이도 예수회 신부가 잘 돌보고 있다는 소식입니다."

"다행이군요. 신부님은 내가 왜 조선의 전쟁고아들을 거두는지 아시오?"

"불쌍한 아이들이 무슨 죄가 있겠습니까. 전쟁터이니 누구라도 거둬야지요."

"그렇소이다. 그 어린 영혼들이라도 구제하면 전쟁에서 지은 내 죄도 조금은 씻을 수 있지 않을까요? 허허!"

아우구스티노는 농담이라도 하듯 말하며 허탈한 웃음을 흘린다.

"종종 신부님을 찾아뵙도록 하지요. 오늘 큰 위안과 은혜를 받았소이다."

"은혜는 제가 입었습니다. 이렇게 높은 곳에 훌륭한 숙소도 마련해주시고……."

"신부님은 내게 영적 인도자이시오. 내 어찌 천수각보다 높고 편한 곳이 있다면 그리로 모시지 못하겠소. 허허!"

"주님은 늘 낮은 데로 임하셨지요. 저 같은 몸이야 저 아래 움막집인들 어떻겠습니까."

세스페데스는 손에 쥔 묵주 알을 몇 번 굴린다.

"그런 덴 번잡해서 거처하시기에 불편하오이다. 실은 신부님을 이 높은 곳으로 모신 이유가 있지요."

"저를 사람들 눈에 띄지 않게 하기 위함이시겠지요."

"허허, 신부님은 눈치도 빠르시오. 사실 이 성엔 다른 눈들이 많소. 부하들 중에도 기리시탄이 아니라 신도(神道)나 아미타(阿彌陀)교를 믿는 자들도 많지요."

"알고 있습니다."

"도라노스케(虎之助)의 첩자와 내통하는 병사도 있을 수 있으니 더욱 조심하셔야 합니다."

"도라노스케요?"

아우구스티노는 숙적인 가토 기요마사를 그렇게도 부르곤 했다. '도라노스케'는 가토의 어릴 적 이름이었다. 적수를 낮잡아보려는 의도에서 일부러 아명으로 부르는 것이었다.

"가토 도라노스케는 우리 진영을 정탐하려고 은밀히 닌자들까지 보내고 있소. 닌자들은 단순한 첩자가 아니외다. 몸이 날래고 무술이 능해 납치와 암살도 손쉽게 자행하는 자객이오."

그건 괜한 소리가 아니었다. 임진년에 가토 기요마사는 선봉장으로 조선에 출병하면서 비밀 특수임무를 수행할 닌자(忍者) 열 명을 별도로 뽑아 데리고 왔다. 가토는 그들을 각별히 아껴 안에선 자신의 친위대로, 밖에선 직속 별동대로 썼다.

"닌자……, 무서운 자들이군요."

세스페데스의 낯빛이 어둡다. 아우구스티노 고니시 유키나가가 자리에서 일어서며 마지막으로 덧붙인다.

"이거 내가 너무 신부님을 불안하게 한 것 같소. 하지만 조심하기는 해야 합니다."

†

기리시탄 병사들이 천수각을 찾기 시작했다. 높고 외진 곳에 있는 천수각 숙소는 세스페데스 신부의 작은 성당이자 은밀한 고해소였다. 병사들은 남의 이목을 피해 주로 밤 시간에 십여 명씩 조를 짜서 험한 언덕길을 올라왔다. 세스페데스 신부는 레온 수사의 도움을 받아 미사를 집전하고 교리를 강론했다. 미사는 예수회 방식에 따라 라틴어로 진행됐다. 병사들은 라틴어를 몰라도 눈치껏 의미를 깨닫고 있었다. 제대 양쪽에 밝힌 촛불이 일렁였다. 그들은 차례로 무릎 꿇고 신부 앞에서 심경을 토로했고 죄를 고백했다. 신부와 수사는 그들의 고해를 들으며 여기가 분명코 끔찍한 전쟁터라는 사실을 실감했다.

"베드로입니다. 전쟁의 악몽과 향수병에 시달리느니 차라리 죽고 싶습니다."

"마르코입니다. 어린애를 부둥켜안은 여자를 한꺼번에 창으로 찔렀습니다."

"토마스입니다. 전공을 세우려고 생사람의 코와 귀를 베는 죄를 범했습니다."

"마태오입니다. 은전 몇 냥에 포로를 노예장사꾼에게 팔아넘겼습니다."

세스페데스는 검은 사제복 속에서 몸서리를 친다. 사제복의 넉넉한 품이 부르르 떨리는 몸을 가까스로 감춰준다.

'너희가 정녕 베드로이고 마르코이고 토마스이고 마태오인가!'

기리시탄 병사들의 입에서 무서운 죄악의 고백이 쏟아질 때 사제는 차라리 귀를 막고 싶다. 이건 거짓말, 좀도둑, 말다툼 따위의 죄가 아니다.

'자비로운 하느님이 내려다보시는데 기리시탄의 이름으로 악마의 짓을 저지르고 있었다니!'

사제 세스페데스에게 웅천성은 처음부터 악령이 배회하는 성이었다. 그 이유가 바로 이것이었다.

'당신의 자녀들이 전쟁터에서 악마가 되어 죄를 짓나이다.'

지금 사제는 또 환영을 본다. 저들 속에서 돈에 눈멀어 예수를 은전 삼십 냥에 팔아넘기는 가룟 유다들이 보이고, 예수를 못 박고 창으로 찌르는 로마 병사들이 보인다. 아무리 고해성사를 주는 사제라지만 저들의 속죄를 위해 하느님께 용서를 빌어야 하는가. 하느님도 차마 저들을 용서하지는 않을 것 같다. 그러나 저들은 지금 자신들이 저지른 무시무시한 죄를 용기 내어 고백하고자 사제 앞에 줄을 지어 기다리고 있지 않은가. 저들은 왜 긴 고백의 행렬을 만들고 있는 것인가. 어쩔 수 없는 전쟁 행위였다고 자위하며 자신이 한 짓을 일절 입 밖에 내지 않고 혼자만의 비밀로 가슴속 깊이 숨긴다 한들 하느님은 그 숨긴 사실조차 알아버리는 전지전능의 존재이기에 도저히 고백하지 않을 수 없다고 생각한 걸까. 그렇다면 저들은 그나마 양심적이지 않은가. 학살과 파괴의 죄악을 행하고도 이 고백의 현장에 나타나지 않는 기리시탄도 있을 텐데. 이 악의 성에도 신은 계시는가. 신은 사탄의 성을 보고 계시는가.

'고백에 용서 있으리라.'

사제에게 마음의 동요가 인다.

'예수께선 당신을 돈 받고 판 유다를 오히려 가엾게 여기셨으며, 당신을 창으로 찌른 로마 병사들을 위해서까지 그들이 무슨 일을 하고 있는지 모른다며 하느님께 용서를 청하셨다.'

세스페데스는 어느새 고해사제로서 하나하나 병사들의 머리를 짚어주고 있다.

'저희가 지은 죄를 저희 스스로 용서하는 것을 용서하소서!'

†

괴로운 고백성사가 끝난다. 고해를 하고 용서를 받아 돌아가는 병사들의 뒷모습을 바라보며 사제는 또 다른 고민에 잠긴다.

'내가 저들을 용서하면 저들에게 희생된 영혼들은 어찌되는가? 저들을 용서함으로써 저들의 희생자들에게 죄를 짓는 게 아닌가?'

사제는 환청처럼 비명소리를 듣는다. 한꺼번에 창에 찔려죽은 여자와 어린애, 산 채로 코를 베이고 귀를 잘린 사내, 노예장사꾼에게 팔려간 포로……, 이름도 얼굴도 모르는 코라이 사람들의 처절한 목소리다. 원한에 찬 목소리도 섞여 있다. 당신이 누구이며 무엇인데 우리에게 죄지은 자들을 함부로 용서하는 것이냐는.

사제는 텅 빈 숙소에서 홀로 묵상기도를 올린다.

'저로 하여금 코라이의 억울한 영혼들을 위로케 하소서. 저들을 평화로이 하게 하소서!'

기도하는 일이 어렵다. 이런 힘든 기도를 한 적이 있었던가. 기도는 가해자든 피해자든 누구에게나 하면 되는 일인가. 기도 중에 가책하기도 처음이다.

†

웅천성의 은밀한 성사는 밤을 도와 이어졌다. 촛불 밝힌 천수각 외딴 방에서 미사를 올리는 사제의 음성이 은근했다. 아우구스티노의 기리시탄 부하들은 어두워진 뒤에 조용히 군막을 빠져나와 천수각 언덕을 올라왔다. 그들은 그 언덕길이 영혼의 죄악을 씻어내는 구원의 길이라고 믿었다. 고해와 복음을 통한 위안과 위로는 어둠이 짙고 바위로 경사진 길을 오르는 수고를 보상하고도 남았다. 그들은 미사가 끝나면 또 은밀하게 밤길을 내려갔다.

"수사님, 카타콤바 아시지요?"

"알지요. 로마 기리시탄들의 땅속 비밀 예배소 아니었던가요?"

"그렇지요. 그 옛날 카타콤바의 분위기가 이랬을까요? 물론 이곳이 무덤이 아닌 성채이긴 하지만 지금 우리 모습을 보니 그런 생각이 드는군요."

"신부님은 유럽에서 왔으니 그런 생각을 하셨겠지만, 내 생각엔 우리가 굴속 박쥐나 땅속 두더지 같군요. 낮엔 숨고 밤에만 활동하는……."

신부와 수사는 발자국 소리를 죽여 밤길을 내려가는 기리시탄들의 뒷모습을 바라보며 잠깐 농조의 말을 나누기도 한다.

하루하루 환경에 익숙해지면서 그들의 '카타콤바 생활'에도 다소 변화의 조짐이 일고 있는 건 다행이었다. 병영 내 성사와 전교 활동은 차츰 시간이 길어지고 장소가 넓어져 아침저녁으로 군막에서도 이뤄졌다. 안심하고 믿을 만한 기리시탄 병사들에 한해 그들의 군막을 조용히 찾아가 강론도 할 수 있었다. 아우구스티노의 가신 참모들은 여전히 그들의 그런 활동에 우려의 시선을 보냈지만, 가끔씩은 모른 체함으로써 어느 정도 자유를 허용했다. 자신들의 주군이 본국에서 어렵게 초청한 귀빈을 온종일 숙소에 가둬 정말 박쥐나 두더지처럼 지내게 할 수만은 없는 노릇임을 스스로 알고 있었다.

웅천성은 지쳐갔다. 아니, 성안의 모든 게 죽어가고 있었다. 전쟁도 평화도 아닌 불안하고 두려운 날들이 이어졌다. 성에 고립된 기리시탄 병사들에게 세스페데스 신부와 레온 수사는 그나마 기댈 존재였다. 레온 수사는 일본에서 가져온 의술 도구와 약재를 써서 특별히 의료까지 베풀었다. 괴질에 전염병이 때도 없이 만연하는 성이었다. 병사들은 자신들을 정신적으로 육체적으로 보살피는 그들 앞에서 눈물을 흘렸다. 죽어가는 병사들은 신부의 종부성사를 받고 눈을 감았다. 신부와 수사는 죽은 자들을 거두어 땅에 묻기까지 해야 했다. 싸우다 죽은 게 아니라 어처구니없게도 굶어 죽고 얼어 죽고 병들어 죽은 시체들이었다.

†

아침에 또 한 무더기의 시체들이 눈에 띈다. 이번에는 천수대(天守臺) 돌계단 아래 후미진 구석이다. 일본 병사들이 조선인 포로들을 데리고 밤낮없이 우물을 파던 노역장이다. 간밤의 추위와 굶주림에 하나둘씩 쓰러져 주검이 되었으리라. 검은 군복을 입은 주검도 있고, 허연 누비옷을 걸친 주검도 있다.

"신부님! 검은 옷은 병사, 흰 옷은 포로군요."

"수사님! 옷 색깔에 관계없이 다 똑같이 거두어 줍시다."

아침부터 뜻밖에도 시체 수습이라니. 세스페데스와 레온은 일본 병사든 조선인 포로든 주검을 차별하지 않는다. 꽁꽁 얼어붙은 시체 앞에서 성호까지 그어준다. 그들의 기도에 주검들은 침묵할 뿐이다. 침묵으로써 전쟁의 참상을 말하려는 듯. 죽음은 조선인 포로들에게 더 가혹하다. 병사들도 굶어 죽어나가는 판에 포로들이야 오죽할까. 멀건 죽이나마 하루 세끼 거르지 않고 얻어먹으면 다행이다.

†

겨울 해는 짧다. 하루는 신부와 수사가 기리시탄 병사들의 군막을 찾아 미사를 집전하다 보니 어느새 날이 저문다. 두 사람이 막사의 휘장을 젖히고 밖으로 나왔을 땐 이미 컴컴한 저녁이다. 어둠속에 가파른 언덕을 올라 천수각 숙소로 돌아갈 일이 걱정이다. 그런데 생각지도 않은 일이 생긴다. 천수각의 기리시탄 가신이 호위무사와 함께 말을 대령하고 군막 밖에서 그들을 기다리고 있는 것이다. 말 옆엔 말구종 두 명이 횃불을 들고 고삐를 잡은 채 대기하고 있다. 신부가 자세히 보니 한 명은 을라수, 지난번 자신의 성물 짐을 졌던 그 더벅머리 조선인 포로다.

"이렇게 마중 나오실 줄 몰랐습니다."

"신부님, 피곤하실 텐데 말에 오르십시오. 밤길이 걱정돼 말을 끌고 왔습니다."

가신이 정중히 예의를 차린다. 호위무사도 허리에 길고 짧은 양도(兩刀)를 찬 채 읍한다. 신부는 부담감에 잠시 망설인다. 이를 눈치 챈 수사가 거들고 나온다.

"길이 어둡고 험하니 말을 타시죠."

수사의 권유가 아니더라도 신부로선 가신의 친절과 호의를 거절하기 어렵다.

"그럼……."

검은 옷차림의 신부와 수사가 마지못해 말에 오른다. 각자 허리에 두른 새끼줄 같은 검정색 장식 띠가 옷자락 끝까지 길게 늘어진다.

"저희를 따라오십시오."

가신과 무사가 말을 타고 앞장선다. 신부와 수사에게는 말구종 겸 횃불잡이가 따라붙는다. 신부의 말구종은 을라수다. 그는 한쪽 손에 횃불까지 들고 요령껏 발걸음을 놀린다. 이 비천한 자의 수고 덕분에 신부는 돌부리로 울퉁불퉁한 언덕길을 편안히 오른다. 신부는 높은 말안장 위에서 그를 내려다본다. 낮은 데로 임한 자의 수고로움이 거기에 있다. 사위는 조용한데 또각또각, 말발굽 소리만 크다.

'네가 전번에는 나를 위해 짐을 지더니 오늘은 빛을 비춰 나에게 길을 안내하는구나. 네가 나의 인도자라도 되는 것이냐?'

신부는 흔들리는 말 위에서 묵상에 잠긴다. 짐과 빛과 길, 모든 게 우연찮게 느껴진다. 푹신한 말안장에 얹혀 언덕바지를 오르는 동안 몸은 편할지언정 마음은 편치 않다. 선교사의 몸으로 쫓기며 밤길, 새벽길, 물길, 산길을 가리지 않고 온갖 험한 길을 걸었던 시간들을 행여나 잊고 지금 여기서 이 호사란 말인가. 청빈, 정결, 순명을 서약한 사제로서 영혼의 순결성에 한 점 티가 되리라.

천수각은 다 와 가는데 언덕 꼭대기에 이르도록 을라수는 숨도 안 차는지 좀체 자세를 흐트러뜨리지 않는다.

'난 죽음의 골고타 언덕을 맨발로 걸어 올랐다. 넌 그 돌부리 많은 언덕 하나를 못 걸어 올라 말을 타고 종을 부리느냐. 네가 내 어린 백성을 보살피지 않고 오히려 부리느냐. 네가 골고타 언덕의 말 탄 로마 병사와 무엇이 다르냐.'

갑자기 하늘에서 어떤 음성이 들리는 것 같다. 신부는 소스라치듯 묵상에서 깨어난다. 얼굴을 들어 하늘을 본다. 그저 별빛 총총한 밤하늘일 뿐이다. 어느샌가 별무리 속에 손톱 같은 조각달이 걸렸다.

"저……, 잠깐 말을 늦추시지요. 드릴 말씀이…….”

신부가 앞서가는 가신을 조용히 부른다. 가신이 자신의 말고삐를 당겨 신부의 말과 보폭을 나란히 한다.

"무슨 말씀이온지.”

"후의에 고마울 따름입니다만, 앞으론 말을 타지 않고 제 발로 이 언덕을 오를까 합니다.”

신부가 조심스럽게 입을 떼는 동안 가신은 의아해한다.

"그러니 다음부턴 저희를 위해 말을 내지 않으셔도 됩니다. 높고 화려한 숙소도 부담스럽습니다만…….”

신부는 거듭 사양의 뜻을 밝힌다. 옆에서 수사도 한마디 돕는다.

"선교사인 저희는 사실 말을 타는 게 익숙하지도 않고, 어울리지도 않습니다.”

"그러시군요. 지난번에도 말을 사양하시더니.”

가신은 두 사람의 진의를 알아챈 듯 고개를 끄덕인다. 말을 끄는 올라수도 그들의 대화를 대충 알아들은 듯하다.

천수각의 높은 윤곽이 어둠속에서도 우뚝하다. 천수각 정문에 다다라 호위무사가 먼저 말에서 내리며 말한다.

"다 왔으니 내리시지요.”

무사는 말구종들을 향해 소리치는 것도 잊지 않는다.

"너희는 손님들을 조심히 말에서 내려드려라.”

무사의 명령에 올라수가 눈치 빠르게 세스페데스 신부를 부축한다.

신부는 을라수의 도움을 받아 말에서 내린 뒤 그를 가볍게 안아준다. 을라수는 순간적으로 몸을 떤다. 누군가의 품에 안겨보는 게 처음일뿐더러 괴이하게도 검은 옷을 입은 이방인과의 포옹이니 전율이 일 수밖에 없다. 을라수의 더벅머리에선 여전히 냄새가 났지만 세스페데스는 개의치 않는다.

'수고로운 자의 고마운 땀내 아닌가.'

세스페데스는 을라수에게 말을 붙여보고 싶다. 조선말 통역으로 레온 수사를 부를까 하다가 그만둔다. 레온이 저만치 떨어져 있을뿐더러 가신과 무사가 지켜보는데 통역까지 불러 조선인과 대화한다는 건 눈치 보이는 일이다. 세스페데스는 을라수에게 조용히, 그리고 천천히 일본어로 인사를 건넨다. 피차 조선어와 에스파냐어를 모르는 처지에 그나마 의사소통이 가능한 언어는 일본어다.

"오늘밤 또 고마운 신세를 졌구나. 이름이 을라수던가?"

"그렇사옵니다."

"몇 살이지?"

"열여덟 살입니다."

을라수는 좀 서툴긴 했지만 일본말로 고분고분 대답한다. 축성 공사장에서 조선말로 동료들에게 악다구니를 하던 것과는 다르다.

"여긴 어떻게 끌려왔지?"

"난리 초에……, 한양 근처에서 왜병에게 잡혀……."

을라수가 조심스럽게 주변을 살피며 머뭇거린다. 세스페데스도 주위를 살피는 시늉을 한다. 그러자 고맙게도 가신은 무사를 데리고 슬며시 자리를 피해주는 배려를 베푼다. 가신 또한 기리시탄으로서 신부를 귀하게 떠받드는 모양새다. 대화는 한결 편해진다. 을라수가 그동안 자신도 궁금했다는 듯 세스페데스에게 묻는다.

"어르신은 뉘시옵니까?"

"내가 누구냐고?"

세스페데스는 무슨 결심이라도 한 것처럼 입을 뗀다.

"난 세스페데스, 신부이지."

"세……, 페……, 데스? 신부?"

"에스파냐라는 아주 먼 서쪽 유럽 나라에서 왔단다."

"에스……, 파……, 냐?"

갈수록 궁금해 하는 을라수와 달리 세스페데스는 자신의 정체를 밝혔다는 것에서 차라리 후련한 느낌을 받는다. 떳떳하지 못한 코라이 잠입이라는 비밀 때문에 또 다른 거짓이나 핑계를 만들어내는 건 성직자의 태도가 아니라고 그는 생각한다. 일본군 성채에 갇힌 포로 신분이나마 조선인에게 처음으로 사제의 존재를 알렸다는 사실에서 야릇한 기쁨마저 느낀다.

"신부는 무슨 벼슬 같은 건가요? 높은 벼슬인가요?"

엉뚱한 질문이다. 세스페데스는 속으로 웃음이 난다.

"신부란 벼슬이 아니고 하느님의 말씀을 전하는 심부름꾼이지. 하느님의 종이야."

"어르신이 종이라고요? 거짓말 마세요. 종노릇은 저 같은 놈이나 하는 건데요.."

을라수가 작고 검은 눈을 똑바로 뜬다. 어쩔 수 없는 천민의 눈빛, 그것이다.

"허허. 하느님은 하늘나라를 다스리는 임금님이란다. 신부는 그 임금님을 섬기는 신하인 셈이고."

"하늘의 임금님……?"

"그분의 나라엔 전쟁도 없고 포로도 없다. 신분의 귀천도 없는 곳이야."

"사람에게 귀천이 없다니 어찌 그럴 수가 있어요?"

을라수가 반문을 거듭한다. 하지만 아쉽게도 두 사람의 대화는 거기서 멈추고 만다. 자리를 피해줬던 가신과 무사가 짐짓 헛기침 소리를 내며 다가왔기 때문에 더 이상 대화를 나눌 계제가 아니다. 무사가 어둠속에서 다가오면서 소리친다.

"너희 마부들은 이제 막사로 돌아가도 좋다. 말은 마구간에 잘 매어둬라."

"예예."

을라수가 무사에게 허리를 굽실거리며 약삭빠르게 움직인다. 그는 앞장서 말을 끌고 천수각 뒤편 마구간으로 향한다. 눈치가 느려 보이는 다른 말구종이 덤덤히 그의 뒤를 따른다. 신부는 마구간 쪽으로 사라지는 을라수를 유심히 바라본다.

†

 그날 밤 세스페데스 신부는 숙소에서 쉽게 잠을 이루지 못하고 몸을 뒤척인다. 아까 말구종으로 부린 그 더벅머리 조선인 을라수를 떠올리며 이런저런 생각을 하다 보니 잠은 저 멀리 달아난다. 그런 데다 어느 순간인가 옛날에 에스파냐 고향집에서 말을 타고 놀던 유소년 시절로 생각의 끈이 이어지면서부터 급기야 잠기는 싹 가시고 만다. 고국 에스파냐와 고향 마드리드, 그 아련한 시절의 기억이 되살아난 건 실로 오랜만이다. 기리시탄을 박해하는 동방의 이국땅을 전전하며 쫓기듯 숨듯 살아온 선교사의 나날이었기에 더욱 소중하고 애틋한 과거의 편린들이 아니겠는가. 신부는 두터운 솜이불 속에서 몸을 뒤척거리며 뭉게구름처럼 피어오르는 오래된 추억을 곰곰 반추한다. 뇌리에서 시간과 공간은 그렇게 되돌려지고 있다. 장년에서 유소년의 시간으로, 조선에서 에스파냐의 공간으로.

 '사제의 길을 가지 않았다면 지금 나는 어느 길을 가고 있었을까? 유력한 정치가의 가문에서 태어났으니 나도 아버지, 형, 동생처럼 정치인이 되었겠지. 그레고리오 데 세스페데스, 나는 마드리드의 귀공자였다. 에스파냐 귀족으로 가문의 지위는 뚜렷했다. 마드리드 시장을 아버지로 둔 나는 요람의 시절에 이미 부귀하고 풍요했다. 나는 대저택에서 말구종뿐만 아니라 유모와 시종 따위의 종을 부렸다. 나 스스로 그 모든 것을 버린 열여덟 살 때까진 그랬다. 무엇이 사람의 종을 부리던 나로 하여금 하느님의 종이 되도록 결심하게 했을까?'

신부는 누운 채 벽에 걸린 검은 사제복을 바라본다.

'내가 죽을 때 수의가 될 검은 저 단 한 벌의 옷. 나는 어쩌자고 저 옷을 입고 청빈, 정결, 순명을 서원하여 사제가 된 것이며, 미지를 떠도는 선교사가 된 것인가? 나는 그때 어쩌자고 귀공자의 화려한 옷 대신 수도자의 검은 옷을 입었던가?'

벽에 꼿꼿이 걸린 검은 사제복이 이제는 거꾸로 신부를 내려다보는 듯하다.

'나는 지금 왜 저 옷을 걸치고 코라이 땅에 있는가? 이 심상찮은 여정에 나를 세우신 신의 뜻은 무엇인가?'

상념이 깊고 길다. 잠이 오지 않는 코라이의 긴긴 겨울밤이다.

†

그날 밤 을라수도 포로수용소 군막에서 잠을 이루지 못한다. 잠자리가 불편해서만은 아니다. 움막 같은 수용소 막사가 춥고 거적자리가 등짝에 배길망정 고단한 몸뚱이를 누이면 그대로 곯아떨어지는 잠자리였거늘 오늘따라 잡생각이 끓는 통에 평소처럼 눈꺼풀이 스르르 감겨 오지를 않는다.

'신부……. 괴상한 검은 옷을 입은 서쪽 나라 사람!'

을라수의 머릿속을 어지럽혀 그로 하여금 쉽사리 잠에 빠져들지 못하도록 하는 잡생각이라는 건 바로 그것이다. 세스페데스라는 서양 신부와의 짧은 만남이 그 신부의 이국적인 인상만큼이나 이상하고도 강렬한 의미를 남긴 것이다.

'신부, 그는 어째서 내가 짐을 날라다 줬을 땐 어깨를 감싸주고 말을 끌어 줬을 땐 냄새나는 몸을 안아주기까지 했을까? 언제 나를 그렇게 대해준 사람이 있었던가. 조선인 밑에선 하인으로, 왜군 밑에선 포로로, 어디서든 노예였을 뿐인 나에게 그런 눈길, 손길 한 번 보내준 사람이 있었던가.'

천출로 냉대와 핍박을 받으며 살아온 을라수에게 벌써 신부는 가슴 뭉클한 존재가 아닐 수 없다. 게다가 신부의 말은 놀랍기 짝이 없는 것이기까지 하다.

'하늘에도 임금의 나라가 있다고? 하늘의 임금은 땅의 임금보다 훌륭할까? 그 나라 백성은 신분의 귀천이 없다니 종노릇도 하지 않겠지.'

을라수의 머릿속은 뒤죽박죽이다. 몸에 덮어쓴 가마니때기의 틈새로 한기가 새어든다. 동료 포로들의 틈바구니를 비집고 모로 누워 애써 잠을 청하는 왜성의 추운 겨울밤에 잠은 오지 않고 생각과 의문이 꼬리를 물며 몸만 뒤척이게 만든다.

†

웅천의 왜적은 세 진영으로 나뉘어 있는데
각 진마다 병으로 죽은 자가 많을 뿐더러
토목공사에 지쳐 저희 본토로 도망가는 자가
얼마인지 모릅니다.
배들은 세 진영의 중소선을 아울러
삼백여 척이나 되어 보이며
대선은 다만 두 척이 있을 뿐입니다. ……
우리나라 남녀들을 일본으로 들여보내기도 하고
혹은 심부름을 시키며 부리고 있습니다.
적들이 날마다 하는 일을 보니
철환을 두들겨 만들기도 하고
혹은 성을 쌓거나 집을 짓기도 합니다.
-《임진장초》, 이순신

사흘간의 초대

마리아의 남편인 다리오 소 요시토시 영주가 자신의 성채로 신부와 수사를 초대했다. 사흘 일정의 초대였다. 해무가 자우룩이 끼기 시작한 저녁 무렵, 다리오 영주는 노꾼들에게 나룻배를 젓게 하여 몸소 웅천성 아래 선착장으로 왔다. 손님들을 편안히 배로 모시기 위해서였다. 다리오 영주의 성채는 웅포 옆 작은 포구인 제포(薺浦) 쪽에 있었다. 영주들은 대부분 외곽 포구의 별도 성채에 머물고 있었다. 다리오는 안개 속에서 신부와 수사를 배안으로 맞아들이며 환영인사를 건넸다.

"어서 오십시오. 신부님, 바다에 안개가 짙어 불편하시지요?"

"아닙니다. 다이묘님, 안개 낀 웅천 바다의 정경이 훌륭합니다."

"조선 남해안도 안개가 잦고 짙습니다. 쓰시마 못지않답니다."

다리오는 젊은 영주답게 활달하고 사교적이다. 신부는 배에서 안개 몇 모금을 삼켜 맛을 본다. 청량감이 전해지는 안개 맛이다. 배는 바다 안개를 뚫고 금세 목적지에 닿는다. 그들이 제포 선착장에 내릴 때 자욱한 안개 속에서 몇몇 검은 그림자들이 모습을 드러낸다. 다리오의 가신과 병사들이 가마를 대령하고 마중 나와 있다. 여기서도 극진한 환대다.

"저희 제포 성채를 방문해 주셔서 영광입니다. 가마를 타고 안으로 드시지요."

신부와 수사는 이번에는 말 대신 푹신한 가마를 타고 다리오 영주와 나란히 성채로 들어간다. 쫓기고 숨는 고난에 익숙해진 선교사에게는 말이 됐든 가마가 됐든 걷지 않고 앉아서 이동하는 것은 불편한 편안함이다. 하지만 초면에 그들의 성의를 다짜고짜 거절하긴 어렵다.

다리오가 친히 성채를 안내한다. 전각은 규모 면에선 작지만 내부 장식의 화려함에선 극치를 이루고 있다. 저택 정원의 아기자기한 수목이며 기기묘묘한 수석이며, 거실의 황금색 병풍이며 청자색 도자기며……, 일본식 구조에 가미된 조선식 장식이 독특한 분위기를 자아낸다.

"제가 전란의 와중에 조선에서 틈틈이 수집한 것들입니다. 전리품도 부지기수이지요."

다리오는 저택에서 한참이나 자신의 고상한 취미를 자랑한다. 신부와 수사는 마지못해 고개를 끄덕여 호응을 해준다. 수도원에서 청빈을 서원한 세스페데스와 레온에게는 부질없는 짓이며 아무짝에도 소용없는 것들이다. 더구나 그것들이 정복자로서 약탈하고 노략한 전리품이라니.

그 순간 세스페데스는 남편 다리오의 신앙심을 의심하고 있는 아내 마리아를 떠올린다. 그는 가져온 가죽자루에서 예쁜 헝겊 주머니 하나를 꺼낸다.

"다이묘님, 쓰시마 섬에 계신 부인 마리아 님이 보낸 묵주입니다."

다리오는 주머니에서 꺼낸 묵주를 목에도 걸어 보고 팔목에도 감아 보면서 환한 미소를 짓는다.

"제 아내가 귀한 선물을 보냈군요."

"마리아 부인께선 그 묵주가 다이묘님의 신앙심을 지켜줄 것으로 믿고 계십니다."

"하하, 아내는 제 신앙을 의심하지요. 사실 저는 아내 때문에 비밀리에 기리시탄이 됐지요. 금교령 속에서 기리시탄이 된다는 건 어려운 결정이었지요. 조그만 섬의 소영주가 아우구스티노 대영주의 열다섯 살짜리 딸을 정략적으로 취했다고 주위에서 수군대기도 했고요."

다리오는 솔직한 모습을 보이려 애쓴다. 좀 전까지 전리품 수집이나 자랑하던 태도를 바꿔 말투와 표정이 진지하다.

"저는 일본과 조선 사이에 낀 섬의 영주로서 고민이 많습니다. 늘 양다리 외교를 펼쳐야 했지요. 돌섬 황무지를 영토로 가진 영주로선 어쩔 수 없는 처세였지요. 그러나 도요토미 히데요시 다이코사마의 명령을 거역할 수는 없었지요. 제 혼인도 다이코의 명령에 따른 것이었습니다."

다리오 영주가 앉은 자리 좌우에 놓인 황금촛대에서 촛불이 일렁인다. 촛불은 그 자리 뒤편으로 둘러쳐진 황금색 병풍에도 얼비친다. 병풍 화조도 속에 그려진 꽃과 새가 불빛에 흔들리면서 마치 움직이는 듯하다.

"장인이신 아우구스티노 님께 들어서 저희도 그 얘기는 알고 있습니다."

세스페데스 신부가 고개를 끄덕이는 시늉을 한다. 다리오의 결혼이 순수하고 신성했더라면 좋았을 거라는 속생각이야 있지만 내색하진 않는다. 기리시탄 다이묘들 중엔 진심에서가 아니라 권력욕과 이해관계 때문에 신앙을 받아들이는 경우도 많지 않은가. 세스페데스는 일본에서 오래 해온 선교 활동을 통해 그걸 알고 있다.

"전쟁이 끝나고 제가 쓰시마로 돌아가면 신부님을 다시 초청할 테니 그때도 오셔서 복음을 전해 주시기 바랍니다. 제 영지 쓰시마 왕국을 하느님께 봉헌하겠습니다."

"사제로서 영광입니다만……."

신부에게는 다리오의 말이 좀 허풍스럽게 들렸다.

성대한 환영만찬 석상의 대화는 밤이 이슥하도록 이어진다. 다리오의 성채엔 밤안개가 깔린다. 왠지 안개는 죽음의 냄새라도 피워 올리는 듯 짙고 음산하다.

†

아침이 밝고 병영 전례가 시작됐다. 사위 다리오의 제포성은 지성(支城)으로, 장인 아우구스티노의 웅천 본성(本城)에 비해 규모가 작았다. 그런 만큼 전례 의식도 간소하게 치러졌다. 세스페데스 신부는 언제나처럼 라틴어로 미사를 집전했다. 레온 수사가 신부를 보좌했다. 다리오의 부하들은 세례성사도 베풀어주길 청했다. 세례를 받고자 하는 다리오의 가신과 참모가 사오십 명이나 됐다. 그들이 조선의 전쟁터에서 입교해 기리시탄이 되려는 이유는 순전히 공포와 불안 때문이었다. 세스페데스는 그들의 요청에 기꺼이 응했다. 레온 수사는 가외로 그들에게 의술을 펼쳐 환영을 받았다.

†

다리오의 성채도 예외는 아니어서 일단의 조선인 남녀들을 포로로 잡아 가두고 노역과 허드렛일에 부리고 있었다. 조선인 포로들은 성 한 구역에 여러 채의 초가를 잇대고 거적때기를 둘러 겨우 겨울바람을 막을 수 있게 지은 군막에 가축처럼 갇혀 지냈다.

세스페데스가 포로 막사를 손가락으로 가리키며 다리오에게 말을 건넨다.

"다이묘님, 제가 저 사람들도 만나볼 수 있을까요?"

"그건 좀……. 조선인 포로를 꼭 만나실 이유라도?"

다리오는 곤란함과 의아함, 두 가지 표정을 한 얼굴에 짓는다. 세스페데스가 조용히 답한다.

"저 포로들도 창조주 하느님의 피조물입니다. 저들에게도 복음을 들려줘 위안을 받게 하고 싶군요."

"그렇긴 하지만 그건 어렵습니다, 신부님!"

"어떤 어려움이……?"

"신부님의 조선 상륙 사실이 저들의 입을 통해 혹시라도 조선군 측에 알려질 수 있습니다. 그렇게 된다면……."

묻는 쪽도 답하는 쪽도 머뭇거리는 눈치다. 다리오가 말을 잇는다.

"조선군은 우리가 서양 외인까지 끌어들인 데 놀라 크게 경계할 겁니다. 제해권을 장악한 이순신 함대를 자극해 공격의 빌미를 줄 수 있지요. 조선 수군이 해로를 더욱 죈다면 우리가 본토로부터 받는 보급 사정이 최악에 빠질 겁니다."

"이순신, 그 코라이 제독 말씀입니까? 저도 들어본 이름입니다."

"조선에선 명장이지요. 웅포, 제포, 안골포에서 우린 줄곧 그에게 당했어요. 그의 함대가 뜨면 솔직히 우리 배들은 포구로 숨어들기에 급급합니다."

"그 정도군요."

"이순신은 지금도 저 바깥 바다에서 우리의 성채를 감시하고 있을 겁니다."

"말씀을 들으니 예전에 내 조국 에스파냐에서 아르마다(Armada)로 불리던 무적함대 같군요."

"무적함대……? 정말 무적이라는 말이 맞겠네요. 신부님이 쓰시마에서 바다를 건너올 때 이순신 함대에 발각되지 않은 건 천만다행입니다."

다리오는 다시 정색한다.

"그나저나 조선에서 행여 신부님이 잘못되면 문제가 복잡해집니다. 종전 협상이 진행되는 상황에서 자칫 외교 문제가 될 수 있습니다."

"외교 문제요?"

"외교뿐만이 아닙니다. 신부님의 조선 잠입은 우리 일본군끼리도 기밀사항입니다. 도라노스케 군영에서 알게 되면 본국에 당장 고자질할 겁니다."

젊은 무장인 다리오 소 요시토시는 예리한 책략가의 면모까지 드러내 보인다. 아우구스티노 고니시 유키나가가 그를 듬직한 사위로보다는

사흘간의 초대 81

꾀 많은 참모로 더 생각하는 이유다. 다리오가 때론 너무 약은 게 탈일 정도다.

"도라노스케라면……, 가토 기요마사?"

"그렇습니다. 가토는 우리에게 아군이 아니라 적군이나 마찬가집니다. 요즘엔 우리 쪽을 정탐하기 위해 울산 서생성에서 은밀히 닌자들까지 보내고 있다니까요."

다리오는 가토 기요마사를 비난한다.

"닌자라, 가토의 비밀첩자 말씀이군요."

"아무튼 신부님은 일본인이든 조선인이든 모두 경계하셔야 합니다. 어느 쪽의 눈에도 띄어선 안 됩니다."

"으음, 전 그런 존재군요."

"안타깝지만 지금은 중요한 협상의 국면인지라……. 신부님, 차차 사정을 보기로 하시지요."

다리오가 애써 위로하려 한다. 세스페데스는 답답하다. 여러 모로 상황이 어렵게 돌아가는 것 같다. 코라이 땅에 오면서 선교사로서 막연하게나마 가졌던 포교에 대한 소망과 기대가 자꾸 어그러지는 느낌이다.

†

점심나절도 지난 때 차나 한잔 하자는 전갈을 받고 세스페데스 신부가 다리오의 저택에 가 보니 뜻밖의 손님이 와 있었다. 먹물 들인 옷을 입은 늙은 승려였다. 종군승려 게이테쓰 겐소(景轍玄蘇)라 했다. 겐소는 찻상 앞에 고즈넉이 앉아 한 손으로 염주를 굴리고 있었다. 다리오가 두 사람에게 수인사를 권했다.

"법사님도 마침 저희 성채에 들르셨기에 신부님을 잠깐 오시라 했습니다. 두 분 모두 군종 활동에 노고가 많으신데, 인사나 나누시지요."

다리오는 나이가 무려 삼십 년이나 위인 겐소를 깍듯이 예우한다. 겐소와 세스페데스는 찻상을 마주한 채 합장과 묵례로써 상대에 대한 예의를 차린다. 아우구스티노 다이묘 휘하의 종군승려와 종군신부로서 서로의 존재를 알긴 했지만 맞대면은 처음이다.

"조선 생활이 어떻소이까? 일본에선 신부 추방령으로 고생을 겪으셨을 텐데……."

"나 같은 신부는 어디서든 그림자 같은 존재이지요. 선교사의 숙명입니다."

"불교든 예수교든 우리는 궁극의 진리를 추구하는 신앙인이외다. 서로 위하고 이해해야 하는 이유가 그것 아니겠소이까."

"그렇지요. 예수교든 불교든 모두 존숭 받아야 하는 신앙이지요."

겐소와 세스페데스는 애써 너그러운 대화를 나눈다. 일본에서였다면 상상할 수 없는 일이다. 일본에서 마주쳤다면 '사교도'와 '이교도'로 서로를 타매하고 배척했을 것이다.

"전쟁이 불교 승려와 예수교 신부인 우리를 이렇게 조선 땅에서 만나게 하였소그려!"

"하늘의 오묘한 뜻인가 봅니다. 우리가 걷는 길이 다르다 하나 종국엔 하나의 길을 향하는 것이겠지요."

"불가에선 전생의 인연이라 하외다. 우리가 지금 길이 막혀 꼼짝없이 이 조선 남녘에 갇히게 된 것까지도 말이오. 허허허!"

겐소가 찻잔을 들며 헛웃음을 토한다. 세스페데스도 씁쓸히 찻잔을 기울인다. 전쟁에서 패퇴해 궁지에 몰린 군대의 종군 성직자로서 느끼는 동병상련의 감정이다. 각자 자신의 암울한 처지를 드러내듯 입고 있는 승복과 사제복까지도 어둡고 검은 색깔이다.

"찾아간 성채마다 죽음과 소멸의 아수라를 보게 되오."

"성 곳곳에서 슬픈 영혼들의 신음소리를 듣습니다."

겐소와 세스페데스의 입에서 탄식이 흐른다. 두 사람 사이에서 묵묵히 듣기만 하던 다리오가 끼어든다.

"제가 법사님과 신부님을 모신 게 그 때문이지요. 고명하신 두 분께서 부디 저희 성을 지켜주십시오."

다리오는 겐소에게 각별히 매달린다.

"법사님, 아시다시피 저희 성엔 기리시탄 병사보다 불교도 병사가 많습니다. 법사께서 대명 외교 건으로 바쁘시더라도 틈틈이 저희 진중을 찾아주시어 불교도 병사들의 가련한 마음을 보살펴주시길 간청합니다."

원래 쓰시마 섬에서 징집돼온 다리오의 병사들은 대부분 불교도다. 수장인 다리오와 그의 몇몇 부하들만 기리시탄일 뿐이다.

"영주님이 심려하시는 말씀을 소승은 깊이 받아들입니다. 부처님의 자비와 평화가 깃들기를 발원합니다. 아미타불!"

겐소가 주름진 입가를 오물거린다. 그는 불교도 병사들의 신앙생활을 돕는 종군승이며, 명나라와의 화친협상에 관여하고 있는 외교승이다. 육십 나이를 바라보는 노승으로서 다이묘인 아우구스티노와 다리오, 그들 장인과 사위를 동시에 주군으로 섬기며 신하로서의 충심을 십분 발휘하는 터다.

"영주님은 참으로 다복하신 분입니다."

"법사님, 갑자기 무슨 말씀인지요?"

"영주님의 가슴속엔 부처님과 하느님이 모두 계시니까요. 가슴속 한쪽엔 부처님, 또 한쪽엔 하느님!"

겐소의 말에 뼈가 들어 있다. 다리오는 퍼뜩 깨닫는다.

"오호, 그 말씀이시군요. 제가 법사님도 모르게 세례를 받고 기리시탄이 된 것 말입니다. 그땐 죄송했습니다."

"그때 소승은 당황스러웠지요. 소승에게 한마디 말씀도 없이 개종을 하셨으니……."

겐소는 다리오의 신앙과 관련해 마음에 담아둔 게 있었다. 몇 해 전 다리오가 기리시탄 이름으로 세례를 받을 때 오랜 세월 쓰시마의 사찰에서 함께 어울렸던 겐소에게조차 비밀로 했다. 그땐 결혼과 입신출세를 위해 정략적으로 필요했던 기리시탄 신앙인지라 함부로 밖에 드러낼 일이 아니었다.

"지난 시절이 떠오르는군요. 영주님은 소승의 암자를 자주 찾아주시곤 했지요."

"법사님을 서운하게 해드린 점, 재차 용서를 청합니다."

다리오는 겐소를 향해 합장한다. 세스페데스를 향해서는 난처한 느낌이 들었는지 슬쩍 눈치를 살핀다. 세스페데스도 듣기에 민망하지만 애써 모른 체한다. 잠자코 찻잔이나 든다.

"부처님의 대자대비를 가르쳐주신 법사님의 은혜는 평생 잊지 않겠습니다."

겐소 앞에서 다리오의 태도는 진지하다. 엊저녁 자신의 영지 쓰시마 섬을 하느님께 봉헌하겠다며 세스페데스 앞에서 보였던 태도만큼이나. 도무지 혈기가 방장한 이 젊은 사무라이는 목어를 들고 불경을 외는 승려 앞에서나 십자가를 들고 성경을 외는 신부 앞에서나 다름없이 진지할 뿐이다.

"은혜로 말하면 소승이 영주님께 더 받았지요. 소승도 영주님의 은혜를 잊지 않고 있습니다."

겐소 또한 군신관계의 도리를 차리려는 듯 다리오 앞에서 깍듯하다.

"제가 무슨 은혜를 드렸다고……."

"소승의 목숨을 살린 은혜보다 더 큰 은혜가 있겠습니까? 평양 대동강에서……."

"또 그 얘기인가요?"

겐소는 대화의 방향을 이리저리 틀 줄 아는 게 과연 노회한 외교승답다. 그는 주군의 젊은 기분을 맞추는 쪽으로 이야기를 끌어간다.

"그때 영주님이 아니었으면 이 늙은 몸은 대동강 얼음물에 빠져 고기밥이 되었겠지요."

"평양 탈출……, 구사일생이었지요."

다리오에게는 지금도 생생하게 되살아나는 치욕의 기억이다.

지난해 이맘때 평양성 싸움에서 조·명 연합군에게 패해 성을 탈환당하고 쫓기고 있었다. 아우구스티노 고니시 유키나가와 다리오 소 요시토시, 그리고 게이테쓰 겐소까지 수뇌부 3인은 얼음장이 떠다니는 대동강을 건너야 했다. 늙고 힘없는 겐소가 문제였다. 조선군과 명군이 추격하는 다급한 상황인데 겐소는 휙휙 얼음장을 타고 넘지 못하고 뒤처졌다. 옹서지간인 아우구스티노와 다리오가 나서야 했다. 장인과 사위가 번갈아 겐소를 업고 곁부축해 얼음장을 건너뛰었다. 그렇게 가까스로 살아난 게 겐소였으니 그는 대동강에서 그들에게 목숨을 빚진 터였다.

"신부는 나에 비하면 수월하게 종군하는 게요. 아니 그렇소?"

겐소가 갑자기 세스페데스 쪽으로 이야기를 돌린다.

"나야 웅천성에만 머물고 있으니 종군한다고 말할 수도 없지요. 난 그저 성에 갇힌 모든 가련한 영혼들과 함께할 뿐이지요. 그렇다고 그게 수월한지는……."

세스페데스의 답변은 애매하다.

"난 수천 리 길을 종군하면서 죽을 고비를 여러 번 넘겼소. 이것도 다 부처님의 은덕이외다."

"나를 온전히 성에만 머물도록 한 것도 하느님의 뜻이겠지요."

세스페데스는 조용히 찻잔을 들어 입에 댄다. 차의 쌉싸래한 뒷맛이 혀에 남는다. 방금 자신이 뱉은 말에서 남은 씁쓸한 여운처럼.

'난 과연 종군신부인가. 죽어가는 영혼들 앞에서 기도나 할 뿐인 내가…….'

✝

세스페데스 신부와 레온 수사가 사흘간의 전례 여행을 마치고 웅천성으로 복귀하는 날이다. 다리오는 신부와 수사가 자신의 성채에 며칠 더 머물러주길 바란다. 그의 부하들도 은근히 그런 눈치를 보인다. 전쟁터에서 몸도 마음도 만신창이가 돼있는 그들이다. 하지만 신부도 수사도 웅천성의 지침을 어기고 당초의 일정을 멋대로 바꿀 수는 없는 노릇이다.

"신부님은 저희 마음의 병을 고쳐주시고, 수사님은 저희 몸의 병도 고쳐주셨습니다. 두 분께서 아쉽게 떠나지만 가까이 계시니 또 뵙길 소망합니다."

이른 저녁 다리오가 저택에서 환송연을 베풀어 석별의 정을 표한다. 그는 세스페데스와 레온을 상석에 앉히고 자신은 가신들과 함께 자리하는 예의범절도 잊지 않는다. 승려 겐소의 얼굴은 보이지 않는다. 저녁에 법회가 있어 참석하지 못했다고 한다. 기리시탄 신부와의 자리를 피하기 위한 구실인지도 모른다.

"신부님께서 처음 맛보는 것일 겁니다. 조선 남해에서 채취한 산채와 어물은 풍미를 더하지요."

다리오가 음식을 권한다. 훌륭한 만찬이지만 어색하고 불편한 것도 있다. 다리오와 휘하 가신들의 자리에는 술과 여자가 빠지지 않는다. 그들은 얼굴에 분칠을 하고 기모노를 걸친 기녀들이 따라 올리는 독한 일본 술을 마신다. 무슨 진중 의식이라도 치르는 사무라이들의 모습을 연상케 한다. 다리오는 곁에서 술시중 드는 아리따운 여자가 자신의 애첩이라고 스스럼없이 밝힌다. 기녀들은 제포(薺浦) 주변에 사는 왜녀들이다. 제포는 일찍이 부산포, 염포와 더불어 삼포의 하나로 예전부터 왜인 거주지가 있는 곳이 아니었던가.

세스페데스와 레온은 질펀한 광경에 눈길을 팔지 않고 조용히 식사만 한다. 일부일처제가 아닌 동양의 축첩 풍습을 모르지 않는다 해도, 세스페데스에게 다리오의 경우만큼은 이해되지 않는 면이 있다.

'하느님은 한 여자만을 아내로 맞으라 하셨거늘, 외롭고 불안한 전쟁터라 해도 다리오는 기리시탄으로서, 게다가 신혼의 몸으로서 어찌 애첩을 뒀단 말인가.'

세스페데스는 술이라면 영성체 때 성작에 담긴 밍밍한 맛의 포도주를 마시는 것밖엔 없을뿐더러, 더욱이 여자에 관해서라면 일찍이 순결을 맹세하고 엄격한 금욕 생활을 해온 수도사 출신의 사제인 만큼 더 말할 나위가 없다. 검은 사제복까지 차려 입은 이 순간에는 민망한 환송연이 빨리 끝나기만을 바랄 뿐이다.

†

제포 바다가 별빛을 받아 잔잔히 일렁이는 저녁에 마침내 연회가 파해 세스페데스와 레온은 웅천으로 돌아가는 나룻배에 올랐다. 다리오가 이번에도 직접 모셔다 드리겠다며 끝까지 성의를 보였으나 세스페데스는 정중히 뿌리쳤다. 다리오는 그 대신 가신을 동승시켜 웅천성 선착장까지 배웅하도록 했다.

　노꾼들의 익숙한 솜씨에 배는 별빛 내리는 바다 위를 스르르 미끄러진다. 달은 밤이 깊어진 뒤에나 뜰 모양이다. 세스페데스는 검은 사제복장 차림으로 하늘의 별빛을 물끄러미 응시한다. 뿌듯하기도 했고 뭔가 찜찜하기도 했던 사흘간의 전례 여행이다. 그의 뇌리에서 다리오의 여러 얼굴들이 지워지지 않는다. 기리시탄으로서 미사를 드리던 그의 고요한 얼굴이 떠오르는가 하면, 아미타불 대자대비를 외던 그의 잔잔한 얼굴이 떠오른다. 애첩을 끼고 술을 마시던 그의 흥겨운 얼굴까지.

　'어떤 게 다리오의 진짜 모습일까.'

　세스페데스에겐 얼른 판단이 서지 않는다. 많은 사람들의 표정과 눈빛을 대해 왔지만 다리오만큼 표정과 눈빛을 읽어내기 어려운 사람도 없다. 오늘밤도 저 컴컴한 바다 건너 쓰시마 섬의 작고 외로운 성에서 예수와 마리아와 요셉을 수없이 부르며 다리오를 위해 기도하고 있을 마리아의 모습이 떠오른다.

　쏴아……, 철썩.

　뱃전에서 작은 파도가 부서진다. 극동 코라이의 밤하늘에 별똥별 하나가 진다.

　"인간은 무엇이고, 또 신은 무엇일까요?"

　세스페데스는 레온을 향해 뜬금없는 질문을 던진다.

　"그걸 알기 위해 우리가 이렇게 구도의 길을 가는 것 아닌가요?"

　레온은 질문을 질문으로 받아넘김으로써 질문의 핵심을 피한다. 이의뭉스럽고도 지혜로운 늙은 수도자에게 애최 해답을 기대한 건 아니다. 그것은 영영 해답을 찾을 수 없는 인간의 본질, 신의 근원에 관한 질문이라는 사실을 세스페데스 스스로 알기 때문이다.

'지구 서편의 에스파냐를 떠나 동편의 코라이에 오기까지 온갖 바다를 떠돌고 여러 육지를 헤맨 지난 이십여 년은 내게 어떤 시간이었는가?'

구도자로서 영원히 풀리지 않을 의문을 품고 살아야 한다는 건 숫제 머릿속을 아득하게 만드는 일이다.

†

나는 지금 요새의 가장 높은 지대에서 지내는데
나를 만나기 위해 올라와야 하는 신자들에게는
오기가 여간 힘든 곳이 아닙니다. ……
내가 밤중에 사람들의 고백성사에 응하기 위해
내려갈 때도 무척 애를 써야 하고…….
조선의 추위는 매우 혹독해
일본의 그것과는 비교도 안 됩니다.
온종일 손발이 반쯤 마비되고
아침에 미사를 올리려면 거의 움직일 수도 없지만
나 스스로 건강을 유지하고 있습니다. ……
일본 본토에서의 지원은 매우 불충분하고 또 늦게 옵니다.
지금 배가 온 지 두 달이 됐습니다. ……
평화를 위한 타결은 아직도 이뤄지지 않고 있으며…….
─세스페데스의 편지, 1594년 1월

사제와 포로

웅천성 병영에서 세스페데스는 결코 행복하지 않다. 군종 경험도 처음이다. 이리도 힘든 성사를 베푼 적이 있었던가. 고약스러운 일이고 그럼으로써 괴로운 시간이다. 전승의 증거물로 삼으려 살아있는 조선인까지 귀를 자르고 코를 베었다는 기리시탄 병사들의 고백을 들을 땐 속이 메스꺼워진다. 남녀노소 조선인들이 눈 뜨고 코 베이는 세상을 피해 산속으로 숨기에 황황급급하다는 말을 들을 땐 가슴이 막힌다.

'승리를 증명하기 위해 사람의 귀와 코를 베는 전쟁이라니!'

유럽에서도 숱한 전쟁이 있어 왔지만 이토록 끔찍한 얘기는 들어보지 못한 세스페데스다.

'이 야만적인 병사들에게도 온화한 미소로 용서의 너그러운 손길을 내밀어 부드러이 머리를 짚어줘야 하는 게 사제인가. 이들의 고해를 듣고 이들을 용서하면 이들에게 귀를 잘리고 코를 베인 사람들의 영혼은 어찌되는 것인가. 사제는 이럴 때 어찌해야 하는가?'

세스페데스는 일본의 침략군을 위해 기도해야 하는 자신의 어쩔 수 없는 숙명에 대해 생각한다.

'나는 사제로서 이 전쟁터에서 무엇을 할 수 있는가? 불과 몇 십 년 전 선교의 미명 아래 에스파냐의 정복 군대를 따라 인디아 신대륙의 잉카제국에 들어갔던 선배 신부들과 내가 뭐가 다른가. 나도 결국은 지팡의 침략군을 따라 코라이에 잠입한 것 아닌가. 나는 지금 이 땅에서 죄를 씻고 있는 것인가, 짓고 있는 것인가? 답답하다. 괴롭다. 도미네 데우스!'

†

세스페데스 신부가 기리시탄 병사들을 상대로 한 강론을 끝내고 휴식을 취하는 점심 무렵 레온 수사가 다가와 용건을 전한다.

"더벅머리 그 조선인 포로가 신부님을 찾아뵙고 싶어 합니다."

"을라수가 나를요?"

"드릴 말씀이 있답니다. 꼭 뵙게 해달라더군요."

레온은 어제 병자들을 돌보기 위해 군막을 돌던 중 막사 노역장에서 우연히 을라수를 만났으며, 그때 을라수가 어렵게 용기를 내어 그런 부탁을 했다는 것이다. 세스페데스는 쾌히 승낙한다.

"수사님이 오늘 저녁 그 아이를 제 숙소로 데려오시지요."

"그러겠습니다."

세스페데스는 자신을 필요로 하는 사람이 있다면 누구라도 만나줘야 한다고 생각한다. 안 그래도 만나보고 싶은 을라수, 그 더벅머리 아이다.

"신부님, 그 아이가 조선말로 편하게 많은 얘기를 했어요. 듣고 보니 기구한 사연이 많더군요."

"그래요? 어떤 사연이던가요?"

레온은 을라수의 신상에 대해서도 들었다며 얘기를 옮긴다.

"원래 그 아이의 조상들은 양반 가문의 선비로 대대로 벼슬을 지냈다고 합니다. 그런데 지금으로부터 백 년도 훨씬 더 된 옛날 이 나라에 큰 정변이 일어났답니다. 야심 많은 삼촌이 어린 왕인 조카를 죽이고 왕위를 찬탈한 사건이었는데, 그 과정에서 충직한 선비들이 숱하게 죽임을 당했답니다. 당시 그 아이의 선조도 연루돼 집안이 풍비박산 났다더군요. 그때부터 대대로 후손들이 노비로 살게 됐다는군요."

"그랬군요. 유럽 나라들에서도 왕위 계승을 놓고 친족 간에 쟁탈이 벌어지지요. 동양이나 서양이나 권력의 비정함이란……"

세스페데스는 말을 더 이으려다 그만둔다. 레온의 설명이 계속된다.

"그 아이는 부모와 함께 한양에서 노비로 살았답니다. 그러던 중 이번 전란으로 부모는 죽고 자기만 포로로 잡혔답니다."

"나도 그건 그 아이에게 들어서 알고 있지요."

"그런데 신부님, 그 아이가 어엿하게 김(金)이라는 성씨도 가지고 있더군요. 조상들이 김씨 가문이었답니다."

"김……?"

"그러니까 그 아이의 정식 이름은 김을라수인 것이죠."

"김……, 을라수, 김을라수."

세스페데스가 어색하게 되뇐다.

"김씨는 조선의 대표적인 성씨죠."

"에스파냐로 치면 가르시아, 곤살레스 같은 건가 보군요."

"지금 그 아이에겐 다 부질없는 과거의 유산이겠지요."

"그럴 테죠. 그 아이가 귀족의 후예였다니 더 마음이 아프군요."

레온의 이야기가 끝나자 세스페데스는 한숨을 내쉰다. 불현듯 자신의 가문에 대한 기억이 스친다.

세스페데스의 가문은 쟁쟁했다. 일찍이 국왕의 총애를 받았던 그의 아버지는 그가 태어나기 전엔 알함브라 궁전의 도시 그라나다의 시장이었으며, 그가 태어났을 땐 왕국의 수도 마드리드의 시장이었다. 그의 두 형제도 각자 정계로 진출해 해바라기 밭 풍경이 아름다운 안달루시아 지방에서 시의원과 시장을 지냈다. 세스페데스 자신만이 다른 길을 걷고 있는 것이었다. 어쩌면 자신은 정치권력을 추구한 아버지나 형제들과 달리 가문의 이단아였는지도 몰랐다. 더 나아가 콩키스타도르(conquistador, 정복자)로서 식민지 개척에 열을 올리는 '해가 지지 않는 왕국' 에스파냐의 모습에 은근한 반감을 품고 있었는지도 모를 일이었다.

'아득한 날에 빛나던 가문의 영광이나 조국의 영예가 지금 내게 무슨 쓸모인가.'

세스페데스는 거기서 회상을 멈춘다. 부질없다. 자신의 가문도 옛날에 몰락했다는 을라수의 김씨 가문과 다를 게 없다는 생각마저 든다.

'그 아이가 종이라면 나도 종이다, 하느님의 종. 지금 나는 세스페데스라는 에스파냐 가문의 이름 대신 그레고리오라는 로마 가톨릭의 이름으로 살아가는 사제일 뿐이다.'

†

 웅천성이 어둠발에 휩싸여 있다. 한기까지 더해지는 어둠이다. 천수각 주변 솔숲에서는 이따금씩 날짐승의 울음소리가 새어나온다.
 사제의 처소에 정적이 감돈다. 방문 쪽에 놓인 놋화로의 잿불마저 가무러지는 듯하다. 벽에 걸린 성화 속 예수상이 제대의 황초 불빛에 일렁이고 있다. 에스파냐 사제 세스페데스, 일본 수사 레온, 조선 청년 올라수 세 사람이 서로 마주보는 자세로 정좌해 있다. 이질적인 분위기가 정적의 무게를 더한다. 세스페데스의 검은 사제복과 올라수의 허연 옷차림이 불빛에 흑백의 색상 대비를 이루며 이질감을 높인다. 올라수는 사제의 만류에도 불구하고 한사코 두 무릎을 꿇은 채다. 그러는 게 낯선 사제에 대한 예의일뿐더러 왠지 범접하지 못할 신비로운 기운에 압도된 때문이다. 깊이 파인 푸른 눈이 새삼 더 깊어 보이는 사제, 그가 지긋한 목소리로 정적을 깬다.
 "네가 나를 보자 했는가?"
 "신부님 생각을 많이 했사옵니다. 하늘의 벼슬을 받은 높은 분이니 저를 도와주실 수 있을 것 같아서······."
 올라수는 제 입장에서 의사소통이 자유로운 조선말로 답한다. 조선말이 통하는 레온 수사가 옆에 있어서 가능한 일이다. 레온은 올라수의 조선말을 세스페데스에게 일본말로 옮긴다.
 "허허, 신부는 벼슬이 아니고 하느님의 종이라니까. 그래, 무슨 도움을 청하려는가?"

저번처럼 신부를 벼슬에 빗대는 엉뚱한 을라수 앞에서 세스페데스 사제는 실소한다. 사제의 웃음에 그나마 어색한 분위기가 가신다. 을라수도 굳은 얼굴을 편다.

"그럼, 신부님을 믿고 말씀드리겠습니다."

을라수는 주저주저하며 용건을 밝히기 시작한다.

"신부님, 웅천성에 사람장사꾼들이 나타났습니다. 왜인 노예상인 말입니다."

"노예상인들이 이 성에?"

"그 사람장사꾼들이 우리 조선인 포로 막사를 살피고 다녀요. 그자들이 나타났으니 곧 포로들이 끌려갈 겁니다. 전에도 그랬거든요."

"흐음……."

사제는 을라수의 말을 듣던 중에 한숨을 토한다.

"그자들은 조선 사람들을 사냥합니다. 남녀노소를 가리지 않고 붙잡아가요. 석공과 도공을 더 좋아한대요. 젊고 예쁜 여자는 은 서른 냥에 판대요."

"오, 하느님!"

사제와 수사가 동시에 성호를 긋는다. 그 순간 사제는 얼마 전 바로 이곳 웅천 포구에서 일본 군선에 가득가득 태워지던 조선인들의 모습을 떠올린다. 어이없게도 그들은 사제 자신이 타고 온 배에 실려 가지 않았던가. 이곳에 오기 전 일본에서 목격했던 조선인 포로들의 기억도 생생하다.

'줄줄이 묶여 나가사키 항구에 내리던 그들도 바로 이렇게 끌려간 사

람들이었구나.'

"이젠 제 차례인 것 같아 두려워요. 지금까진 운 좋게 잘 버텨왔는데……."

목소리가 침울하다. 을라수는 웅얼거리며 속마음을 털어놓는다. 왜국에 노예로 끌려가지 않고 조선에 남기 위해 왜군들의 비위를 맞췄다고, 축성 공사장에 동원된 동족에게 악다구니를 썼던 것도, 왜군의 칼에 맞아 죽은 동족의 시체를 치우는 일에 서슴지 않았던 것도 다 그런 이유에서였다고. 왜국의 말과 글을 익혀 통변꾼 노릇을 하고자 했던 것 역시도 적군의 성에서 살아남기 위한 궁리였다고.

"네가 이 성을 도피처로 삼고 있었구나."

세스페데스 신부가 동정심에 고개를 가로젓는다. 통역하는 레온도 안타까운 표정을 짓는다. 신부는 이 꾀 많고 영악스러운 코라이 청년의 꿍꿍이속을 나쁘게만 볼 수가 없다.

"이 왜성을 탈출할 생각도 여러 번 했습니다. 그때마다 그만두곤 했지만요. 성을 빠져나가봤자 난리 통에 굶어죽을 테니까요. 성 밖엔 마을마다 굶어죽은 시체들이 버려져 있는데 온전한 게 없대요. 굶주린 사람들이 시체의 살점을 뜯어가기 때문이랍니다."

"오오!"

세스페데스는 그저 성호를 긋는 일밖에 할 수 없다. 수난을 겪는 자들 앞에 나설 수 없는 사제의 아픔이다. 수난을 주는 자들의 편에 서야 하는 사제의 슬픔이기도 하다.

'하느님, 당신은 어찌하여 코라이가 평화로울 때 저를 보내지 않으셨습니까? 왜 이 끔찍한 시기에 저를 보낸 것입니까? 왜 하필 이때여야 했습니까? 저는 핍박 받는 사람들을 위해 떳떳이 기도하지 못하는 모순에 빠져 있나이다.'

을라수의 느닷없는 질문이 날아온다.

"하느님 나라엔 전쟁도 포로도 없다고 하셨지요?"

세스페데스는 마음의 평정을 되찾는다.

"하늘나라는 고통이 없는 평화로운 곳이다."

"바로 저분이 계신 곳인가요?"

을라수가 벽에 걸린 성화를 힐끔 올려다본다. 성화 속 예수의 시선이 그들을 향하고 있다.

"그렇다. 저분이 하늘의 주인이시다."

"그럼 저분의 나라엔 정말로 노예 같은 건 없나요? 하루라도 그런 세상에서 살아보고 싶습니다."

"네가 지금 힘들구나."

사제는 을라수를 응시한다.

"저분은 저같이 미천한 몸도 받아주실까요?"

"그분은 누구도 차별하지 않는다."

"저분이 대체 누구이신지 궁금합니다."

"알고 싶으냐?"

"알고 싶습니다."

을라수가 사제 앞에 더벅머리를 숙인다.

"다시 밤에 은밀히 나를 찾아오너라. 그분에 대해 알려주겠다."

"그러겠습니다."

"기다리겠다."

사제가 살짝 손을 쳐들어 보인다. 을라수가 조심스럽게 무릎을 일으켜 세운다. 촛불에 얼비친 얼굴이 상기돼 있다. 을라수를 안내해 왔던 레온 수사가 다시 그를 데리고 방을 나간다.

†

그날 밤 세스페데스는 흥분기에 젖어 오래도록 십자고상을 올려다봤다.

'제가 코라이에 와서 당신을 알고 싶어 하는 아이를 만났나이다. 제가 기쁘나이다.'

걱정되는 바가 없는 건 아니었다.

'그 아이가 노예상인에게 끌려가면 어쩌지?'

세스페데스는 고심 끝에 한 가지 궁리를 했다.

'아우구스티노를 만나보자.'

기리시탄 다이묘인 고니시 유키나가에게 간청하면 무슨 방도가 있을 법했다. 계제에 을라수 같은 포로들을 잡아가는 노예장사꾼에 대해서도 언급하고 싶었다. 인신매매, 그것은 사제의 양심으로 허락할 수 없는 전쟁의 추악한 광경이 아닐 수 없었다.

'오타 줄리아!'

문득 세스페데스의 뇌리에 쓰시마 섬의 눈빛 슬프던 여자아이의 얼굴이 떠올랐다.

'권가회!'

쓰시마에서 줄리아와 함께 지내다 일본 규슈로 보내진 남자아이의 모습도 그려졌다. 줄리아나 권가회는 노예상인에 의해 마구잡이로 끌려 간 게 아니어서 그나마 다행이었다. 그 아이들을 일본으로 보낸 건 바로 아우구스티노 아닌가.

'그 아이들이 끌려가면서 얼마나 무서웠을까. 을라수는 벌써부터 불안에 떨고 있는데…….'

세스페데스는 잠자리에 누워서도 을라수를 생각했다.

†

며칠 지나도 아우구스티노를 쉽게 만날 수 없었다. 세스페데스가 그를 면담하기 위해 찾아갔으나 헛걸음에 그쳐야 했다. 아우구스티노는 천수각 집무 처소에도 나타나지 않았고, 성채 한복판에 꾸며진 사저에도 모습을 드러내지 않았다. 가신들의 말에 의하면 그는 중국 사신과 강화 협상을 벌이느라 바쁘다고 했다. 명나라의 '유게키 쇼군(유격장군)' 심유경이 한성을 거쳐 이곳 웅천성에 들어왔다고 했다. 협상은 매우 중대한 국면을 맞고 있다고도 했다.

'기분 탓이었나.'

또 바람소리다. 조선 남도의 밤바다를 거침없이 달려와 웅천성으로 치달은 질풍 한 줄기가 두드리는 소리일 뿐이다. 이게 다 누군가를 기다리는 기분 때문이다. 세스페데스 신부는 방문을 흔들고 지나가는 바깥

바람소리에도 귀를 세울 만큼 신경을 쓰며 을라수를 기다렸으나 결국 오늘 밤에도 그 더벅머리 아이는 오지 않는다. 그 아이가 신부를 만나고 돌아간 지 벌써 닷새째다. 신부는 낮에 일본군 전교 활동을 마치고 밤이 되면 행여 그 아이가 자신의 방문을 두드리고 들어오지 않을까 하는 은근한 기대감에 휩싸여 지낸 터이다. 쓸데없는 바람소리 따위나 요란을 떨 뿐 아이는 여태 감감무소식이다. 신부의 기대는 밤마다 어긋날 뿐이다. 신부는 그 더벅머리 아이를 생각하며 묵주를 굴린다. 내일 밤엔 아이가 와서 방문을 두드려주기를 기대하면서.

†

세스페데스 신부가 레온 보좌수사와 아침미사를 올린 뒤 말을 꺼낸다.

"수사님, 을라수를 만나 무슨 사정이 있는지 알아봐 주세요. 한 주일이 지나도록 나타나질 않는군요."

"그러지요."

"혹시 그사이에 노예선에 태워진 건 아니겠지요? 그 아이는 노예로 끌려갈까봐 떨고 있었어요."

"벌써 그럴 린 없겠지요. 아무튼 그 아이가 저를 믿는 눈치이니 잠깐 만나서 얘기를 들어볼게요."

"그 아이는 수사님을 나쁜 사람으로 생각하지 않고 있어요."

"제가 신부님을 보좌하니 군병이나 노예상인 같은 무서운 일본인은 아닐 거라고 여기는 것이겠지요."

"수사님, 우리가 이 성에 온 첫날을 기억하죠? 그날 그 아이는 내 성스러운 짐을 졌어요. 밤엔 나를 말에 태워 길을 인도했고, 불을 밝혀 빛을 비췄어요. 짐과 길과 빛……. 난 그 아이에게 이 모두를 빚진 것이지요. 이젠 내가 갚을 차롑니다."

"신부님, 그 아이에 대한 생각을 많이 하고 계셨군요."

"그런데 소식이 없으니 답답하지요."

"제 짐작으론 포로 처지에 이곳에 올라오기가 여의치 않을 것 같군요. 감히 어떻게 여기를 자유롭게 드나들며 신부님을 만날 수 있겠습니까? 포로 막사에서 먼 거리이기도 하고요."

레온의 말이 그럴 듯하다. 그는 나이가 지긋할 뿐더러 궁량도 깊은 보좌수사다.

†

세스페데스 신부의 궁금증이 풀리는 데는 시간이 오래 걸리지 않았다. 수사가 곧바로 을라수가 있는 포로수용소 군막을 찾아가 직접 사정을 듣고 왔기 때문이다. 수사의 짐작대로였다. 을라수가 다시 찾기에 신부는 높고 먼 곳에 있었다. 일본 병사들과 통하는 사이라고 해도 그들의 감시를 받는 포로 신분의 을라수가 이 높고 큰 전각을 어찌 함부로 출입할 수 있을까. 이걸 왜 진작 깨닫지 못했을까. 신부는 배려가 깊지 못했던 자신을 책망하며 뒤늦은 궁리를 한다. 그렇다고 매번 수사를 시켜서 을라수를 데려오고 데려갈 수도 없는 노릇이다.

"그 아이를 막사에서 빼내어 우리 숙소 가까이로 옮길 수 있으면 좋을 텐데."

궁리 끝에 신부가 수사에게 꺼낸 말이다.

"숙소 가까이 어디로요?"

"이 전각 뒤편 마구간에 말구종들의 거처가 있던데 거기가 어떨까요?"

신부는 지난번 밤길에 올라수가 자신을 말에 태워 천수각까지 데려다주고 마구간으로 사라지던 모습을 기억하고 있다.

"마구간요? 하긴 그 아이를 거기로 옮겨 말을 보살피는 일을 맡겨도 되겠네요."

"그리되면 우리 숙소를 쉽게 드나들 수 있겠지요."

"신부님, 그런데 그게 우리 마음대로 가능하겠어요?"

"내게 생각이 있어요. 아우구스티노 님께 간청할 겁니다."

"고니시 장군님께요?"

수사가 터럭이 희끗희끗한 머리를 가볍게 쳐든다.

†

까마귀가 나는 웅천성의 겨울은 춥고 길기만 하다. 일본에서 보급선은 오지 않고 있다. 안 오는 건지, 못 오는 건지 숫제 알 수 없는 노릇이다. 전쟁물자 보급 기지가 있는 쓰시마나 나가사키에선 대체 뭣들을 하고 있는지. 물자가 부족해서였든 바닷길이 험해서였든 간에 세스페데스 신부가 웅천성에 도착한 뒤로 여태껏 일본에서 군량선 한 척 오지 않았다. 먹을 것, 입을 것이 떨어진 웅천성의 겨울 하늘에는 기분 나쁜 울음을 흘리는 까마귀 떼가 자주 난다. 성채를 휘감은 죽음의 냄새는 날로 짙어만 간다. 일본 병사든 조선인 포로든 성안에 갇힌 사람들은 어느 날

굶고 얼어 죽은 시체로 변하기 일쑤다. 죽어가는 자들에게 해줄 수 있는 거라곤 기도뿐인 신부에게는 하루하루가 고통스럽다. 보급선이 안 와서 그나마 다행인 게 하나 있긴 하다. 보급선이 오지 않으면 을라수가 일본에 노예로 끌려갈 가능성은 그만큼 줄어든다. 보급선이 온다는 것은 곧 포로 수송선이 온다는 것을 의미한다. 하기야 그것도 소용없는 기대이긴 하다. 포로들을 끌어가기로 작정한다면 굳이 본토에서 온 보급선이 아니더라도 웅천성 포구에 깊숙이 정박해둔 군선을 이용하면 될 것이기 때문이다. 하지만 웅천성의 일본군은 지난해 웅포 앞바다에서 조선의 이순신 함대에 크게 당하고 성에 틀어박힌 터라 지금으로선 그럴 여력 같은 건 도저히 없어 보인다. 을라수처럼 공포와 불안 속에 지내는 포로들에게는 그나마도 다행이라면 다행일 노릇이다.

✝

"그레고리오 신부님, 어서 오시오. 그간 적조했소이다."

아우구스티노 고니시 유키나가가 반색하며 세스페데스를 거실로 안내한다. 그의 사저에서 독대로 마련된 면담 자리다. 세스페데스가 정원의 자연석 조경이 돋보이는 그의 저택에 들어서니 그는 사무라이의 정장 차림이다. 꼭뒤 상투머리 그대로인 채 누런 비단 통바지에 어깨심을 넣은 겉옷을 걸친 걸로 봐서 모처럼 갑옷과 투구를 벗고 골치 아픈 머리를 식히던 중인 모양이다. 그런 옷차림에도 목에는 십자가 목걸이가 걸려 있다. 명나라 측과 강화 교섭 문제로 정신적 압박을 받고 있는 아우구스티노다. 세스페데스가 조심스럽게 답인사부터 한다.

"바쁘신 중에 면담을 허락해주셔서 감사합니다. 회담은 순조로운지요?"

"그게……, 힘드오. 지난번 신부님의 말씀도 있었고, 나도 평화를 바라는 기리시탄으로서 어떻게든 강화 협상을 매듭지으려 노력하고 있소만……."

반가운 표정도 잠시 아우구스티노의 얼굴에 수심 한 자락이 드리워진다. 그가 등지고 앉은 벽면 쪽에선 십자가 문양을 수놓은 대형 문장(紋章)이 은은한 빛을 드러내고 있다. 기리시탄 가문(家紋)이다.

"오늘도 유게키 쇼군 심유경과 만났으나 진척이 없었소."

"종전과 평화를 위한 회담이니 쉽진 않겠지요."

"심유경은 지금 우리 성에 머물고 있소. 성 밖에선 명국 수행원들과 조선 관원들이 우리 둘의 회담에 신경을 곤두세우고 있소."

"상황이 급박히 돌아가는 것 같군요."

"지금 명국 측에선 우리 일본국의 항복 표문을 요구하고 있소. 나고야 성에 계신 다이코사마의 항표를 원하는 게요. 그게 가능한 일이오?"

아우구스티노의 낯빛이 어둡다. 그러니까 협상은 도요토미 히데요시의 항표 문제에 봉착해 있는 것이다.

"항표요? 나고야에서 알면 큰일 날 소리군요."

"그러니 회담 책임자인 나로선 하루하루 피가 마를 일 아니오. 나고야에선 이런 사정도 모른 채 엉뚱한 강화조건을 내걸고 조속히 협상을 마무리 지으라지, 명나라에선 항복 문서를 받아 오라지, 조선에선 회담 자체를 반대하고 있지, 내 고민이 이만저만이 아니오."

아우구스티노는 길게 탄식한다. 세스페데스도 덩달아 한숨을 쉰다. 정적이 흐른다. 아우구스티노가 앉은 자리 맞은편 벽 쪽엔 황금빛 투구와 검붉은 색의 갑옷이 내걸려 있다. 묵중한 투구와 갑옷이 정적의 무거움을 더한다. 그 아래로 삼목 받침대엔 길고 짧은 양도(兩刀)가 가지런히 놓여 있다. 사무라이의 갑주와 칼이 기리시탄의 십자가 문장과 거실 한 공간에서 서로 맞보는 꼴이다. 사무라이 복장에 십자가 목걸이를 건 아우구스티노의 모습이 부조화의 풍경을 더한다. 그의 음성이 고즈녁이 가라앉은 공기를 가른다. 정적을 깨는 목소리치곤 은근하다.

"신부님의 의견을 구하고자 하오. 고해성사 하는 심정으로 털어놓고 말씀드릴 테니 부디 현명한 답을 주시오."

아우구스티노가 초조한 기색을 보인다.

"무슨 말씀이신지요?"

면담을 먼저 요청한 세스페데스로서는 자신의 용건을 꺼내기도 전에 상대방의 요구를 들어야 하는 꼴이 된 셈이다.

"내가 지금 유게키 쇼군과 모종의 일을 꾸미고 있소. 다이코사마의 항표를 만들기로 했소."

"예? 그럼 가짜 항복문서를 꾸민다는 말씀입니까? 심유경 그자와요?"

"그렇소. 전쟁을 끝내기 위해선 어쩔 수 없소. 나도 이젠 이 전쟁에 진절머리가 나오."

아우구스티노가 상체를 앞으로 힘없이 기울이자 앞머리를 밀어버려 반들거리는 정수리와 함께 사무라이 상투머리의 꼭뒤가 드러난다. 실로 엄청난 계략이다. 아우구스티노는 자기네 다이코를 속이고, 심유경은 자기네 황제를 속이는, 피차 역적의 짓이다.

"그레고리오 신부님, 기리시탄으로서 허위 조작은 하느님의 계율을 어기는 짓이라는 걸 알아요. 하지만 이 전쟁이 무모하다는 건 신부님도 아시잖소. 이 성에서 내 부하 병사들 간에 매일같이 벌어지는 목불인견의 참상을 막기 위해서라도 종전 협상을 꼭 성사시킬 생각이오. 내가 잠시 거짓으로 계율을 어겨 인명을 살리고 평화를 되찾는다면 하느님도 용서하지 않겠소? 신부님, 답을 해주시오. 나는 어찌해야 하는 것이오?"

그의 어깨가 들썩일 때마다 어깨심을 빳빳이 세운 사무라이 예복의 어깨선도 따라 흔들린다. 그는 지금 자신이 꾸민 선의의 음모에 대한 동조를 신부에게 하소연하고 있다.

"종전과 평화의 길로 나아가야 하는 건 맞습니다. 다만……."

신부는 일단 침묵한다. 가부간 어느 쪽이든 답을 하기가 난감하다. 선의라 하더라도 음모는 음모요, 거짓은 거짓이다. 하느님의 이름으로 서원한 사제이기에 더욱 그렇다.

"이 전쟁은 시작보다 끝이 더 어렵소. 나도 감히 다이코사마의 국서까지 가짜로 꾸미게 될 줄은 상상도 못 했소. 하느님 앞에 작은 계율을 어겨 수많은 생명을 살릴 수 있다면 그건 더 큰 계율을 지키는 게 아니겠소. 신부님의 답변을 듣고 싶소. 내 결단을 도와주시오."

그는 이미 음모의 실행을 말하고 있다. 기리시탄으로서 최소한 신부의 동의라도 얻어 자신의 행위에 정당성과 용서를 동시에 부여받고자 하는 심정의 일단을 내비치면서.

"……."

신부의 침묵이 계속된다. 성직자로서 무슨 답을, 어떤 답을 해야 하는가.

"그 침묵은 허락을 의미하는 게요?"

넘겨짚기까지 하는 아우구스티노의 목소리가 급하다. 신부가 침묵을 깬다.

"저는 하느님의 종으로서 거짓을 행하라고 말할 수 없습니다. 그분의 계율을 어기라고 제 입으로 대답할 순 없다는 겁니다. 단지……."

신부는 아우구스티노의 가슴께에 걸린 십자가를 응시한다. 아우구스티노는 틈을 주지 않고 되묻는다.

"단지, 무엇이오?"

"인간의 전쟁은 분명히 하느님의 뜻이 아니며, 하느님은 평화를 사랑하신다는 사실입니다."

신부가 천천히 말을 에두른다. 눈치껏 알아들으라는 듯이.

"신부님은 지난번에도 그렇게 말씀하셨소. 알겠소이다. 그 말씀은 내가 국서를 위조해도 된다는 의미로 받아들이겠소. 그래도 되겠소?"

아우구스티노가 고무되어 목청을 높인다.

"저는 전쟁은 하느님의 뜻이 아니라고 말씀드리는 것입니다."

신부는 같은 답변을 되풀이한다. 그것은 암묵적 동의다.

"그레고리오 신부님, 고맙소이다. 정말 고맙소이다."

아우구스티노 고니시 유키나가는 속이 후련한 나머지 성호까지 긋는다. 그 바람에 십자가 목걸이도 흔들거린다.

"신부는 하느님의 평화를 전하는 사도입니다."

"알았소. 무슨 뜻인지 잘 알았소. 신부님에게 용기를 얻었으니 내 무슨 수를 쓰든 이 협상을 성공시키겠소."

아우구스티노는 흥분기를 감추지 못한다. 세스페데스는 조용히 눈을 감는다.

'하느님도 용서하실 것이다. 이 무모하고 잔악한 코라이 전쟁은 어떻게든 끝나야 한다. 전쟁을 끝내기 위해 주군의 항표를 거짓으로 꾸민 게 고니시 유키나가의 죄라면, 애초 그 전쟁을 명령한 주군 도요토미 히데요시의 죄는 얼마나 더 큰 것인가. 하느님이 큰 죄를 놔두고 작은 죄를 벌하지는 않으시리라.'

"그레고리오 신부님!"

아우구스티노의 상기된 목소리에 세스페데스가 눈을 뜬다.

"신부님, 명나라 유게키 쇼군을 만나보지 않으시겠소? 내가 주선하리다."

"심유경, 그 사신을요?"

뜻밖의 제의에 세스페데스의 큰 눈이 더 커진다.

"그는 명나라 황제의 명을 받은 유게키 쇼군이오. 이 기회에 그를 통해 중국 선교 방안을 타진해 보는 것도 좋지 않겠소?"

"치나 대륙 선교요?"

세스페데스로서는 아우구스티노가 불쑥불쑥 꺼내는 말이 내심 놀라울 따름이다.

"그렇소. 그가 비록 적국의 사신이지만, 회담장에서 여러 차례 얼굴을 맞대다 보니 그럭저럭 사이가 친밀하게 됐소. 지난번 협상에선 조선과 명나라에서 서양 선교사들의 포교 활동을 보장하는 문제를 놓고 잠시 의견을 나누기도 했소이다."

"그런 깊은 생각까지 하셨군요. 선교사인 저로선 정말 바라던 바입니다."

"그래서 이참에 그자를 직접 만나보시라는 게요."

"그를 신뢰할 수 있을까요?"

"사실 그는 공명심으로 가득 차 있어 믿을 만한 인물은 아니오."

아우구스티노는 턱을 두어 번 쓰다듬는다. 세스페데스가 뭔가 생각난 듯 말을 잇는다.

"제가 그를 만나도 될지 모르겠군요. 제 존재가 드러나고 정체가 밝혀지면 강화 협상에 자칫 나쁜 영향을 줄 수도 있다고 우려하는 소리가 있어서요."

"누가 그런 소리를 합디까?"

"다리오 님이 그런 걱정을 하더군요."

세스페데스는 지난번 다리오 소 요시토시의 성채를 방문했을 때 그에게 들었던 얘기를 끄집어낸다. 그때 세스페데스가 성채에 갇혀 있는 조선인 포로들을 만나보고 싶다고 요청하자 다리오가 거절하면서 불가 이유로 내세웠던 몇 가지 얘기 중 하나다.

"내 사위가 그런 말을 했단 말이오?"

아우구스티노가 상체를 곧추세운다. 세스페데스가 당시의 상황을 소상히 설명한다. 설명을 듣고 난 그는 미간을 찌푸린다.

"흠, 다리오는 머리가 너무 잘 돌아서 문제라니까! 내 사위는 너무 앞질러가는 게 오히려 탈이라오."

아우구스티노는 사위가 못마땅한 듯하다.

"그레고리오 신부님, 나와 심유경은 지금 항표를 꾸미는 비밀스런 일까지 논의하는 사이가 됐소. 그자와는 한 배를 탄 셈이니 걱정 말고 만나보시오. 만나서 중국 대륙에 복음을 전파할 수 있게 해달라고 부탁해 보시오."

"영광입니다. 주선하신다면 기꺼이 만나겠습니다."

"그나저나 내 사위가 신부님께 공연히 쓸데없는 말을 지껄였소이다."

아우구스티노는 다시 한 번 다리오에 대한 힐난조의 말꼬리를 단다. 그가 다리오 소 요시토시를 사위이자 핵심 참모로 대하면서도 한편으로 미더워하지 못하는 데는 그럴 만한 까닭이 있다. 장인으로서 사위에 대해 문득문득 드는 불안한 예감 때문이다. 사위에 대한 그 은근한 불안감의 정체는 무엇인가. 기리시탄 다이묘 가문과의 정략혼인과 정략신앙……, 그 중요한 혼인과 신앙도 너무 쉽게 받아들인 사위다. 쓰시마 섬을 다스리는 영주로서의 정치적 계산이 깔렸을 테다. 그토록 영악한 사위라면 언제 또 쉽게 그것들을 버리고 배신할지 모를 일이다. 그런 걱정이 앞설 때 장인은 안타까운 심정으로 사위를 떠올릴 뿐이다. 어린 나이에 시집을 보낸 쓰시마 섬에 있는 딸 마리아 고니시 다에(小西妙)의 앞날이 행복하길 바라는 마음으로.

†

고니시 유키나가가 세스페데스와 면담을 나누고 있을 때 웅천성 밖에 임시로 마련된 명나라 사신 숙소에서는 심유경이 휴식을 취하고 있었다. 곁에 차려진 주안상엔 향기 나는 술과 기름진 고기가 놓였다. 오늘도 적진인 웅천성에 들어가 고니시 유키나가 그 왜장과 한바탕 줄다리기 협상을 하고 돌아온 터였다. 심유경은 입에 술 한 잔을 털어 넣고 고기 한 점을 씹었다. 피곤이 풀려 내리는 게 목구멍에서 뱃속까지 후련했다. 힘든 회담이지만 시간은 자신의 편이었다. 상대는 조선의 남쪽으로 쫓겨나 바닷가에 성 하나 쌓고 초조하게 버티는 왜장이었다. 심유경은 아까 회담장에서도 왜장을 향해 호통을 쳤다. 대명 황제께 바칠 일본국의 항복 표문을 가져오라고. 그것이 불가능하다면 우리끼리 가짜 항표라도 꾸미자고. 그때 납빛처럼 굳어지던 왜장의 표정이라니. 심유경은 다시 술과 고기를 입안에 넣었다. 게슴츠레한 눈가엔 야릇한 미소가 번졌다. 스스로 대견스러웠다. 고향에서 장사치 건달에 불과했던 자신이 어느 날 일국의 유격장군이 되고 일약 외교협상가가 되어 있는 게 아닌가. 조선에 와서 칙사로 대접을 받다니! 일본 적장들조차 자신을 '유게키 쇼군' 칭호로 예우하다니! 조선 땅에서 전쟁이 난 게 고마울 지경이었다. 뿌듯한 마음에 심유경은 방바닥에 사지를 펼치고 벌렁 드러누웠다. 그러고는 오만방자하게도 다음번 회담에서 왜장 고니시에게 제시할 가짜 항표의 구체적인 문안을 구상했다. '신(臣) 도요토미 히데요시는 대명(大明) 황제폐하를 우러르며 감히 청하옵니다. 폐하께서 천지일월의

광명을 밝히시고 도량을 넓히시어 신을 번왕으로 책봉하는 은혜를 내려주시옵소서. 신은 길이길이 폐하의 신하가 되어 조공을 바쳐 섬기겠나이다.

†

"저도 장군님께 부탁의 말씀을 올릴까 합니다. 오늘 찾아뵌 것은 실은······."

계속되는 면담 자리에서 세스페데스가 아우구스티노의 표정을 살피며 화제를 돌린다. 마침내 자신의 용무를 말할 셈이다.

"허허, 그러고 보니 이제껏 내 사정만 늘어놨소이다. 어서 말씀하시오."

아우구스티노가 짐짓 너그러운 미소까지 지어 보인다. 그의 등 뒤에선 여전히 십자가 문양의 벽걸이 문장이 은은한 기운을 내뿜고 있다. 이럴 땐 그가 코라이 침략 전쟁을 진두지휘하고 있는 사나운 무장이 아니라 평화로운 기리시탄의 모습 그것이다. 어느 쪽이 그의 진면모인가, 세스페데스는 순간적으로 그런 생각을 하며 용건을 꺼낸다.

"다름 아니라 조선인 포로 아이 하나를 심부름꾼 겸 말동무 삼아 제 곁에 두고 싶은데 어찌 생각하시는지요?"

올라수에 대한 이야기다.

"뭐요? 하인이 필요하시면 병사를 얼마든지 붙여드릴 수 있는데 왜 조선인 포로를······?"

"하인이 필요해서가 아니고요, 사실은 그 아이에게 교리문답이라도 가르칠까 합니다."

"오호, 깊은 뜻이 있었군요. 그 조선인 포로는 복도 많구려. 신부님의 은혜를 입게 됐으니 말이오."

"제겐 좀 특별한 아이입니다. 기묘한 인연이지요."

세스페데스는 그동안 을라수와 얽힌 일들에 대해 설명한다. 자신의 숙소와 가까운 마구간으로 을라수의 처소를 옮길 수 있게 해달라는 부탁과 함께.

"흠, 신부님의 의향이 그럴진대 내가 뭐라 할 수 있겠소. 부디 그 아이를 기리시탄의 길로 잘 인도해 보시구려."

아우구스티노의 답변은 의외로 선선하다. 세스페데스가 그 틈을 놓치지 않는다.

"저는 코라이 전쟁의 참상을 목도한 사제입니다. 성직자로서 인간의 영혼을 구원하는 손길에 병사든 포로든 사람을 구분해 차별을 둬선 안 되겠지요."

"훌륭한 말씀이오."

아우구스티노가 고개를 끄덕이며 말을 잇는다.

"그 아이도 쓰시마로 보내면 더 좋지 않겠소이까? 오타 줄리아, 권가회 같은 아이들처럼 말이오. 쓰시마로 보내면 내 딸 마리아가 잘 보살필 거외다."

"아닙니다. 그 아이는 지금 불안에 떨고 있습니다. 철도 든 나이에 쓰시마로 데려가면 적응하기가 쉽지 않을 테고요."

"흠, 그래요? 줄리아는 쓰시마에서 열심히 교리를 익히는 중이고, 권가회는 규슈에서 세례를 받고 비센테(Vicente)라는 이름의 기리시탄으로 다시 태어났다는 얘기를 들었소. 어디 그뿐이오. 우리가 일본으로 보낸 조선인 포로들 가운데 기리시탄이 된 사람도 많소. 신부님이 말한 아이도 그리되면 좋지 않겠소?"

아우구스티노는 스스로 자랑스럽다는 표정이다.

"무슨 말씀인진 압니다만, 그 아이는 제가 곁에 두고 가르치고 싶습니다. 제가 언제까지 여기 머물지는 모르겠지만요."

"그래도 체계적으로 기리시탄이 되게 하려면 나가사키 예수회에 맡기는 게 훨씬 나을 텐데……."

"당사자인 그 아이가 원치 않습니다. 당사자가 원치 않는 건 하느님도 원치 않으십니다."

그 순간 세스페데스는 낯선 쓰시마 섬으로 끌려가 거기에서 어린 시절을 보내고 있는 줄리아의 슬픈 눈빛을 떠올린다.

"신부님의 뜻이 정 그렇다면……."

아우구스티노는 더는 고집하지 않고 물러선다. 세스페데스는 이번에도 틈을 파고든다. 내친김이다.

"장군님, 주제넘지만 이참에 포로 수송 건에 대해 한 말씀 드리고자 합니다."

"조선인 포로 얘기요?"

"예. 제가 나가사키에서도 봤고 얼마 전엔 이곳 웅천에서 직접 목도했습니다만, 포로들이 끌려가는 정경이란 참으로 딱하고 가련합니다.

사제로서 기리시탄 다이묘이신 장군께 여쭙습니다. 이 역시 하느님의 뜻이 아니지 않겠습니까?"

세스페데스에게서 제법 당당한 면모가 비친다.

"흠······."

아우구스티노의 송충이같이 짙은 눈썹이 꿈틀한다. 세스페데스는 내처 말을 쏟는다.

"요즘 노예상인들이 성에 출몰한다고 합니다. 지금 포로들은 불안에 떨고 있습니다. 부탁드리건대, 노예상인의 출입을 막고 포로 수송을 금하도록 조처하실 순 없겠는지요?"

아우구스티노는 눈썹을 한 번 더 씰룩이더니 정색을 한다.

"그레고리오 신부님! 그건 과한 부탁이오. 전쟁의 속성을 도외시한 말씀이외다."

그의 목소리는 어느새 경색돼 있다.

"신부님, 내 얘길 들어보시오. 내가 2년 전 제1군 선봉장으로 조선에 이끌고 온 병력의 숫자가 1만 8천 명이오. 지금 난 그 병력의 대부분인 1만 2천 명을 잃고 말았소. 조선정벌군 총 15만 명 가운데 몇 만 명이 죽었는지 가늠조차 할 수 없소. 참담할 뿐이오. 그들은 평소 우리 다이묘들의 영지에서 농사짓고 고기 잡고 장사하던 백성이었소. 지금 다이묘들의 영지는 텅 비다시피 했소. 우린 부족한 노동력을 메워야 하오. 조선인 포로들을 데려갈 수밖엔 없는 사정이 여기에 있소이다."

"그럼 장군께선 15만 병력을 끌고 왔으니 15만 포로를 끌고 가기라도 하시겠단 말씀입니까?"

"난 전쟁 지휘관이오. 전쟁터에선 살인도 어쩔 수 없소. 그러니 신부님도 조선인 포로 문제에 관해선 더 말씀하지 마시오."

지금까지 선선했던 태도가 아니다. 기리시탄으로서가 아닌 사무라이로서의 모습 그것이다. 아우구스티노의 단호한 말투에 눌려 세스페데스는 잠시 눈을 감는다.

'아우구스티노, 당신은 어찌하여 살상과 파괴를 자행함으로써 하느님의 뜻을 거슬러 죄악의 성의 성주가 되려는 것입니까. 유다의 백성을 포로로 마구 잡아들여 가뒀던 바벨론의 왕과 무엇이 다릅니까? 내 눈에는 당신의 성채가 바벨론 성으로 보입니다.'

세스페데스는 호흡을 가다듬으며 천천히 눈을 뜬다.

"제가 더 이상 어쩔 수 있겠습니까만, 이것만은 명심하십시오. 장군께선 기리시탄 즉 하느님의 자녀라는 사실 말입니다."

아우구스티노는 어금니를 지그시 문다. 편치 못한 안색이다.

"나 지금 안 그래도 피곤하오. 하느님의 이름으로 나를 자꾸 몰아붙이지 마시오. 지금 난 아우구스티노가 아닌 고니시 유키나가요."

그는 불편한 심기마저 드러낸다. 세스페데스에게 대놓고 그런 내색을 하긴 처음이다. 세스페데스도 그대로 물러서진 않는다.

"장군님은 저에겐 고니시 유키나가가 아닌 아우구스티노입니다. 제가 장군께 세스페데스가 아닌 그레고리오이듯이 말입니다."

"그레고리오 데 세스페데스 신부!"

아우구스티노가 신부의 정식 이름을 부르며 딱딱한 억양을 넣는다. 유감스럽다는 뜻의 언사다.

"신부! 지금 나하고 계속 언쟁하자는 게요?"

"그건 아닙니다."

"그럼 뭐요?"

"장군님은 기리시탄으로서 신명(神命)을 따르셔야 합니다. 장군님은 하느님의 자녀입니다."

"그렇다면 신부도 군명(軍命)을 따르실 필요가 있소. 신부는 내가 초청한 종군사제란 말이오."

어디까지나 절제된 언성이 오가긴 했지만 두 사람의 기묘한 논쟁은 전에 없던 일이다. 그들 사이의 갈등은 사제와 무사, 곧 십자가와 칼의 속성을 반영한다. 하지만 논쟁은 그 정도에서 멎는다. 아우구스티노가 도량을 베풀어 먼저 말꼬리를 내리고 세스페데스가 그에 호응하면서 분위기는 수습된다.

"내 신경이 예민해진 탓이오. 신부님, 언짢은 언사가 있었다면 용서하시오."

"저 또한 제 주제를 넘어 장군님께 불편한 심기를 끼쳤다면 용서 바랍니다."

면담은 마무리된다. 어쨌든 의견충돌에도 불구하고 모처럼 허심탄회한 대화를 나눌 수 있었던 자리이다. 일본 노예로 끌려가지 않으려는 을라수의 소원을 들어줄 수 있게 된 것이 면담의 최대 성과다. 을라수를 심부름꾼 겸 말동무의 명분으로 포로 막사에서 빼내 자신의 숙소와 가까운 마구간의 처소에 둘 수 있게 됐으니 세스페데스가 바란 바대로 되었다.

면담 자리가 마무리되어 가는 참인데, 방문 밖에서 시종이 인기척을 한다.

"밖에 누가 왔느냐?"

아우구스티노가 문 쪽을 향해 묻는다.

"영주님과 법사님이 오셨습니다."

문밖에서 시종이 알린다.

"어서 들라고 해라."

아우구스티노가 시종에게 명하고 나서 세스페데스에게 귀띔한다.

"내 사위와 외교 책사가 온 것 같소."

아우구스티노의 핵심 참모인 다리오 소 요시토시 영주와 종군승이자 외교승인 게이테쓰 겐소 법사의 방문이다.

"급한 용무가 있나 봅니다."

"급한 일이지요. 내가 아까 신부님께 말씀드렸잖소. 다이코사마의 항표를 꾸민다는 것 말이오. 지금 저 둘이 표문 작성을 담당하고 있소이다. 법사는 글을 짓는 문장력까지 뛰어나 이번 일에 적임자이지요."

"그렇군요. 그럼 저는 이만 나가보는 게 좋을 듯합니다."

"이 일은 그레고리오 신부님만 알고 계시오. 앞으로도 종종 조언을 부탁드리겠소이다."

세스페데스는 아우구스티노에게 성호를 그어 보이고 방을 나온다. 밖엔 갑옷 차림의 다리오와 먹빛 승복을 입은 법사가 기다리고 있다. 세스페데스는 그들과 정중하게 대면 인사를 나눈다. 지난번 다리오의 성채에서 만난 뒤로 처음이다. 다리오는 뜻밖의 조우에 놀라움과 반가움이 뒤섞인 얼굴이다.

"신부님, 여기서 또 뵙는군요."

법사는 뼈 있는 말을 슬쩍 던진다.

"신부는 저희 주군과 독대도 하시는구려."

그것도 잠깐, 그들은 한시가 급한 듯 서둘러 아우구스티노의 거실로 향한다. 바쁜 발걸음보다 마음이 더 급할 터다.

'셋이 저 은밀한 방에서 음모를 꾸미리라.'

세스페데스는 아우구스티노의 방에서 벌어지게 될 광경을 어렵지 않게 상상할 수 있다. 자신들의 주군인 도요토미 히데요시를 속이고 국서를 거짓으로 지어야 하는 일이다. 이 숨죽인 모의를 덮기라도 하려는 듯 웅천성의 하늘로 잿빛 구름장이 밀려든다. 지금 전쟁은 궁지에 몰려 있고, 협상은 촉급한 상황으로 치닫고 있다. 아우구스티노의 저택을 나서는 세스페데스의 발걸음이 잔뜩 흐린 하늘만큼이나 무겁다.

'저들이 꾸미는 웅천성의 위험한 음모는 성공할 수 있을까?'

†

곰을 때려잡고 범을 쓰러뜨릴 장사들이
천둥 울리듯 바람 치듯 달려오고,
수레를 뛰어오르고 관문을 뛰어넘을 무리가
구름처럼 모이고 비처럼 모이니……,
마땅히 나라를 위해 죽는 것이라.
혹은 무기를 내어주고
혹은 군량을 도와주고
혹은 말을 달려 앞장서고
혹은 분연히 쟁기를 던지고 논밭에서 떨쳐 일어나라.
- 고경명 의병장의 격문

동무 되고 동지 되어

웅천성에 또 한 무리의 조선인 남녀가 포로로 끌려왔다. 을라수의 막사에도 새로운 포로들이 들어왔다. 을라수가 살펴보니 제 또래도 몇몇 섞여 있었다. 동무라도 생긴 듯해 적이 위안이 됐다.

돌산(乭山), 검칠(檢七), 말질복(末叱卜), 춘달(春達).

바로 그들이었다. 이력도 갖가지였다. 돌산은 농사꾼으로 임진년에 의병에 가담한 남다른 전력이 있었다. 검칠은 장사치로 이곳저곳을 떠돌다가, 말질복은 옹기장이로 토기를 굽다가, 춘달은 석수장이로 돌을 쪼다가 그만 운수 나쁘게 왜병에게 포로로 잡힌 것이었다. 을라수는 자꾸만 돌산에게 눈이 갔다. 돌산은 자신에 대해 소개할 때도 품새가 의젓한 게 과연 '임진 의병'다웠다.

돌산은 애최 호남지역 의병장인 고경명(高敬命) 휘하의 의병부대에 가담했다. 고경명의 의병부대는 경상도를 점령한 뒤 전라도로 진출하려는 왜군에 맞서 전주, 금산 등지에서 싸웠다. 그러나 고경명의 의병부대가 마지막 금산 전투에서 패해 의병장까지 전사한 데 이어 충청도에서 의병을 일으킨 조헌(趙憲)마저 장렬한 최후를 맞으면서 호남과 충청 지역의 의병은 와해됐다. 간신히 살아남은 돌산은 뜨내기 의병 신세가 되어 영남 땅까지 떠돌다가 왜병에게 포로로 잡히게 됐다.

"의병이 되겠다는 생각을 하다니 그 기개가 장했구먼."

얘기를 듣고 난 을라수가 칭송을 아끼지 않았다.

"장하긴. 의병을 모으는 북소리가 둥둥 울리는데 심장이 뛰더군. 집에 가만히 앉아 있을 수가 없었지."

돌산의 말투가 의젓함을 더했다.

"왜적의 성에서 이런 꼴로 만나 안됐지만 이것도 인연일세. 우리 힘을 내세."

포로 선참 격인 을라수가 격려하듯 말했다.

"이제 우린 동지야."

돌산이 그답게 말을 받았다. 검칠, 말질복, 춘달이 고개를 끄덕였다.

†

을라수가 있는 포로 군막에서 사달이 벌어진다. 일본 노예상인들이 호위병까지 대동하고 또 나타난 것이다. 남녀별 막사 감방을 살피는 눈빛이 날카롭고 뭔가를 점검하는 모습이 불길하다.

목재 창살로 막힌 감방 안에서 조선인 포로들이 공포에 질려 울부짖고 불안에 떨며 웅크린다. 을라수는 어린 나이에도 대범하다. 노예상인들을 노려보며 소리친다. 너희 왜인들이 우리 조선인들을 온갖 노역에 부려먹더니 이제는 왜국에 노예로 끌고갈 셈이냐고. 평소 노역장에서 동족 포로들을 통솔하던 을라수답다. 노예상인들은 씨익, 조소를 머금는 것으로써 을라수를 경멸하고 무시한다.

　이번에는 을라수 옆에 있던 늙수그레한 포로가 분연히 나선다. 일본말을 모르는 그는 조선말로 악을 쓴다. 왜놈 인간사냥꾼들에게 끌려가느니 여기서 죽겠노라고, 자기는 살 만큼 살아 당장 죽어도 좋다고. 우두머리로 보이는 노예상인이 곁에 있던 통역에게 묻는다. 대체 저 미친 늙은이가 뭐라고 떠드는 것이냐고. 통역이 말을 옮긴다. 우두머리가 잔인한 웃음을 흘리더니 호위병들에게 외친다. 저 조선 늙은이를 소원대로 당장 죽여주라고. 명령을 받은 왜병들이 감방 안으로 몰려 들어가 칼을 휘두른다. 늙은 조선인 포로는 그렇게 죽어 소원을 풀었을까.

　현장을 목도한 의병 출신 돌산이 부르르 몸을 떨며 주먹을 쥐고 의기를 드러낸다. 검칠, 말질복, 춘달도 치를 떤다. 돌산은 금방이라도 그 사람장사꾼들을 향해 달려들 태세다. 달려드는 순간 늙은 포로처럼 죽임을 당할 게 뻔하다. 참아! 을라수가 돌산의 팔을 툭 치며 막는다. 을라수의 제지에 '임진 의병' 돌산은 이만 악문다.

　포로 점검을 마친 노예상인들은 아무 일도 없었던 것처럼 막사를 빠져나간다. 그걸로 끝. 모든 게 잠잠해진다. 왜성에서 죽음은 일상적이다. 이리 죽고 저리 죽는다. 숱한 죽음들이 난무하는 웅천성은 오늘도 악령의 성이다.

†

을라수는 지옥 같은 포로수용소 군막에서 천수각 뒤편 마방간으로 거처를 옮기게 됐다. 세스페데스 신부 덕분이었다. 을라수가 막사를 떠날 때 돌산, 검칠, 말질복, 춘달이 영문도 모르고 떠들었다.

"급작스럽게 웬일이냐?"

"어떻게 해서 마구간지기로 가게 된 거냐?"

"대체 누가 너를 데려가는 거냐?"

"우리를 두고 너만 가면 어떻게 하냐?"

을라수는 신부에 관해서는 일절 이야기하지 않았다. 자꾸 소문이 나서 좋을 리 없었다. 동무들에게는 미안한 일이지만 대충 얼버무릴 수밖에 없었다.

"내가 왜성에 온 지 오래됐고 왜말도 할 줄 아니까 데려가는 것 같아. 내가 마방간으로 간다고 해서 달라질 게 뭐 있겠냐. 어딜 가도 너희처럼 포로 신세지."

†

세스페데스는 안도의 숨을 쉬었다. 을라수가 포로 수송선에 실려 일본으로 끌려갈 위험성이 줄었기 때문이다. 이제는 가까운 곳에 있어서 대면하기도 수월해졌다. 그동안 밤이면 행여 을라수 그 아이가 찾아올까 하는 마음에 방문을 스치고 지나가는 바람소리에도 귀를 세우곤 했던 신부 아닌가. 이제부터는 밤에 그 아이를 만나는 은밀한 기쁨을 누리게 될 것이다.

"신부님, 고맙습니다."

거처를 옮긴 당일 밤 을라수는 방바닥에 양손을 짚고 더부룩한 머리를 조아린다.

"네가 이젠 마구간지기가 되었구나. 그래, 새로 옮겨 간 마구간 거처는 괜찮더냐?"

검은 사제복을 입고 앉은 신부의 옆쪽으로 팔뚝 굵기만 한 황촉불이 타오른다.

"늙은 왜인 마부들이 많은데 다들 온순해 보이더군요. 잡역병으로 끌려온지라 왜병들처럼 사납진 않아요."

"다행이구나. 그곳이 네게 조금이나마 안식처가 됐으면 좋겠구나."

"노예상인들이 없다면 저야 마구간이든 어디든 다 좋습니다."

"악인들이 거기까지 드나들진 못할 테니 안심하여라. 먼 옛날 마구간은 거룩한 곳이었느니라."

신부는 잠깐 눈을 감는다.

'왜 하필 마구간인가. 지금 내가 일천육백 년 전 예수가 태어난 베들레헴의 마구간을 연상하는 것인가.'

을라수는 천천히 방안을 둘러본다. 시선이 신부 뒤쪽의 벽면에 걸린 십자고상에 멈춘다.

'저것은 무엇인가.'

고즈넉이 타오르는 촛불에 한쪽 벽면으로 두 사람의 검은 그림자가 진다. 이윽고 신부가 곁에 놓인 궤를 뒤지는가 싶더니 얇은 책자 한 권을 꺼내든다. 교리문답서다.

"그분에 대해 알고 싶다고 네가 말하지 않았더냐?"

"가르쳐주십시오."

신부는 을라수의 눈을 응시한다.

"그분을 아는 데는 고통이 따른다. 때론 죽음까지도."

"무슨 말씀이신지……?"

을라수가 어리둥절해한다. 신부는 천천히 벽면의 십자고상을 올려다본다.

"나는 그분을 알고 그분을 믿는다는 사실 때문에 지금까지 고통과 유혹과 죽음의 위험 속에서 살아왔다."

"……"

"하지만 나는 이런 시련이 행복하다."

"예? 저로선 도무지 무슨 말씀인지……."

"여기에 와서 너를 만난 것도 기쁨이고 행복이다. 너야 그걸 알 리 없겠지만."

을라수는 눈만 동그랗게 뜬다. 신부가 촛대를 가까이 끌어당긴다. 촛대가 살짝 기울어지면서 촛불 밑으로 촛농 한 방울이 흘러내린다.

"자, 듣고 따라 외거라. 그분을 알려면 교리 공부를 해야 한다."

신부가 책장을 펼쳐 읊기 시작한다.

"태초에 하느님이 천지를 창조하시고……."

"태초에……, 하느님이……, 천지를……, 창조하시고……."

을라수가 멋도 모르고 읊조린다. 밤 깊은 웅천성의 외딴 방에 에스파냐 신부의 말을 따라 외는 더벅머리 조선 청년의 어색한 목소리가 맴돈다.

†

요 며칠 겨울 바다에 미끄러지는 바람의 줄기가 유리칼처럼 매섭고 시리다. 시퍼런 바닷물은 그 빛깔만으로도 춥다.

막바지 추위가 이어진 지난 밤. 그예 왜선 한 척이 일단의 조선인 포로에 더불어 조선의 도자기와 서책, 석물 따위를 싣고 감쪽같이 웅천 포구를 빠져나가 나가사키로 향한 모양이었다. 일본의 노예장사꾼들이 나가사키에서 웅천성까지 직접 배를 몰고 와서 벌인 짓이라고 했다. 노예상인들은 포로들을 부려 먼저 도자기 같은 약탈품을 배에 싣게 한 뒤 그대로 선창에 가두며, 그것도 모자라 그들을 노꾼으로 활용해 노까지 젓게 한다는 것이니, 대단히 효과적인 방법으로 포로 수송을 하는 셈이었다. 나가사키로 가는 중에 포도아(葡萄牙, 포르투갈) 배를 만나 해상에서 포로들을 팔아넘기는 수도 있다고 했다.

세스페데스 사제는 아침에 을라수로부터 이런 소식을 들었다. 방에서 아침 기도를 마쳤을 때 을라수가 찾아와 전한 소식이었다. 을라수 자신도 아침에 일어나 마구간에서 말 먹이를 준비하던 중에 왜인 마부들에게서 전해 들었다고 했다.

'다이묘의 승낙 내지는 묵인 아래 벌어진 일이겠지.'

사제는 아우구스티노 다이묘를 머릿속에 떠올린다. 아우구스티노는 자꾸 실망스러운 모습을 보이고 있다. 고백성사에도 불구하고 그는 여전히 말과 행위로써 하느님의 뜻을 거스르고 있다. 사제에게는 그가 어디까지나 고니시 유키나가가 아닌 아우구스티노다. 사제의 관점에서 그를 기리시탄으로 보지 않을 수 없다.

'아우구스티노의 영혼이 천국에 어찌 갈까.'

사제의 안타까움은 거기까지다. 자신도 다이묘의 군대에 속한 처지일 따름이다. 가슴이 답답하다. 사제는 방문 밖으로 나선다. 을라수가 뒤를 따른다. 전각 회랑으로 차가운 바닷바람이 밀려든다. 사제는 전각 아래로 아스라이 펼쳐진 바다를 바라본다. 아침 햇살이 스미어 시퍼런 바닷물을 어르고 있다.

"간밤에 배가 저 먼 섬들 사이로 멀어져 갔겠구나."

사제는 어젯밤 포로 수송선이 빠져나갔을 바다 쪽을 향해 중얼거린다.

"저쪽 가덕도 앞바다를 돌아 큰 바다로 나갔을 것입니다."

"저 가물가물한 것이 가덕도인가?"

"예."

사제는 을라수가 손가락으로 가리킨 방향을 한참이나 쳐다본다. 그러고는 두 손을 모으고 뭔가를 왼다. 그것은 라틴어여서 을라수가 알아들을 수 없는 말이다. 을라수는 사제의 기도가 끝나길 기다렸다가 입을 연다.

"신부님, 누구를 위해 그렇게 기도하셨습니까?"

"춥고 어두운 밤에 적국의 땅으로 끌려간 네 슬픈 동족들을 위해 기도했다."

"신부님은 기도밖엔 모르시나요? 이럴 때도 기도하는 것밖엔 없나요?"

뜻밖에도 을라수가 볼멘소리를 토한다.

"응? 그 무슨 무례한 말을……."

사제의 표정이 언짢다.

"하느님 그분은 전능하시다면서요. 신부님, 기도만 하시지 말고 지금이라도 그분께 도움을 청해 왜선에 끌려가고 있는 조선인들을 되돌아오게 할 순 없나요?"

을라수는 답답함과 실망감을 한꺼번에 토로한다. 사제는 잠자코 있다. 맹랑한 말을 해대는 조선의 더벅머리 아이 앞에서 사제는 어쩌면 무력감을 맛보고 있는 것인지도 모른다. 사실 이 아이의 넋두리는 자신이 던지고 싶은 질문이다.

'신이시여, 어찌하여 저로 하여금 코라이의 비극을 목도하게 하시나이까. 저는 사제로서 눈으로 보기만 할 뿐 아무 것도 할 수 없나이다. 저를 이곳에 보내어 무엇을 이루려 하시나이까?'

눈치 빠른 을라수가 죄송한 듯 양손을 비비적거린다.

"제가 신부님을 마음 상하게 해드렸나 봅니다. 철부지 어리광으로 받아주세요."

"아니다. 그만 들어가자. 바닷바람이 차구나."

"신부님이나 어서 방으로 드시지요. 저는 말을 보살피러 내려가야 합니다."

"그럼 그러렴."

"조선의 겨울 추위는 심해요. 여기가 경상도 남녘인데도 아직 겨울이지요. 몸조심하세요."

을라수가 사제 앞에서 허리를 굽힌다.

"여긴 대체 언제 봄이 오는 것이냐?"

"봄이요?"

회랑을 내려가려던 을라수가 사제를 향해 고개를 돌린다.

"봄이 오면 신부님에게 무슨 좋은 일이라도 생기나요?"

"……."

을라수는 끝까지 맹랑한 질문만 던지고 회랑을 내려간다. 마지막 말이 긴 여운을 남긴다. 사제의 마음이 저절로 시리다.

'이 혹독한 전란의 동토에서 봄날의 꿈조차 잊고 살아가는 코라이 청년 을라수! 제가 저 아이를 위해 무엇을 해야 합니까? 제가 당신께 답을 주시기를 간절히 청하나이다.'

†

"심유경이 적중을 드나들면서
소서행장과 밀담을 나누고
항복하는 표문을 가지고 나왔으니
그 사정은 참으로 헤아릴 수 없습니다.
이른바 항표도
진짜인지 가짜인지를 모르겠습니다."
-《선조실록》

비밀과 음모의 성

웅천성 수뇌부 3인이 마침내 명나라 조정에 보낼 도요토미 히데요시의 항복 표문을 거짓으로 지어냈다. 명국 황제는 도요토미를 일본국 왕으로 책봉하고, 도요토미는 명국에 조공을 바친다는 내용이었다. 항표가 명나라 '유게키 쇼군' 심유경과의 사전 각본과 조율에 따라 비밀리에 작성되었음은 물론이다. 조선을 정벌하고 중국 대륙을 정복하며 심지어는 인도까지도 공략함으로써 스스로 천자가 되고 태양이 되겠다는 망상적 야심가 도요토미 히데요시가 이 사실을 알면 그 자리에서 까무러칠 노릇이었다. 도요토미는 나고야성에서 친히 7개 조항의 강화조건 지침을 내린 바 있다. 명국의 공주를 일본으로 보내 혼인을 시키라든가, 조선 땅을 분할해 일본에 양도하라든가, 조선의 왕자를 일본에 인질로 보내라든가 하는 조항들이 그것이었다. 그럼에도 조선 웅천성의 일개 다이묘들이 제멋대로 그 지침을 무시하고, 아니 지침과는 정반대되는 굴욕적인 내용으로 항표를 꾸몄다는 건 주군에 대한 용서받지 못할 반역이자 대역죄 아닌가.

기리시탄인 아우구스티노 고니시 유키나가가 이를 의식해 무겁게 입을 뗀다.

"다이코사마께서 내리신 일곱 가지 강화조건은 명나라에서도 조선에서도 도저히 받아들일 수 없는 내용이오. 나는 하느님을 섬기는 사람으로서 이 전쟁에 염증을 느껴왔소. 나는 이렇게 해서라도 평화 교섭을 매듭지어야 한다고 생각하오."

승려인 게이테쓰 겐소도 굳은 얼굴로 말한다.

"저 역시 부처님을 모시는 사람으로서 원래부터 살육의 전쟁을 원치 않았습니다. 아미타 부처님의 뜻은 자비에 있습니다. 살생을 금하라고 가르치신 부처님께서 어찌 서로 죽고 죽이는 전쟁을 용서하겠습니까?"

기리시탄과 불교도 사이에서 오락가락하는 소 요시토시도 말을 보탠다.

"우리는 모두 신앙인입니다. 신앙의 길은 기리시탄이든 불교도든 다르지 않을 겁니다. 예수님도 부처님도 우리를 도우실 겁니다. 저야말로 이 전쟁을 원치 않았던 사람입니다."

고니시 유키나가는 두 핵심 참모의 얘기를 들으면서 잠깐 그레고리오 데 세스페데스 신부를 생각한다. 자신으로 하여금 결심을 굳혀 이번 일을 결행하도록 한 숨은 주역이 바로 신부다. 비록 대의에서였다고는 해도 기리시탄으로서 거짓을 행하는 데 대한 양심의 가책 때문에 신부의 조언을 구했을 때 신부는 암묵적으로 동조하지 않았던가. 신부가 그러지 않았다면 자신은 거짓 항표를 작성한다는 결단을 쉽사리 내리지 못하고 어쩌면 지금까지도 고민하고 갈등했을 것이다. 고니시 유키나가, 아니 아우구스티노는 마음속으로 세스페데스가 또 고맙다.

'그레고리오 신부, 내게 훌륭한 정책 조언을 해줬소.'

†

검은 그림자 한 떼가 소리도 없이 세스페데스 신부의 숙소를 나와 컴컴한 천수각 언덕길을 내려간다. 은밀한 저녁에 미사를 마치고 막사로 돌아가는 왜군 기리시탄들이다. 을라수는 마방간 입구에서 그들의 모습을 몰래 지켜본다. 왜병들의 저녁미사 시간이 끝났으니 이제는 을라수의 차례다. 서양 신부와 조선인 포로의 야간 밀회. 신부는 오늘 밤에도 을라수에게 교리문답을 가르치는 일에 대한 기대와 기쁨에 부풀어 있을 것이다. 조금 전까지 저 왜병들을 위해 두 손 모아 기도했을 신부가 이따가는 조선인 포로 을라수를 위해서도 똑같이 기도하게 될 것이다.

'알수록 모를 신부님……'

왜일까? 오늘따라 을라수의 머릿속이 복잡한 것은. 신부가 이상한 외모만큼이나 이상한 외인으로 느껴진다. 신부에게 교리를 배우기 시작한 지도 여러 날이 지났건만 이런 기분은 처음이다. 누구에게나 따뜻하고 인애한 신부의 기도는 누구를 위한 것인지, 신부의 기도에는 선과 악의 구분도 없는 것인지가 궁금하다.

마방에 내리는 어둠이 을라수의 마음에도 스민다.

'기도가 무슨 소용일까? 하느님이 무슨 대수일까? 지금도 우리 조선인 포로들은 노예로 끌려가고 있는데, 우린 이렇게 고난 받고 있는

데…….'

혼란스럽기만 하다.

'이러다 결국엔 나도 짐승처럼 끌려가겠지. 그럼 난 어찌해야 하는가?'

그 대목에서 뇌리를 스치는 게 있다.

'탈출…….'

그동안 포기하고 접어둔 생각이다. 왜군의 감시를 뚫고 성을 탈출하기도 쉽지 않을뿐더러 설령 탈출한다고 한들 엄동설한에 얼어 죽거나 굶어 죽을 게 뻔할 것이라는 판단에서였다. 그런데 지금 웅천성 탈출에 대한 욕구가 다시 고개를 쳐드는 것이다. 을라수는 꾹 눈을 감는다.

'웅천성 탈출!'

†

가토 기요마사의 군영인 서생성.

흑두건과 검정 복색의 차림으로 등에 엇비슷이 칼을 멘 무사풍의 사내가 성을 향해 날렵하게 말을 몬다. 말은 성 외곽의 해자를 넘고 언덕진 오솔길을 올라 금세 성문 앞에 당도한다. 고니시 유키나가의 웅천성에서 암약하다 급거 돌아오는, 가토 기요마사의 비밀첩자인 닌자(忍者)다. 웅천, 부산, 울산을 잇는 해안가 길을 따라 부지런히 말을 달렸을 것이다. 웅천성에서 서생성까지는 아침부터 말을 달리면 저녁나절에 닿을 정도로 만만한 거리다. 그렇다 보니 가토 기요마사의 첩자든, 고니시 유키나가의 첩자든 이 길을 이용하게 마련이다. 이 일대만큼은 여전히 왜군 점령지나 마찬가지여서 첩자들이 왕래하기에 안전하다. 조선 의병이라는 그 무서운 '잇키(一揆, 봉기단)'와 맞닥뜨릴 위험성도 적다. 의병군은 신념이 굳고 기습에 능해 조선 관군이나 명나라 군사보다도 두려운 존재다.

"어디서 오는 누구인가?"

성문 소곽(小郭)의 초병들이 닌자를 내려다보며 외친다. 닌자는 대답 대신 말 위에 앉은 채 품속에서 비표를 꺼내 초병 쪽을 향해 들어 보인다. 신분을 눈치 챈 초병들은 더 묻지 않고 통과시킨다. 닌자는 그대로 말을 몰아 천수대(天守臺) 석단에 도착하고 나서야 비로소 말에서 뛰어내린다. 그러곤 돌계단을 성큼성큼 뛰어올라 곧장 천수각으로 잰걸음을 놀린다. 각층 지붕마다 금빛 테를 두른 천수각은 서녘 햇살에 번쩍여 호사로움의 극치를 이루고 있다. 바로 그 누각의 5층 꼭대기에 가토 기요마사의 전쟁지휘소가 자리 잡고 있다.

"나무묘호렌게쿄, 나무묘호렌게쿄……."

닌자 첩자가 5층 마루 복도에 다다랐을 때 지휘소 거실 안에서 우렁우렁한 소리가 울려나온다. 불교도 다이묘인 가토 기요마사의 음성이다. 닌자가 시종의 안내를 받아 거실에 들어서서 무릎 꿇어 예를 올리고서야 가토는 소리를 멈춘다. 금빛 병풍 앞에서 금박 무늬의 미백색 예복 차림으로 가부좌를 틀고 염주를 손에 굴리며 다이모쿠를 외고 있던 중이다. 무인치고는 크지 않은 체구여서 앉은 모습이 풍성한 예복 속에 파묻혀 있는 것 같다.

"먼 길 달려오느라 고생했다. 그래, 이번엔 무엇을 알아 왔느냐?"

가토는 예의 급한 성격을 드러낸다. 방금 전까지 다이모쿠를 외던 안온한 낯빛은 온데간데없다. 덩달아 급해진 닌자가 바로 아뢴다.

"다이묘님! 강화 협상이 타결된 것 같습니다. 웅천성에서 무슨 일을 꾸민 듯합니다. 사태가 급해 달려왔습니다."

"뭣이라고? 더 자세히 말해라."

"송구하옵니다. 저쪽에서 워낙 비밀리에 움직이기 때문에 더는 염탐하지 못했습니다. 다만……."

"다만, 무엇이냐?"

가토는 또 몰아붙인다.

"고니시와 심유경이 외교 국서까지 꾸몄다는 소문이 돕니다."

"외교 국서라니?"

"항복 표문, 항표라고 하옵니다."

"아니, 그렇다면 고니시 그 얼간망둥이 놈이 감히 표문을 거짓으로 꾸몄다는 게야?"

"표문의 내용이 뭔지는 제가 알아낼 수 없었습니다. 다이묘님, 죄송하옵니다."

닌자는 거듭 고개를 숙인다.

"아니다. 훌륭하다. 어쨌든 중요한 정보구나. 어떻게 알아온 것이냐? 네게 상을 내리고 싶다."

닌자가 고무되어 기를 되찾는 듯하다.

"다이묘님, 감사합니다. 지금 회담이 열리는 웅천성 주변엔 조선 관원들도 나와서 촉각을 곤두세우고 있습니다. 그들도 자기네 조정에 상황을 보고하기 위해섭니다. 제가 조선말을 좀 하는지라, 조선인인 양 접근해 관원들의 얘기를 엿들을 수 있었습니다."

"네가 기지를 발휘했구나."

금빛 병풍 옆의 자개 박힌 치렛장에서 조선 백자들이 우아한 빛깔을 뿜고 있다. 하지만 지금 가토는 병풍과 도자기의 고상한 분위기에 빠져들 수 없다.

"고니시 놈이 장사꾼 출신이니 필시 협상도 얼렁뚱땅 흥정하듯이 했을 게야. 기리시탄 사교도 고니시와 중국 협잡꾼 심유경 사이에 대체 무슨 꿍꿍이가 있었단 말인가? 하, 답답한 노릇이구나!"

가토는 갑갑증에 예복의 긴 옷소매를 홱 뿌리며 가부좌를 푼다. 부릅뜬 눈이 거실 한쪽에 놓인 박제 호랑이의 그것과 같다. 벽에는 호피 장식물도 걸려 있다. 조선에서 호랑이 사냥을 즐겨 '호랑이 장수'라 불리는 가토다. 경쟁자인 고니시에게 강화 협상권을 빼앗기고 솟구치는 울화를 호랑이 사냥으로나마 달래고자 했던 자신 아닌가. 어릴 적 이름인 '도라노스케(虎之助)'에 호랑이라는 말이 들어간 것부터가 예사롭지 않았다. 가토는 호랑이 눈빛이 되어 고니시에 대한 적개심을 드러낸다.

"본국의 다이코사마와 가깝기로 말하면 내가 더 가깝지, 고니시 네놈이 가깝더냐. 다이코께선 내 인척이 되시며 나를 다섯 살 때 거두어 양육해주신 분이야. 고니시 네놈이 선봉장이 된 것도 네가 잘나서인 줄

알겠지만, 그건 아니지. 다 이유가 있어. 다이코께선 일본 땅에서 네놈 같은 기리시탄들을 내쫓기 위해 최전선에 세운 거야. 다이코는 우리 전통 신앙인 불교와 신도(神道)의 융성을 바라시지, 기리시탄 사교가 잘되길 바라지 않으신다. 그것도 모르는 얼간이놈이 날뛰어?"

"고정하옵소서."

닌자가 다시 쩔쩔매며 납죽 엎드린다.

"어험!"

가토는 그제야 옷섶을 매만지고 자세를 바로잡는다. 부하 앞에서 격한 감정을 내보인 꼴이니 민망하긴 하다.

"다이묘님, 웅천성에서 다른 첩자가 곧 소상한 내용을 알아올 것입니다. 며칠만 기다리소서!"

닌자의 진언에 가토는 애써 마음까지 가다듬는다.

"지혜의 아미타시여, 혜안의 부처시여! 저를 도우소서."

가토는 염주를 든 채 합장하고 기도를 올리기 시작한다. 닌자도 얼떨결에 같은 자세를 취한다. 그들의 시선이 닿는 정면 벽에는 까만색 바탕에 하얀색 글씨로 '南無妙法蓮華經(나무묘호렌게쿄)'을 수놓은 족자가 붙어 있다.

가토 기요마사, 그는 불같이 화를 내다가도 금세 평온한 낯으로 돌아올 만큼 스스로를 다스릴 줄 아는 노련한 다이묘다. 그는 자신이 그럴 수 있는 능력의 바탕에 그윽한 불심이 자리 잡고 있다고 믿는다. 일본 불교 니치렌(日蓮)의 독실한 신봉자 아닌가. 평소 부하들에게도 괴롭고 힘들 때는 법화경을 외우라고 외치는 그다.

"조선에 출정한 나의 군사들이여! 너희는 전쟁터에서 법화경을 외움으로써 영혼의 번뇌를 벗어라. 싸우러 나가 살생하기 전에도 외울 것이며, 살생 후 돌아올 때도 외워라. 부처님 앞에 살생 금지의 계율을 어긴 죄업이 소멸되기를 간구하며 합장기도를 올려라."

법화경을 외우면서 가토 스스로 번민하는 때도 있다. 불심과 살육을 오가는 마음의 번뇌. 칼에 피를 묻히며 피바람을 일으키는 살의의 근원은 어디에 있단 말인가.

기도가 끝나자 가토는 예복 자락을 떨치고 일어선다. 추위에도 누각의 창문을 열어젖힌다.

쏴아!

사방으로 트인 전망이 펼쳐지고, 울산 앞바다의 차가운 바람 줄기가 밀려든다. 짙푸른 동해 바다가 끝없이 펼쳐지고, 서생포 쪽으로는 진하촌(鎭下村) 민가들이 가물가물 시야에 들어온다. 회야강(回夜江) 즉 돌배미강이라 불리는 강의 희끄무레한 물줄기가 작은 들판과 마을을 휘감아 돌다 바다로 흘러들며 표표히 자취를 감추는 광경은 아무리 오래 봐도 질리지 않는다.

그는 천수각 아래로 펼쳐진 진하촌과 회야강의 풍경을 바라보며 이리저리 머리를 굴린다.

'고니시 그자에게 당하고만 있어야 하는 건가. 나고야의 다이코께 나도 뭔가 보여드려야 한다. 독자적으로 내 몫을 찾아야 한다. 고니시가 명나라 측을 상대한다면 나는 조선 측이라도 접촉해야 한다. 나의 대화 상대가 될 조선의 인물로 누가 있는가?'

그런 궁리를 하던 차에 뒤에서 닌자가 조심스럽게 입을 뗀다.

"다이묘님, 한 가지 더 올릴 말씀이 있사옵니다. 웅천성에 괴소문 하나가 돌고 있습니다."

"괴소문? 그건 또 무슨 소리냐?"

가토가 창문을 닫고 닌자 쪽으로 다가온다.

"웅천성에서 요즘 기리시탄들의 기도 의식이 자주 행해진다고 합니다."

"그것들이야 본래 서양 귀신에 미친 자들인데 그게 뭐 어떻다는 것이냐? 우리가 예불 법회를 갖는 것과 마찬가지 아니겠느냐?"

"그렇긴 하옵니다만, 그것들이 얼마 전부터 갑자기 그런 움직임을 보인다는 게 아무래도……."

"아무래도 어떻단 말이냐?"

"그러니까 누군가의 주도에 의해 의식이 치러지는 것 같다는 소문입니다."

"답답하구나. 그 누군가가 누구냔 말이다!"

가토에게 다시 조급증이 인다.

"그게 좀……, 외부인이라는 말이 돕니다만."

"외부인? 그럼 서양 선교사라도 와 있단 말이냐?"

"다이묘님, 지금으로선 답을 드리기 어렵습니다."

"흠, 그래……?"

가토는 예복의 긴 소매 속에 감춰져 있던 손을 꺼내 턱을 괸다. 뭔가 생각하는가 싶더니 곧 목소리를 낮춘다.

"넌 웅천성에 돌아가거든 그 괴소문부터 알아봐라. 강화 협상보다 더 큰 건일 수 있다. 알겠느냐?"

"예, 다이묘님!"

마침내 닌자가 충성의 절을 올리고 자리에서 일어선다.

"넌 내가 아끼는 닌자다. 너의 첩보 능력을 믿는다. 기다리겠다."

부하 첩자를 추어올려 내보낸 뒤 가토는 다소 안도의 숨을 내쉰다. 분하고 답답하던 마음이 풀어지는 느낌이다. 그 괴소문이 사실로 드러난다면 그건 대단한 사건이 될 터이다.

'고니시가 정말로 서양 선교사를 조선에까지 끌어들이기라도 한 것인가. 그렇다면 감히 다이코사마의 기리시탄 금교령을 어긴 게 아닌가. 고니시 그자의 주군은 대체 누구란 말인가. 하기야 그자의 주군은 예수겠지. 그러고도 고니시는 다이코를 주군으로 받들어 충성한다고 말할 수 있는가. 어쨌거나 내게는 기회. 그자를 단숨에 무너뜨리는 동시에 강화 협상도 무위로 돌릴 수 있는 호재! 그러기 위해서라도 괴소문은 반드시 사실이어야만 한다.'

가토 기요마사는 회심의 미소를 짓는다. 모든 건 부처님의 뜻에 달렸으리라. 그는 재차 합장하고 다이모쿠를 왼다.

"나무묘호렌게쿄, 나무묘호렌게쿄……."

†

웅천성의 야간 교리공부는 드문드문이나마 밀회하듯이 이어졌다. 양쪽의 시간과 사정이 맞아야 했고, 남의 눈까지 피해야 했다. 교습 과정이 복잡해 진도도 더뎠다. 세스페데스 신부가 라틴어나 에스파냐어로 된 교리서를 일본말로 옮겨 불러주면 을라수가 그것을 듣고 다시 조선말로 옮겨 어렴풋이나마 뜻을 새기는 식이었다. 단지 두 사람 간의 의사소통인데 여러 나라의 말들이 뒤섞이는 판이었다. 도무지 뜻이 통하지 않아 답답할 땐 서로가 그저 허허, 웃었다. 희열감도 있었으니, 서로 진땀을 빼가며 힘들게 교리서의 한 줄을 깨쳤을 때의 기분이 그런 것이었다. 신부는 열성적이었다. 그러면서도 자상함과 따뜻함은 그대로였다. 그러니 신부 앞에서 을라수가 진지해지지 않을 수 없었다. 신부가 덤으로 들려주는, 교리에 얽힌 풍속에 관한 이야기들은 을라수에게 새롭고 흥미로웠다. 이를테면 서양에선 달이 아닌 해를 날과 달과 철의 기준으로 삼는다는 것, 이레를 한 주일로 세고 서른 날을 한 달로 한다는 것, 엿새 동안 일하고 이레째는 일을 쉰다는 것, 그 대신 이렛날 주일마다 하느님에게 제사를 올린다는 것 등등의 이야기였다.

을라수는 때론 헷갈리기도 했다.

'왜군을 위해 기도하는 신부님이 왜 나 같은 조선인 포로를 위해서도 기도하는 것인가? 핍박받는 자를 위해 기도한다면서 어째서 핍박하는 자를 위해서도 기도하는가?'

그것은 교리를 알아가면서 문득문득 드는 의문이었다.

'하느님은 도대체 누구의 편인가?'

†

내일은 명나라의 '유게키 쇼군' 심유경이 웅천성을 떠나 북경으로 향하는 날이다. 고니시 유키나가와 공모해 작성한 가짜 표문을 갖고 마침내 북행길에 오르는 것이다. 지금 압록강 너머 요동 땅에선 앞서 일본 사절로 간 고니시의 충직한 기리시탄 가신인 나이토 조안(內藤如安)이 오도 가도 못하면서 심유경이 당도하기만을 기다리는 중이라 한다. '조안'은 세례명 '요한'의 음역이다. 그는 조선과 명나라에서는 소서비(小西飛)라고 불리는 인물이다.

출발을 하루 앞둔 저녁에 고니시는 심유경을 위해 저택에서 성대한 환송 만찬을 베푼다. 환송연에 앞서 별실에서 심유경과 세스페데스 간에 특별한 면담이 이뤄지고 있다. 고니시가 주선한 두 이방인의 만남이다.

"그대가 서역에서 온 신부 선교사라는데 선교사가 무엇이오?"

"예수 그리스도의 복음을 널리 전하는 전도자입니다."

명나라 사신과 에스파냐 신부가 특이하게도 일본말을 주고받는다. 심유경도 세스페데스 못지않게 일본말을 한다. 젊어서 일본과의 교역 활동에도 참여했던 그다.

"그대가 말하는 예수는 언제 때 사람이오?"

"지금으로부터 천육백 년 전에 오셨던 분이지요."

"그럼 그대가 신봉하는 예수의 사상은 어떤 것이오?"

"사랑이지요. 예수 그리스도께선 원수도 사랑하라고 가르치셨습니다."

"원수를 사랑하라……, 흠!"

다소 겉도는 대화 분위기다. 중간에서 입장이 거북해진 고니시가 억지로 낯빛을 가다듬는다. 세스페데스는 성의를 다하는 모습이다.

"종전과 평화의 중대한 임무를 띠고 먼 길 떠나시는 쇼군께 신의 가호가 있길 기도하겠습니다."

"고맙소이다. 이렇게 서양 사람까지 성원하니 우리의 일은 성공할 게요."

심유경이 거만한 표정으로 세스페데스를 향해 고개를 까닥한다. 고니시도 크게 고개를 끄덕여 동조의 뜻을 표한다. 서로 적이었던 고니시와 심유경은 그동안 협상 과정에서 여러 차례 머리를 맞대면서 고운 정미운 정이 들었는지 마치 친구지간이라도 된 듯하다. 둘 다 상인 출신으로 기질적으로 통하는 구석이 있는 데다 일본어로 말까지 통하니 서로 죽이 맞아 돌아간다. 이젠 어차피 생사가 걸린 일의 공모자들이다. 신하로서 각자 제 나라의 주군과 임금을 속이는 짓도 서슴지 않으니, 일이 잘못되면 둘 다 죽을 판이다.

고니시가 잠깐 끼어든다.

"유게키 쇼군! 짐작하셨겠지만 신부께서 쇼군께 부탁이 있어 뵙고자 했소이다. 신부님, 어서 말씀하시오."

고니시가 짐짓 세스페데스 쪽을 바라본다. 그러자 세스페데스가 용기를 내어 심유경을 향해 묻는다.

"쇼군께선 페킹(북경)에 가시면 황제 폐하를 뵙게 되겠지요?"

"표문을 바쳐야 하니 당연히 알현해야지요. 그런데 그게 왜……?"

심유경의 대꾸는 여전히 심드렁하다.

"저희는 귀국에 대한 선교를 염두에 두고 있습니다. 황제 폐하가 계시는 페킹에서 하느님의 복음을 전할 수 있는 날이 오길 저희 선교사들은 소망합니다. 이번에 쇼군께서 황제 폐하와 궁중 대신들을 만나 뵈올 때 저희의 이런 뜻도 전달될 수 있다면 더 없는 은혜로 생각하겠습니다."

"음, 그러니까 그대 같은 서역 신부가 우리 황제 폐하의 나라에 들어와 활동할 수 있도록 도와달라는 얘기군요."

"그렇습니다. 그리고 치나 대륙에는 이미 십여 년 전부터 선교활동을 벌여온 선교사도 있습니다."

"그래요? 난 처음 듣는 얘긴데……."

"이탈리아 신부 마테오 리치라는 선교사입니다. 마카오 근처에 머물고 있지요."

"흠, 그러면 됐지, 무슨 선교사를 더 보내려는 것이오?"

이탈리아가 어딘지, 마테오 리치가 누군지 알 리 없고 관심도 없는 심유경으로서는 무뚝뚝한 태도로나 일관하고 볼 노릇이다.

"저희는 치나 대륙의 수도 페킹에서 선교할 수 있길 소망합니다. 이건 저희 나가사키 예수회 차원이 아니고 로마 예수회, 더 나아가선 로마 교황청에서 희망하는 바입니다."

　세스페데스는 간곡하게 뜻을 전한다. 심유경은 한쪽 귀로 말을 흘려들으면서 고니시를 힐끗 쳐다본다. 강화 협상 회담에서 고니시가 주장했던 말이 생각나서다. 그때 고니시는 화친 조건의 하나로 조선국과 명국에서 서양 선교사의 전교 활동을 허락한다는 내용의 조항을 협상 문안에 삽입하자고 주장했다. 그 엉뚱한 요구를 물리치느라 애를 먹었던 생각을 하면 심유경은 지금도 쓴웃음이 난다.

　'고니시가 예수교도라 해도 그렇지, 어찌 내 앞에서 그런 주장을 할 수 있는가. 이제 보니 고니시가 특별한 서양 손님을 소개시켜준다고 했던 것도 이 선교사를 만나게 해서 자신의 주장을 되풀이하려는 속셈이었군.'

　심유경이 세스페데스를 향해 퉁명스럽게 내뱉는다.

　"예수가 천육백 년 전 사람이라 했소?"

　"예."

　"우리 중국에선 그보다도 오백년을 앞서 나신 훌륭한 성인들이 있소. 공자와 맹자요. 예로부터 중국은 공맹 사상을 따랐고, 그 가르침대로 유교를 숭상하는 나라요. 우리는 서양의 사상을 받아들일 이유와 필요가 없소. 설마 황제 폐하께서 유교를 두고도 예수교를 받아들이실 거라 생각하는 게요?"

　심유경은 자신의 구변에 도취된다. 제법 교섭 사절다운 면모와 외교 협상가다운 식견을 드러낸다.

"저희도 압니다. 다만 유게키 쇼군께서 계제가 된다면 저희의 이런 뜻에 대해 귀국의 조정에 진언해달라는 부탁이지요."

"뭐, 알겠소. 노력은 해보겠소이다."

고니시와 세스페데스의 진지함과는 달리 심유경은 건성이다. 그가 '유게키 쇼군'이라고는 하나 본시 시장바닥에서 장사치들하고나 어울리며 살았던 사람인지라 서양 문물이 뭐고 예수 그리스도는 또 뭔지 깊이 알 까닭이 없으니 그저 건성건성 들어주고 헛생색이나 내보자는 속셈에 다름 아니다.

'선교사라는 이 서양인이 나를 이용하려는 수작이군.'

'쇼군이라는 이 동양인을 과연 믿을 수 있는가.'

두 사람이 각자 걸친 붉은색 관복과 검은색 사제복의 확연한 색깔 차이만큼이나 서로 다른 생각을 한다.

"자, 내일 장도에 오르는 쇼군께 우리가 부담을 드린 것 같소. 쇼군! 거실에 연회석이 마련된 것 같으니 이제 우리 가봅시다."

분위기를 간파한 고니시가 면담 자리를 파할 요량으로 나선다. 퉁명스럽던 심유경의 얼굴에 묘한 웃음기가 돈다. 그는 곧 벌어질 주지육림의 광경을 머릿속에 떠올리고 있는지 모른다. 이왕이면 양 옆구리에 왜녀와 조선녀를 끼고 즐기는 상상과 함께.

"그럼 저는 이만 돌아가겠습니다."

세스페데스는 정중하게 예의를 차린 뒤 방을 나온다. 종신서원을 한 사제가 더 머무를 자리는 아니다. 환송연은 종내 걸진 숲판으로 변할 것이다. 배짱 좋게도 '항표 사건'을 모의한 일본과 중국의 공모자들이 어울려 자신들의 계략이 부디 성공하길 바라는 건배의 잔을 부딪칠 것이다.

'저들의 위험한 도박을 성직자로서 어떻게 받아들여야 하는가?'

날이 어느새 어둑어둑하다. 천수각 숙소로 향하는 세스페데스의 발걸음이 무겁다. 두 가지로 생각이 갈래가 진다. 한 갈래의 생각은 이런 것이다.

'나도 이 항표 사건의 음모에 일정부분 관여돼 있다. 아우구스티노가 음모를 실행하기에 앞서 나에게 조언을 청했을 때 나는 하느님의 뜻을 팔아 암묵적 동조를 함으로써 그를 돕지 않았는가. 그런데도 거짓을 도운 죄가 없다고 할 것인가. 나는 사제라는 이름을 내세워 하느님도 선의의 거짓은 용서하실 거라며 하느님의 뜻을 예단하지 않았는가.'

또 한 갈래의 생각은 이런 것이다.

'사제로서 항표 사건에 대한 내 행위는 정당할 수 있다. 거짓을 꾀해서라도 종전이 되고 평화가 온다면 아우구스티노의 음모는 용서돼야 하며 그 음모를 용인하고 고무한 내 행위 또한 대의와 정의의 의미를 띠는 것 아닌가. 난 오히려 음모의 성공을 기도해야 하는 것 아닌가. 사제에게는 어떤 경우든 선의의 거짓조차 허락되지 않는다면 내가 짊어진 십계명의 계율은 너무 엄격하기만 한 것 아닌가.'

세스페데스는 생각에 골몰하며 숙소 언덕길을 오른다. 음모의 속삭임처럼 음산한 기운이 깔리는 저녁이다. 아무것도 예상할 수 없고 어떤 것도 기대할 수 없는 막막함이 어둠처럼 웅천성을 휘감고 있다.

지금 획책되고 있는 희세의 국제적 음모가 장차 어떤 엄청난 결과를 불러올지는 누구도 알지 못한다. 전쟁의 향방이 어이없게도 거짓으로 꾸민 문서 한 장에 의해 좌우될 수도 있는 맹랑한 상황이다. 내일 이 문서가 이곳 조선 최남단 웅천 땅을 떠나 북행길에 오르면 그게 언제 중국 북경 그 먼 땅에 닿고 그곳에서 또 어떤 결론의 답장이 내려 언제 다시 이곳에 도착하게 되는지. 아니, 낭보의 답장은커녕 속임수가 드러나 파국의 흉보나 날아들게 되는 건 아닌지. 도무지 초조한 기다림의 시간일 뿐이다. 1년이 될지, 2년이 될지 모르는…….

그날 밤 세스페데스는 나가사키 준관구장 페드로 고메스(Pedro Gómez) 신부 앞으로 편지를 썼다. 편지는 나가사키에서 로마 예수회를 거쳐 로마 교황청에 들어갈 것이었다.

"오늘 저는 중국과 일본 간의 평화협상에 참여하고 있는 중국 황제의 장군을 만나 장시간 대화를 나눴습니다. 저는 그 장군에게 주님의 뜻을 중국에서 자유로이 전할 수 있도록 황제의 허락을 받아주기를 간곡히 부탁했습니다. 그 장군은 힘써 보겠다고 말했습니다만, 주님께서 그에게 어떤 돌파구를 주실지 저는 모르겠습니다. ……"

†

사도 첨사, 소비포 권관, 웅천 현감 등이
달려와 보고를 하였다.
"왜선이 춘원포에 정박해 있어 불의에 엄습하니
왜적들이 배를 버리고 달아나기에
우리 백성 남녀 열다섯 명을 구하고
적의 배도 빼앗아 왔습니다."
-《난중일기》, 이순신

풀빛이 스러지랴

핏빛 봄이 속절없이 아름답기까지 했다. 조선 백성들이 숨어들어간 산에서 산벚나무가 뭉텅이져 꽃을 피웠다. 난리 통에 기를 쓰고 피어난 벚꽃이었다. 백성들이 버리고 떠난 땅에선 하릴없이 풀빛이 짙었다. 겨우내 웅천성에 갇혀 굶주렸던 왜군들이 조선인 포로들을 끌고나와 그 땅에 씨를 뿌렸다. 본국에서 철병 명령이 떨어지지 않아 고향에 돌아갈 수 없는 상태에서 맞은 전쟁터의 봄. 왜군들로서는 굶어죽지 않으려면 황무지에나마 아무 씨앗이든 뿌려야 했다. 가깝게는 진해와 창원, 멀게는 고성과 함안까지 왜병들이 몰려가 조선 민가를 노략해도 곡식 한 톨 빼앗을 수 없는, 때는 바야흐로 춘궁의 계절.

을라수가 지키는 마방간은 햇살도 바람도 잘 든다. 당최 감당 못할 봄볕과 봄바람에 말들까지 오감해져 히힝 울어대랴 푸푸대랴 주둥이와 콧구멍이 번갈아 바쁘다. 짐승일지언정 피 냄새, 화약 냄새 진동하는 그 끔찍한 싸움터로 끌려 나갈 일이 별로 없는 요즘임을 눈치 챈 것이다. 말들은 마음이 편해져 잘 먹지 못하고도 윤이 흐른다.

왜인 마부들은 매일같이 성 밖으로 말 떼를 몰고나가 새로 돋은 풀을 뜯게 하고 맑은 개울물도 마시게 한다. 마부들 속에는 을라수도 끼어 있다. 을라수가 말을 돌보는 들판 한쪽에선 조선인 포로들이 왜군들의 감시 속에 논인지 밭인지 모를 너덜겅을 고르고 땅을 일궈 볍씨 따위를 파종하고 있다. 포로들은 먼발치에서 말에게 풀이나 뜯기는 을라수를 부러운 시선으로 힐끗거린다. 막상 을라수의 심정은 착잡하기 이를 데 없다.

'마구간지기가 되지 않았더라면 나도 저기서 저들과 땅을 파고 있었겠지.'

†

세스페데스 신부와 레온 수사가 다리오의 성을 방문하기 위해 웅천성을 떠나 제포로 향했다. 지난 겨울에 이어 두 번째 전교 여행이다. 봄이 되자 다리오가 다시 초청한 것인데, 이번에는 체류 일정도 길어 열흘이나 된다. 신부와 수사는 지난번처럼 병영에서 미사 집전과 교리 강론으로 바쁜 시간을 보내게 될 것이다. 게다가 수사는 의술 활동까지 펼쳐야 할 터이다. 그는 제포에 가면 조선의 희귀 약초도 구할 수 있겠다며 기대에 부풀기까지 했다. 제포는 냉이[薺]가 흔해 조선에선 냉이포 혹은 내이포(乃而浦)로 불리는 곳인 만큼 다른 약초들도 많을 거라는 것이었다. 아닌 게 아니라 그가 일본에서 챙겨온 약재는 그동안 환자 치료에 써버려 바닥이 나고 있었다.

신부가 웅천성을 출발하는 날 을라수도 덩달아 분주하다. 신부의 여행 짐을 말에 실어 성 아래 포구 선착장까지 운반해야 하기 때문이다. 신부는 수사와 함께 어두운 저녁에 배를 타고 제포로 향할 계획이다.

"신부님, 포구까지 말을 타고 내려가시겠지요? 제가 모시겠사옵니다."

을라수가 말 등에 짐을 얹으며 세스페데스의 의향을 묻는다.

"말구종 부려 말을 타지 않겠다고 나 스스로 약속하지 않았더냐. 내 발로 걸을 테다."

세스페데스는 을라수의 권유를 물리치며 한마디 덧단다.

"난 섬기는 사람이지 섬김을 받는 사람이 아니니라."

처음 웅천성에 와서 숙소 언덕길을 오르내릴 때 말을 타고 을라수를 말구종으로 부린 자신을 스스로 질책하며 후회했던 그다.

"그럼 짐 가방 실은 말이라도 제가 끌어다 드리겠습니다."

"아니다. 나를 호위해줄 기리시탄 병사들이 말도 끌고 갈 것이니 넌 말에 짐만 챙겨 싣도록 해라."

그는 을라수의 호의를 끝까지 거절한다. 그 대신 을라수를 가까이 불러 세우고 넌지시 이른다.

"내가 자리를 비운 동안 아침저녁 기도를 게을리하지 마라."

"신부님도 안 계신데 저 혼자 조선말로 떠들면 하느님이 알아들으실까요?"

을라수는 신부에게 투정하듯 입을 비죽거린다.

"그분은 세상 만백성의 주인이신데 어느 나라 말인들 못 알아들으시겠느냐."

"제발 그랬으면 좋겠사옵니다. 그분은 제 말씀을 영 못 알아들으시는 것 같아서요."

"또 맹랑한 소리구나. 쯧!"

그는 을라수의 객쩍은 말대꾸에 슬쩍 혀를 찬다. 을라수는 그러거나 말거나 천연덕스럽게 군다. 언제든 자신을 감싸주는 이 너그러운 서구인에게 친구처럼 장난이라도 치고 싶은 것인지 짐짓 조선말로 작별인사를 건넨다.

"먼 길 평안히 다녀오소서!"

웃음기 어린 얼굴로 허리를 굽히는 을라수의 행동에서 말뜻을 짐작한 세스페데스도 질세라 친구처럼 에스파냐 말로 응수한다.

"아디오스 아미고(adios amigo)!"

†

탕, 타탕!

웅천성 밖 들녘에서 말들에게 풀을 뜯기던 을라수는 반사적으로 총소리가 난 쪽으로 고개를 돌렸다. 저편 들판에서 밭갈이 농사일에 동원된 흰옷 차림의 조선인 포로들이 도망치고 있고, 검은 군복의 왜병들이 그들을 겨눠 조총을 쏘고 있다. 밭둑에는 왜병 한 명이 널브러져 있다. 감시에 빈틈을 보이다 순식간에 곡괭이를 든 포로들에게 제압당한 모양이다. 일시에 흩어져 달아나는 흰옷의 포로들이 얼핏 열 명은 돼 보인다. 흰옷들은 들녘 가장자리의 비탈진 숲속을 향해 뛰어가다 하나둘씩 쓰러진다. 숲까지 뛸 용기가 없거나 근력에 부치는 나머지 이십여 명은 그대로 밭고랑에 주저앉아 있다. 공포에 떨고 있으리라. 흰옷 두세 개가 총탄을 피해 무사히 숲속으로 사라지는 게 보인다. 전쟁에 지치고 사기가 떨어진 감시병들은 도망자들을 악착같이 추격하는 대신 제자리에서 총질만 해댄다. 흰옷들이 또 픽픽 쓰러진다. 마지막 흰옷 하나가 숲을 향해 사력을 다해서 뛴다. 숲까지는 불과 몇 발짝의 거리다.

"하느님, 제발 도우소서!"

을라수 자신도 모르게 튀어나온 소리다. 다급한 순간, 멀리서도 애가 탄다. 총에 다시 탄약을 잰 감시병이 꼿꼿이 서서 흰옷을 겨눈다. 탕. 숲속으로 막 뛰어들려던 흰옷이 풀썩 쓰러져 버린다.

"아!"

을라수는 짧은 신음을 토한다. 기도하던 손에서 맥이 풀리고 만다.

'하느님은 이번에도 제 소원을 들어주지 않는군요.'

†

시뻘건 대낮에 벌어진 조선인 포로 탈출 사건도 그저 한순간의 소동에 그치는 것으로 일단락된다. 더구나 성 밖 들판에서 벌어진 사건이다. 성 안에서 일어나는 별의별 일들도 다 알기 어려운 판이다.

그날 저녁 을라수는 조용히 포로들이 수용된 군막을 찾는다. 마구간지기가 되어 떠난 후 처음이다. 막사 안의 공기는 가라앉아 있다. 입구 쪽에 흐릿한 횃불 하나만 있는 어두운 분위기 속에서 포로들이 거적때기 자리에 시름없이 앉아 있거나 널브러져 있다. 한쪽 구석에서 돌산, 검칠, 말질복, 춘달이 눈에 띈다. 한자리에 모여 앉아 뭔가 수군거리는 중이다. 다들 아직까지 포로 수송선에 실려 가지 않고 무사한 게 다행이다. 갑작스러운 을라수의 출현에 돌산이 눈을 휘둥그레 뜬다.

"네가 여긴 웬일이냐?"

"웬일이긴. 낮의 일이 궁금하고 너희도 걱정돼서 와 봤지."

을라수가 눙치며 동무들의 틈에 끼어 앉는다.

"너 마침 잘 왔다. 지금 우리가 중요한 얘기를 나누던 참이다."

"잘 온 건 뭐고 중요한 얘긴 또 뭐야?"

"……."

돌산은 흐린 불빛 속에서 을라수의 얼굴을 잠시 살핀다. 다른 동무들의 눈빛도 심상찮다. 돌산이 목소리를 낮추며 뜻밖의 이야기를 꺼낸다.

"우리도 이 왜성을 탈출할 거다. 그걸 궁리하던 중인데 네가 찾아온 거야."

"탈출? 아까 낮에 그 현장을 목격하고도?"

을라수는 돌산의 말이 경악스럽고 무모하게 들린다. 포로 열 명이 도주하다 왜병의 조총에 일곱은 죽거나 다치고 겨우 셋만 탈출에 성공했는데, 그걸 보고서도 또 탈출하겠다는 얘기 아닌가. 하지만 을라수 자신도 성에서 도망칠 생각을 품어오던 터여서 한편으론 귀가 솔깃해진다. 돌산에 이어 검칠, 말질복, 춘달도 돌아가며 말을 받는다.

"어차피 이판사판이야. 우린 왜성에 남아도 죽고 왜국에 끌려가도 죽게 돼 있어."

"지금이 기회야. 왜병들이 우리를 성 밖으로 끌고나가 들일을 시키는 이때를 노려야 해."

"봄엔 풀뿌리나 나무껍질이 있으니 산속으로 도망쳐도 굶어죽진 않아."

중구난방에 가까웠으나 헛된 말들은 아니다. 을라수는 기꺼이 경청한다. 오히려 동무들의 말마디들이 그로 하여금 마음의 가닥을 잡게 만든다.

'나도 이들과 행동을 같이하는 게 맞는 거다.'

을라수는 어느새 자신도 탈출의 결심을 굳히고 있음을 깨닫는다. 돌산의 말이다.

"아까 낮에도 봤듯이 우리가 들판에서 도망쳐 숲속으로 뛰어들 수 있다면 일단 성공이다. 지금 왜병들도 사기가 떨어져 악착같이 쫓아오진 않는다. 그런 다음 우리는 숲에서 빠져나와 다시 왜영 구역 이십 리를 벗어나야 한다. 그래야 탈출이 완전히 성공하는 거야."

"왜영 구역이 이십 리나 돼?"

을라수가 묻는다. 포로 생활을 가장 오래한 자신도 미처 몰랐던 사실이다.

"왜군들이 제멋대로 웅천성에서 사방 이십 리를 왜영 구역으로 정해서 조선군 측에 통보했지. 양측 군대의 경계선인 셈이야. 우린 이 구역을 벗어나야 안심할 수 있어."

돌산은 의병군 출신답다. 지금 웅천성 탈출을 주도하고 있는 것도 바로 돌산이다.

"문제는 우리가 어떻게 탈출할 것인가 하는 거야. 무턱대고 도망치다간 왜군의 총알받이가 될 거야. 지금 그걸 궁리 중인데 딱히 방도가 없어."

돌산의 낯빛이 어둡다. 다른 동무들도 그 대목에선 말이 없다. 그때 턱을 비비적거리던 을라수가 무슨 생각이 떠올랐는지 손으로 제 무릎을 친다.

"말!"

"말?"

을라수의 외마디에 다들 어리둥절한 표정을 지을 뿐이다.

"말을 이용하면 탈출이 쉽지 않을까? 맨발로 달아나다간 우린 다 죽어. 말을 타고 질주하면 감시병의 조총을 피할 수 있을 거야. 왜영 구역도 빨리 벗어날 수 있을 테고."

어둠속에서 을라수의 눈이 빛난다.

"그래, 그거야. 네가 바로 마구간지기잖아."

"네가 풀을 뜯기러 말 떼를 끌고 나올 수 있으니 지금이 더없이 좋은 기회야."

돌산과 검칠이 벌써 감을 잡고 을라수의 생각을 앞질러간다. 말질복과 춘달도 맞장구를 친다. 을라수가 다시 소곤거린다.

"너희가 함께 들일을 나오는 날에 난 너희 근처에서 말에게 풀을 뜯기겠다. 그러다 감시병들이 점심을 먹느라 주의가 산만해질 때 우리가 일거에 말을 집어타고 내달리는 거다. 내 생각이 어때?"

"묘안이다. 이제야 탈출 방도를 찾았구나."

다들 을라수의 꾀를 반긴다. 어둠속에서 누군가가 묻는다.

"그럼 을라수 너도 우리와 함께 가는 거냐?"

"물론이지. 실은 너희가 오기 전부터 나도 성을 빠져나갈 생각을 하긴 했어. 지금 너희가 나에게 결심을 굳히게 한 거지."

을라수도 마침내 의중을 밝힌다.

"잘 생각했다. 우리 함께 탈출하자."

"네가 합세하니 우리도 힘이 솟는다."

동무들이 을라수의 용기를 북돋운다. 을라수의 마음속에서 웅천성 탈출에 대한 충동이 크게 꿈틀거린다.

다섯 명의 장정들이 한쪽 구석에서 숙덕공론을 이어가는 사이에 다른 포로들은 대부분 거적자리에 쓰러져 잠을 청하는 모습이다. 하지만 불안과 절망에 잠을 못 이루고 여기저기서 몸을 뒤척이거나 부스럭대는 소리로 다소 어수선한 분위기다. 개중엔 누운 채 어두운 허공을 응시하는 사람도 있다. 오늘 성 밖 벌판에서 왜병의 총에 죽어간 동료들의 명복을 빌고 있는 것인지도 모른다. 을라수는 언제나 지옥 같은 포로 막사의 광경에 마음이 괴롭다. 저들을 놔두고 자신만의 탈출 계획을 짜고 있다는 생각에 죄책감마저 든다. 한때는 저들을 통솔하던 자신이 아니던가. 하지만 저 많은 사람들을 데리고 성을 탈출하기란 불가능하니 어쩔 도리가 없다. 을라수는 기분을 바꾸려고 동무들에게 엉뚱한 말을 건다.

"너희는 탈출하면 뭘 할 거냐?"

돌산이 먼저 대답한다.

"난 일개 농사꾼이지만 성을 나가면 다시 의병으로 돌아갈 테다. 나라가 이 꼴이니 농사인들 편히 짓겠는가. 왜적을 이 땅에서 몰아내야 농사를 지어도 지을 게 아닌가."

과연 왕년의 의병다운 생각이다. 다음은 검칠이다.

"나야 원래 시장바닥이나 돌던 장사치니 달리 뭐를 하겠냐. 장사해서 돈이나 벌어야지. 나중에 부자가 돼서 양반들한테 서러운 꼴 당하지 않고 살았으면 좋겠다."

말질복의 차례다.

"내가 옹기장이 출신 아닌가. 고향에 가서 옹기나 구우며 색시 얻어 아들딸 낳고 살 수 있다면 원이 없겠어."

마지막으로 춘달이다.

"나도 고향집에 가서 다시 석수장이 일을 하고 싶다. 세상이 어지러우니 조용히 돌이나 쪼며 살련다."

몸은 성벽에 갇혔어도 꿈만은 제가끔 성 밖 하늘을 훨훨 난다.

"을라수, 넌 뭐 하고 살 거냐?"

돌산이 거꾸로 묻는다.

"나? 난 하늘의 임금님이 시키는 일을 하고 살련다."

"하늘의 임금님? 그게 뭔 말이냐?"

"그 나라는 전쟁이 없어 평화롭고 양반상놈도 없어 행복하다. 이 세상도 그리 되었으면 좋겠다."

을라수는 어설픈 소리를 그럴싸하게 늘어놓는다. 세스페데스 신부에게서 주워들은 이야기를 흉내 내는 중이다.

"얘가 제 정신인가? 마방간으로 가더니 이상해졌네."

"너 어디서 누구한테 그런 뚱딴짓소리를 들은 거냐?"

"하느님……? 우리가 복을 비는 신령님, 칠성님, 옥황상제님, 뭐 그런 거랑 비슷한 거냐?"

검칠, 말질복, 춘달도 제멋대로 떠든다. 돌산만이 차분하다.

"네가 누구한테 새로운 사상을 배운 모양이구나. 그런 가르침을 주는 누가 있기라도 한 것이냐?"

"있긴 있지. 스승이자 친구 같은 그런 분이 있다만 자세히 밝힐 순 없다. 미안하구나."

을라수는 그쯤에서 눙친다. 친한 동무들이라 해도 신부에 대해서만큼은 함부로 발설해선 안 될 일이다.

"알았다. 그 얘긴 접자. 지금 우리에게 중요한 건 지옥 같은 이 왜성을 탈출하는 일이다."

돌산이 이야기 자리를 매듭짓는다.

"을라수, 우리 매일 밤 만났으면 좋겠다. 세밀한 탈출계획을 짜야 하니까."

"그러자. 아무래도 내가 좀 활동이 자유로우니까 저녁마다 여기에 들르도록 하겠다."

을라수, 돌산, 검칠, 말질복, 춘달이 다함께 손을 잡는다. 웅천성 탈출을 결의한 젊은 조선인 포로 다섯의 손 열 개가 한군데로 굳게 모아진다.

'신부님, 저를 용서하실 건가요? 인사도 못 드리고 떠나게 될 것 같군요.'

을라수는 마방으로 돌아오는 길에 제포 왜성으로 간 세스페데스를

풀빛이 스러지랴 165

생각한다. 만약 내일이라도 성을 탈출하게 되는 상황이 벌어진다면 서로 얼굴도 못 보고 영원한 이별을 하게 될 판이다.

'신부님은 나를 배은망덕하다고 여길까, 아니면 나에게 자유의 몸이 되어 떠났다고 축하할까? 내가 가끔 투덜대도 따뜻한 미소만 짓던 신부님, 그 은혜는 어쩌는가.'

마방 언덕길을 오르는데 가슴이 울컥해진다. 슬며시 눈가에 맺힌 이슬이 앞을 가리는 바람에 밤길이 더욱 어둡다.

그날 저녁 웅천성에 모처럼 일본군 보급선이 도착했다. 쌀, 콩, 간장, 된장, 소금, 건어물 따위가 실린 세 척의 군량선이었다. 보급선이라면 지난 겨울 세스페데스 신부가 웅천에 잠입할 때 함께 온 것이 마지막이었으니 실로 석 달 만이었다. 하지만 그 군량으로 언제까지 버틸지는 알 수 없는 노릇이었다. 웅천성 본성, 제포와 안골포의 지성에 아직도 1만을 훨씬 넘는 병력이 굶주림에 시달리고 있었다.

넉넉잖은 식량을 싣고 온 배들은 수상하기까지 했다. 나가사키에서 출항한 배가 히라도, 쓰시마 섬을 거쳐 오는 동안 한 무리의 노예상인들이 승선했기 때문이었다. 그러나 그건 선장 등 아는 사람만 아는 비밀이었다.

†

아우구스티노 고니시 유키나가는 천수각 집무실에서 홀로 묵주를 굴리며 아침 묵상에 들고자 했다. 그러나 머리가 무겁고 마음이 심란해 좀체 묵상에 잠길 수 없다. 지난밤 불면증에 시달리다 독주 몇 잔을 기울여

억지로 잠을 청했던 탓에 아침에 일어나서도 뒷골이 쑤신다. 머리가 복잡하고 마음이 답답한 요즘이다. 자신이 꾸민 도요토미 히데요시의 항표는 지금쯤 북경에 무사히 도착했는지, 도착했다면 명국 조정은 어떤 반응을 보일지, 앞으로 전쟁 국면은 어떻게 전개될지 도무지 고민거리에 조바심 덩어리다. 이럴 때 신부나 옆에 있다면 신앙적 조언과 위안이라도 받을 텐데, 신부마저 사위 소 요시토시의 성채에 머물고 있으니 기분만 쓸쓸하고 우울하다.

고니시는 다시 묵상하는 자세를 취하려다 말고 그윽이 눈을 떠 정면 벽에 걸린 십자고상을 응시한다. 새삼 신앙과 전쟁이 무엇일까 하는 생각과 함께 회의감이 스쳐서다.

'신앙은 살육과 파괴의 전쟁 행위에 대해 신의 이름으로 가책 받도록 함으로써 마음을 괴롭힌다. 전쟁터에서 사람의 목숨을 앗아야 하는 건 나의 숙명 아닌가. 내게 차라리 신앙이 없었다면……'

그런 생각을 하던 차에 참모 무장 하나가 들어와 아뢴다.

"다이묘님! 보고 드립니다. 좋은 소식 하나, 나쁜 소식 하나입니다."

고니시는 참모의 알현에 꼿꼿한 정자세를 취하며 전쟁지휘관 본연의 모습으로 돌아간다.

"심신이 편치 않던 터다. 좋은 소식부터 듣고 싶다."

"어젯밤 나고야성에서 군량을 보내왔습니다."

"고대하던 소식이구나. 충분한 양을 보내왔는가?"

"배 세 척 분량입니다. 봄 한 철은 그걸로 견딜 것입니다."

풀빛이 스러지랴

"세 척? 그럼 여름엔 또 어쩐단 말인가. 나고야성도 그렇지, 형편이 어렵기로서니 고작 그것만 보내다니!"

고니시의 입꼬리가 처진다. 본토 전쟁지휘부에 대한 불만의 우회적 표시다.

"썩 좋은 소식만도 아니구나. 나쁜 소식은 또 뭔가?"

참모가 다시 읍을 하며 아뢴다.

"포로 도주 사건입니다."

참모는 어제 낮 웅천성 들녘 한복판에서 일어난 조선인 포로 탈출 사건에 대해 소상한 설명을 해 올린다. 고니시의 짙은 송충이 눈썹이 실그러진다.

"으흠, 우리 감시병까지 죽이고 도망쳤단 말이지. 종전을 논하고 있는 중요한 시기에 불상사가 일어났군. 조선과 명나라 쪽에서 사건을 아는가?"

"우리 군 관할 구역에서 일어난 것이기에 사건이 밖으로 알려지진 않았을 것입니다."

고니시는 강화 협상의 종결 국면에 악재가 돌발하는 상황을 우려한다.

"조선과 명나라가 알지 못하게 해야 한다."

"그리하겠습니다. 하오만 포로들에게 농사일을 시켜야 하는 때라서 어제와 같은 탈출과 충돌이 또 일어날 수 있습니다. 성 밖 출입을 기화로 포로들이 계속해서 도망치려고 할 것입니다."

"전쟁을 하면서 농사까지 지어야 하다니! 우리가 이 전쟁터 황무지에 씨를 뿌려 얼마나 거두겠다고 이러고 있느냐 말이다."

"다이묘님, 군량 보급이 여의치 못한 지금 그나마 씨를 뿌려두지 않으면 올 겨울에 또 병사들이 굶어죽는 참혹한 상황에 직면할 것입니다."

고니시의 낯빛이 어두워진다.

"야속하신 다이코사마! 조선에서 힘든 싸움을 하고 있는 군사들이 배는 곯지 않게 해줘야 할 것 아닌가. 이젠 우리더러 알아서 식량까지 조달하며 싸우라는 건가."

고니시는 급기야 본토에 있는 주군 도요토미 히데요시에 대해서까지 불만을 드러낸다. 그는 눈을 감고 한동안 입술과 눈썹을 씰룩인다. 뭔가를 결심할 때 나타나는 버릇이다.

"다이묘님, 무엇을 그리 깊이 생각하십니까?"

고니시의 습관을 익히 아는 참모가 조심스럽게 묻는다. 고니시가 되묻는다.

"지금 성에 남아 있는 포로가 얼마나 되는가?"

"남자 삼백에 여자 백, 도합 사백 명쯤입니다만."

고니시가 느릿느릿, 그러나 분명한 어조로 명령한다.

"그 포로들을 본국으로 수송하라."

"예?"

"내일이라도 당장 귀환하는 보급선 편에 태워라. 포로들이 더 큰 문제를 일으켜 종전을 위한 외교협상에 지장을 준다면 큰일이다. 군량확보 문제는 내가 나고야성과 상의해볼 테니 차제에 포로들은 모두 본국으로 실어 보내라."

"다이묘님, 어디로 실어 보내란 말씀이온지?"

"본토의 내 영지로 보내라."

"포로를 다 보내버리면 여기 웅천성의 노역과 잡역 일은 어떡하옵니까?"

"최소한의 인력만 남겨라. 포로야 마을이나 산속을 뒤져 또 잡아오면 되는 거 아닌가."

"그야 그렇지만, 당장 농사철이어서……."

"이봐, 여기만 농사철인가? 지금 나의 나가사키 영지에도 농사지을 사람이 없다. 전쟁에 병력을 동원한 내 휘하 다이묘들의 땅도 다 마찬가지야. 노동력 벌충을 위해서라도 포로 수송을 서둘러라."

"다이묘님의 명령을 그대로 즉각 이행하겠습니다."

참모는 단호한 지휘관 앞에서 절도 있게 고개를 숙인다.

†

그날 밤에도 을라수는 포로 막사를 찾아 돌산, 검칠, 말질복, 춘달과 왜성 탈출을 모의한다. 탈출 방법은 당초 계획대로 을라수가 끌고 나오는 말 떼를 이용하는 것이다. 탈출 결행 일시도 잡혀 바로 내일 점심때다. 그들이 운명의 날을 앞두고 은밀한 결의를 다지고 있을 때다.

"포로들은 들어라. 지금부터 순순히 명령을 따르라. 동요하지 마라."

왜인 통역이 불쑥 막사 안으로 들어서며 어눌하게 조선말을 놀리는가 싶더니 왜병들이 우르르 들이닥친다. 바깥에서 횃불들이 어지럽게 흔들리며 소란스러운 게 막사가 왜병들로 포위된 모양이다. 왜병들의 번득이는 눈빛이 저마다 틀어쥔 총, 칼, 창의 서슬처럼 사납고 날카롭다. 조선인 포로들은 영문도 모르고 기가 질린다. 몇몇 눈치 빠른 포로들이 사태를 직감한다.

'우리가 끌려갈 차례구나.'

과연 그 직감은 빗나가지 않는다. 앞장선 왜장이 부하들에게 살벌한 명령을 내린다.

"포로들을 선착장으로 데려가라. 도망치거나 허튼짓하면 죽여도 좋다."

포로들이 새파랗게 질려 거적때기로 감싼 몸을 옹송그린다.

'이럴 수가!'

아닌 밤중에 홍두깨라더니 당장 내일 탈출하기로 계획을 세운 다섯 명의 젊은 포로들에게는 그야말로 기변이 아닐 수 없다. 막사를 찾았다가 공교롭게도 느닷없는 일을 당한 을라수로서는 청천벽력이다. 순간적으로 그의 두뇌가 돌아간다.

'왜장에게 내 사정을 말할까? 난 이 막사의 포로가 아니라 천수각 마구간지기라고, 거기서 지체 높은 서양 신부를 위해 일하고 있다고…….'

을라수는 그게 부질없을 뿐 아니라 차마 해서는 안 되는 생각임을 이내 깨닫는다. 그것은 생사를 걸고 탈출을 결의한 동료들에 대해서는 혼자만 살겠다는 배신행위나 마찬가지이고, 세스페데스 신부에 대해서는 신상의 비밀을 함부로 털어놓는 꼴이 되니 그 또한 배반행위에 다름 아니다.

'아아, 탈출은커녕 노예선이라니! 왜 하필 오늘밤 이런 일이 벌어지는가.'

다들 얼굴빛이 흙빛으로 변해간다.

"꾸물대지 말고 빨리빨리 밖으로 나가라."

왜병들이 칼과 창을 겨누며 윽박지른다. 겁먹은 포로들이 마구잡이로 끌려 나간다. 막사는 졸지에 아우성판으로 변한다.

밖에서는 더한 살풍경이 일고 있다. 막사마다 포로들이 끌려나오느라 소동이 벌어진다. 왜병들의 손에 들린 횃불이 어지럽게 춤을 추고 고함소리가 뒤섞인다. 여자들이 수용된 맨 끝 쪽의 막사에서는 비명과 울음소리가 밤공기를 흔든다. 왜병들은 어둠 속에서 남녀 포로들을 거칠게 몰아붙인다. 감시와 경비는 포로 막사에서 성문을 지나 포구 선착장에 이르도록 내내 삼엄하다. 포로들은 누구라도 옴나위없이 끌려갈 뿐이다. 을라수, 돌산, 검칠, 말질복, 춘달도 어느 결에 뒤죽박죽 흩어지고 만다. 밤에 포로들이 뒤얽히는 혼란 속에서 누가 어디로 갔는지 알 수 없다.

선착장 밤바다에는 세 척의 배가 시커먼 유령처럼 떠 있다. 엊그제 나가사키에서 왜군의 식량을 실어온 군량선이다. 이제 웅천에서는 포로수송선으로 둔갑해 식량 대신 사람을 실으려는 중이다.

"배에 나눠 실어라."

왜장의 명령에 왜병들이 포로들을 닦달해 배에 태우기 시작한다. 포로들이 줄줄이 배에 실려 들어간다. 뱃머리에서 왜국 노예상인 몇이 이

광경을 지켜보고 있다는 사실을 포로들로서야 짐작조차 할 수 없다.

포로들의 강제 승선은 밤늦도록 이어진다. 포로들은 억지로 배에 실리며 울음과 신음 소리를 낸다. 그 소리들은 곧 밤바다의 파도소리에 묻혀 사라진다. 바다는 절망과도 같은 어둠을 뒤집어쓴 채다.

을라수는 창황함 속에서 주위를 살핀다. 자신이 어떻게 배에 태워졌는지, 갑판 밑 선창을 빼곡하게 메운 포로들 틈에 끼여 있다. 포로들은 여전히 질려 있다. 구석 쪽에선 부녀자들이 고개를 무릎에 묻고 훌쩍댄다. 을라수는 컴컴한 사방을 두리번거린다. 다른 동무들은 어느 배에 실렸는지 모습을 찾을 수 없다. 그들도 각자 배에 나뉘어 실렸을 것이다. 을라수는 간신히 비집고 앉은 자리에서 가만히 눈을 감는다. 불현듯 에스파냐 신부 세스페데스의 얼굴이 떠오른다.

'신부님 몰래 왜성을 탈출하려다 엉뚱하게 왜국으로 끌려가나 보네요. 신부님을 박해한다는 그곳으로 말이에요.'

†

바다는 새벽 어둠살에 해무까지 더해져 짙은 잿빛이다. 배들은 먼동이 희붐히 틀 무렵에 돛을 올려 출항한다. 세 척의 포로 수송선이다. 포로들을 실은 채 밤새 선착장에서 대기하다 여명을 틈타 먼 바다로 빠져나가려는 것이다. 웅천 포구를 떠나 진해만을 가로질러 가덕도와 거제도 사이로 빠진 뒤 무사히 부산 쪽 공해상으로 들어선다면 포로 수송 작전은 일단 성공하는 것일 터이다. 그때쯤이면 아침도 밝을 테니, 거기서부터는 안심하고 항해를 계속해 쓰시마를 거쳐 나가사키로 갈 수 있게 될 것이다. 포로 수송선 세 척은 선, 중, 후의 일렬로 서로 일정 간격을 두고 어둠과 안개의 바다를 헤쳐 나아간다.

배 안의 참상은 참으로 목불인견이다. 밤새 선창에 갇혀 허기와 추위에 신음하던 포로들은 벌써부터 뱃멀미로 몸을 가누지 못한다. 불안과 공포의 표정이 한가득 발라진 얼굴들이다. 젊은 남자들은 노꾼 노릇도 강제당해 노까지 저어야 한다. 포로들을 감시하는 왜병들에게서 총구와 칼날과 창끝이 번뜩인다. 감시하는 눈초리의 서슬 또한 쇠붙이 무기의 그것에 못지않다. 감시병들의 뒤쪽에선 노예상인들의 검은 그림자가 어른거린다. 눈알을 뒤룩뒤룩 굴리는 게 쓸 만한 포로들이 얼마나 되는지 살피는 눈치다. 그들로서야 나가사키에 도착하기 전이라도 해상에서 포르투갈 상선을 만나면 흥정을 벌여 이문 남기고 포로들을 팔아넘길 속셈일 것이다.

어젯밤 혼란의 와중에서 뿔뿔이 수송선에 태워진 동무들의 소재가 드러난다. 첫 번째 배에 말질복과 춘달이 실려 있고, 두 번째 배에는 돌산과 검칠이 실려 있다. 그러니까 을라수만 따로 떨어져 세 번째 배에 실린 것이다.

포로 수송선은 바다 위에 점점이 뜬 섬들을 피해 나아간다. 작은 섬들은 어둠과 안개에 묻혀 윤곽조차 흐리마리하다. 첫 번째 배에서는 말질복과 춘달이 다시 만난다. 둘 다 초췌한 얼굴에 불안한 눈빛이고 몰골이 말이 아니다. 둘은 선창 구석에 웅크려 앉아 귓속말을 나눈다.

"이 배엔 우리 둘만 탔군."

"이젠 꼼짝없이 끌려가 왜놈들의 노예가 되겠구나."

"어디로 끌려가든 우린 기술자라는 걸 꼭 밝혀야 돼. 난 석수장이이고 넌 옹기장이잖아. 기술도 없고 쓸모없는 포로는 왜놈들이 포도아(포르투갈) 뱃놈들에게 다시 팔아버린대."

"난 아예 도공이라고 말할 테다. 옹기가 아니라 도자기를 구웠다고 하면 왜놈들도 달리 생각할 거 아닌가."

"나도 단순한 석수장이가 아니라 축성술까지 안다고 할 셈이다. 난 실제로 웅천 왜성을 쌓는 데 끌려 다니기도 했으니까."

춘달과 말질복이 경황 중에도 살아날 궁리를 하는 데 골몰한다.

두 번째 배에서는 돌산과 검칠이 수군대는 중이다.

"분하다. 왜성을 탈출해 다시 의병이 되려 했는데."

"왜놈들의 노예가 되느니 차라리 바다로 뛰어드는 게 낫겠다."

세 번째 배에선 을라수가 말동무 상대도 없이 홀로 선창 기둥에 기대어 앉아 있다. 시름인 듯 상념인 듯 눈빛이 깊다.

'하느님, 저를 어디로 데려가려 하십니까?'

†

일렬로 늘어선 포로 수송선들이 쫓기듯 새벽 바다를 가른다. 웅천 포구의 좁은 바닷길을 빠져나와 진해만의 너른 바다로 들어설 무렵이다. 맨 앞에 선 수송선이 어둠과 안개에 감싸인 작은 섬 하나를 스쳐 나간다. 이어 두 번째 수송선이 그 섬을 지나려는 맡이다. 홀연 섬 뒤쪽에서 시커먼 배 한 척이 나타난다. 안개 속에서 솟은 듯하다. 배는 맹렬한 기세를 떨치며 돌진해 온다.

"조선 복병선이다!"

왜병들의 고함소리와 함께 수송선에서 느닷없는 소란이 인다. 아니나 다를까, 틀림없는 조선 수군의 복병선이다. 복병선은 정찰 활동을 하는 탐망선과는 달리 전투력과 기동성을 갖춘 전함이어서 평소 왜선들이 복병선의 출현에 겁을 먹어오던 판이다.

쾅, 콰쾅!

복병선이 대포부터 쏘며 수송선의 뱃길을 가로막는다. 수송선은 바다 한가운데서 도리 없이 공격을 받는다. 돌산과 검칠이 실린 배다. 포탄에 뱃머리가 부서지고 왜병들이 바다로 나뭇잎처럼 떨어져 내린다. 군량이나 수송하던 배인지라 처음부터 복병선과는 대적이 되지 않는다. 왜병들이 뱃전에서 조총이나 쏘며 맞서려 할 뿐이다. 그런 데다 어느 결에 선창에서 갑판으로 기어 올라왔는지 포로들까지 무리를 지어 왜병에 대항하는 판이다. 배 밖엔 조선 수군, 배 안엔 조선인 포로. 왜병들에겐 이런 설상가상이 없다. 포로들 사이에서 돌산과 검칠이 눈에 띈다. 의병 출신인 돌산은 날렵하게도 왜병의 조총을 빼앗아 휘두른다. 검칠도 몽둥이를 쳐들고 왜병을 향해 몸을 날린다. 복병선을 향해 조총을 겨누던 왜병 하나가 뱃전에 널브러진다. 검칠이 또 한 명의 왜병에게 달려들려는데 갑자기 날아든 창이 그의 등에 꽂힌다. 검칠의 몸이 앞으로 꺾이며 쓰러진다. 그 순간 돌산이 그 창을 던진 왜병을 향해 총대를 휘두른다. 돌산이 왜병과 뒤엉켜 난투를 벌인다.

이러는 동안 선두의 수송선은 멀찍이 달아나 안개 속으로 자취를 감추는 중이다. 복병선의 타격권 밖으로 벗어난 것이다. 맨 앞에 섰던 게 오히려 화를 모면하는 운수로 이어질 줄이야. 말질복과 춘달이 탄 바로 그 배다.

문제는 맨 뒤에서 따라오던 수송선, 그러니까 을라수가 타고 있는 배다. 전방에서 벌어지고 있는 돌발 상황으로 배는 더 이상 나아가지 못하고 어찌할 바를 모른다. 배 주위로 포탄이 떨어져 물기둥을 일으킨다. 화살이 날아와 뱃전에 박히고 돛폭을 찢는다. 그제야 수송선이 황급히 뱃머리를 되돌린다. 오던 길로 줄행랑을 놓는 수뿐이다.

두 번째 수송선은 여전히 집중공격을 받고 있다. 복병선이 들이박듯 수송선의 옆구리에 배를 갖다 붙인다. 조선 수군들이 날렵하게 수송선으로 뛰어든다. 왜병 몇이 발악적으로 맞서다 고꾸라진다. 전의를 상실한 왜병들은 무기를 버리고 항왜가 되길 청한다. 수송선이 제압되자 포로들이 갑판으로 쏟아져 나와 환성을 올리고 눈물을 흘린다. 몇몇 전사자를 제외하고 포로들은 모두 구출된다. 불행히도 전사자 중에는 검칠이 포함돼 있다.

"네가 죽다니!"

돌산이 왜병의 창에 희생된 검칠의 시신 앞에서 꺽꺽 운다. 돌산도 죽기 살기로 왜병과 맞붙은지라 몸에 피칠갑이 돼 있다.

"검칠아, 네 죽음을 기억하마. 내가 꼭 다시 의병이 되어 네 원수를 갚으마."

돌산의 목멘 소리가 울음에 섞인다. 동트는 새벽 바다에 부르짖고 통곡하는 소리가 애달프게 울려 퍼진다.

'다들 어찌됐을까? 각자 탄 배에 따라 운명이 갈리고 말았구나.'

을라수는 웅천 포구로 쫓겨 되돌아오는 배에서 애만 태우는 중이다. 동무들의 사정을 모르니 답답한 노릇이다. 옹기장이 말질복과 석수장이 춘달은 끝내 왜국 나가사키로 끌려가고 있을 것이라고 짐작한다. 다시 의병이 되겠다던 농사꾼 돌산과 돈 벌어 부자가 되겠다던 장사꾼 검칠의 행방은 대관절 어떻게 된 것인가. 둘 다 조선 수군에 의해 무사히 구출됐을 것이라고, 좋은 쪽으로 생각하기로 한다.

†

을라수는 그렇게 웅천 왜성으로 복귀했다. 다시 제자리다. 을라수는 하루 만에 천수각 마구간지기로 돌아와 있었다. 결국 다시 왜성에 갇히고 만 것이다. 탈출 모의에서 강제수송 위기까지 하룻밤 사이에 벌어진 사건이 이렇게 마무리됐다. 세스페데스 사제가 없는 사이에 겪은 꿈같은 일이었다. 마음이 어지러울 때 기도를 하라던 사제의 말이 떠올랐다. 을라수는 사제한테 배운 대로 어설프게나마 성호를 그으며 양손을 모았다. 기도를 하는 중에 의문이 생겼다.

'난 왜 세 번째 배에 태워져 이렇게 다시 돌아오게 되고 말았나. 첫 번째 배에 실렸더라면? 두 번째 배에 실렸더라면? 이것도 하늘의 뜻인가?'

을라수의 눈길이 멀리 왜성 바깥쪽을 향한다. 거긴 조선 남녘의 그리운 산하다. 성 밖 들녘의 짙은 풀빛이 스러지지 않고 있다.

†

나는 은밀하게 숨어 지내고 있으며,
여전히 나의 존재에 대해서는
믿을 만한 사람들만이 알고 있습니다.
-세스페데스의 편지, 1594년 여름

떠날지 머물지

 제포성으로 두 번째 비밀스러운 군종전례 여행을 갔던 세스페데스 신부와 레온 수사가 돌아왔다. 병영에서 무리하게 활동한 탓에 둘 다 몸에 축이 가 있었다. 신부는 돌아와서 몸살을 앓았다. 시도 때도 없이 창궐하는 전염병이 아닌 게 천만다행이었다.
 신부는 고열로 신음하면서도 기도 시간이 되면 숙소의 병석에서 억지로라도 일어나곤 했다. 레온이 곁에서 여러 가지 민간요법을 써가며 병구완했다. 을라수는 그 뒷시중을 들었다. 그런 덕분인지 신부는 차츰 기운을 차렸다.
 마침내 몸을 추스르고 일어나던 날 세스페데스 신부는 병석 발치에서 홀로 대기하고 있는 을라수를 향해 말을 건넨다.
 "고맙다만, 넌 네 일을 제대로 하면서 병석을 지키는 것이냐? 마방간 일은 끝낸 것이냐?"
 "예. 말들에게 아침도 먹이고 마구까지 챙겨놓고 왔습니다. 신부님, 제 걱정일랑 마시고 어서 쾌차하시기 바랍니다. 저도 신부님을 위해 기도합니다."

"허허허! 네가 나를 위해 기도하다니 별일이 다 생기는구나. 기도가 뭔 소용이냐고 불평하고 떼쓰던 네가 아니더냐?"

신부가 해쓱한 얼굴과 퀭한 눈을 일그러뜨리며 애써 헛웃음까지 짓는다.

"그렇긴 합니다만, 마음이 간절할 땐 그런 게 아닌 것 같기도 하고……. 글쎄요, 저도 아직 잘 모르겠습니다."

을라수가 더벅머리 뒤통수를 긁적이는 시늉을 한다. 신부는 흐뭇한 눈빛이다. 앓고 난 뒤라서 더욱 깊고 짙어 보이는 푸른 눈동자다.

"그럼, 내가 없는 동안에도 기도하고 그랬느냐?"

"그러긴 했습니다."

"그러긴 했다니? 성의 없는 대답이구나."

"신부님, 실은 그동안 기도를 하지 않을 수 없는 큰일이 있었습니다."

"큰일? 네가 기도까지 할 수밖에 없었던 그 다급하고 간절한 일이 대체 무엇이었는지 듣고 싶구나."

을라수는 그제야 자신도 끌려갈 뻔했던 포로 강제수송 사건에 대해 말한다. 얘기를 듣고 난 신부의 얼굴이 한층 창백해진다. 한참이나 말을 잇지 못하다가 겨우 입을 뗀다.

"그런데 넌 어찌하여 배에 실리게 된 것이냐?"

을라수가 머뭇하는 눈치를 보이며 대답한다.

"그날 밤 오랜만에 동무들이 보고 싶어 포로 막사를 찾았다가 그만……. 재수가 없었지요."

을라수는 동무들과 웅천성 탈출을 모의하고 결행하려던 부분은 말하지 않고 숨긴다.

"음……!"

신부는 잠자코 을라수를 노려본다. 퀭한 푸른 눈빛이 되레 형형하다. 을라수는 그 눈빛에 속이 켕긴다. 신부가 점잖게 입을 연다.

"내게 더 고백할 게 없느냐?"

신부는 뭔가 아는 눈치다.

"없사옵니다."

을라수의 주눅 든 대답이다.

"지금은 네 심중이 복잡하구나. 고백하고 싶을 때 고백하여라."

신부는 짐짓 말을 흘린다. 을라수는 속이 편치 않다.

'신부님은 내가 이 성을 빠져나가고 싶어 하는 마음을 읽고 있는 걸까? 내가 지금 거짓 대답을 하고 있다는 것도 아는 걸까?'

을라수는 잠시 제 생각에 빠져 있다. 신부는 신부대로 무거운 상념에 빠진다.

'이번에도 아우구스티노 다이묘가 명령을 내렸을 테지. 하느님께 또 죄를 지었군. 내가 이 성에 온 뒤 벌써 몇 번짼가. 주일 고백성사 때면 내 앞에서 죄를 씻게 해달라며 기도하고는 또다시 죄를 짓는 아우구스티노. 어쩔 수 없이 가련한 인간, 딱한 영혼이여!'

신부는 불편한 몸을 움직여 무릎을 굽히고 기도 자세를 취한다. 앞 벽면에는 십자고상이 걸려 있다. 신부는 라틴어로 빠르게 중얼거린다. 얼떨결에 을라수까지 무릎을 꿇고 두 손을 모은다. 을라수는 신부가 뭐라고 기도하는지 알아들 수 없다. 다만 신부가 되풀이해 말하는 단어 가운데 하나는 알아듣는다. 도미네(Domine). 그동안 신부가 하도 많이 중얼거려온 말인지라 그게 '하느님'을 뜻한다는 걸 을라수도 어느 결에 깨달은 터다. 을라수에게는 소원을 제때 즉시 들어주지 않는 답답한 하느님이더라도 말이다. 신부 세스페데스는 지금 그 '도미네'를 끊임없이 부르는 중이다.

†

울산 서생포의 해송 숲에 신록이 우거진다. 포구를 병풍처럼 두른 솔수펑이들은 바닷가 풍광을 더하려니와 방풍에도 한몫 거드는 꼴이다. 바야흐로 때를 만난 판에 그 녹음의 기세란 하루가 다르게 등등하다.

가토 기요마사는 아침에 눈을 뜨자 누각 아래 나날이 변하는 서생포 솔숲을 내려다본다. 그저 보이기에 보는 것일 뿐 경치를 감상할 여유 같은 건 없다. 초목에는 녹음이 짙은데 그에겐 수심이 짙다. 불교 다이묘로서 나무묘호렌게쿄를 외고 법화경을 읊어 애써 마음을 가다듬는 것으로 하루를 시작한다.

"나무묘호렌게쿄! 부처님의 오묘한 법이여, 연화경에 귀의하옵나이다."

그즈음 가토 기요마사는 조선에 대해 자기 나름대로의 강온 양면 전술을 구사하고 있었다. 화친협상 국면임에도 불구하고 대담하게도 서생포 왜성의 군사를 풀어 옛 신라의 고도인 경주를 습격해 살상과 노략을 저지르도록 한 것이 강경 술책이라면, 그것과는 달리 엉뚱하게도 왜성에 갇혔던 남녀 포로 이백여 명을 불심의 아량이라도 베풀 듯 선뜻 석방한 것은 온건 술책이었다.

가토가 포로를 석방한 것은 웅천성의 고니시 유키나가와는 반대되는 행보였다. 경주 습격과 포로 석방은 고니시에 의해 주도되고 있는 강화 협상이 어떻게든 깨어지길 바라는 뜻에서 벌인 방해 책동이자 혼선 조장 술수였다. 즉 조선과 명나라 양측에 어떤 식으로든 영향을 줘 지금의 국면을 흔들어 놓자는 심보를 드러낸 것이다.

가토 기요마사로서는 기리시탄 사교도 고니시 유키나가를 생각만 해도 감정이 걷잡을 수 없이 격앙되어 다이모쿠를 입술이 부르트도록 외쳐도 쉽게 진정되지 않았다.

요즘 가토 기요마사에게는 돌파구가 될 수도 있는 일이 생겨 그나마 다행이다. 생각지도 못했던 조선의 고승 사명당(四溟堂)과의 강화 회담이 성사된 게 그것이다. 사명당이 누구인가. 조선군 총지휘관 권율(權慄)을 도와 승병을 이끌고 있는 의승장 아닌가.

'사명당과의 회담은 곧 조선군 수뇌부와의 접촉을 의미하는 것일 게야.'

그동안 암암리에 조선 측과 독자적인 접촉을 모색해온 가토다. 고니시 유키나가와 명나라의 심유경이 벌이는 꿍꿍이 협상에 마냥 휘둘릴 순 없는 노릇이던 차에 마침내 기회가 온 것이다. 사명당은 회담을 위해

대범하게도 적진인 울산 서생성을 스스로 찾아오겠다고 한다. 이제 회담은 목전에 다가와 있다. 가토의 마음이 묘하다.

'으음, 사명당……. 지금 경주 땅에 내려와 있다지. 법명이 유정(惟政)이고, 금강산 대선사로 불린다던가. 불행히도 그동안 적으로 만나 피 흘리며 싸워왔지만 지금은 피차 대화가 필요한 상황 아닌가. 나도 그도 부처님을 섬기는 불제자인 처지에 서로 만나면 얘기가 통할 법도 한데…….'

가토 기요마사는 서생포 바닷가의 솔숲을 내려다보며 다시 나무묘호렌게쿄를 왼다. 손으로는 스스로 목어까지 치며 음률을 맞춘다. 암송과 목어 치는 소리가 어우러져 서생성을 휘감는다. 암송이 끝나고 가토는 갑자기 생각난 듯 툭 내뱉는다.

"그런데 웅천성 정탐을 나간 닌자들한테선 왜 여태 소식이 없는 게야?"

†

"신부님이 오늘 밤 은밀히 성 밖으로 출타하실 테니 네가 길 안내를 맡아야겠다. 나도 함께 간다."

아침나절에 조용히 마방간을 찾은 보좌수사 레온이 일본인 마부들의 눈을 피해 을라수와 밀담을 나누고 있다.

"신부님과 수사님이 비밀리에 야행을 나가신다고요?"

"몰래 성에만 머무르니 신부님이 답답해하신다. 그동안 숨어 지내다 보니 우리가 조선에 온 지 몇 달이 되도록 바깥 동네 구경 한 번 제대로

떠날지 머물지 185

못했구나."

"그럼 말을 준비할까요?"

"아니다. 요란 떨 것 없다."

"그래도 제대로 된 조선 마을을 보려면 여기서 말을 타고 멀리 나가야 할 텐데요?"

"그런 게 아니래도 호들갑이구나. 우리 셋이서 조용히 잠깐 밤 나들이 삼아 가까운 마을을 돌아보면 되는 일이다."

"수사님, 이 근처 동네는 볼 게 없을 텐데요. 난리 통에 민가들도 텅 비었고요."

"상관없다. 신부님은 밤바람이라도 쐬면 좋아하실 게다. 요즘 밤공기가 얼마나 좋으냐."

"그런데……, 야간 성문 출입은 어떻게 하죠? 밤엔 경비가 더 심할 텐데요."

"그건 네가 걱정할 바 아니다. 신부님과 내가 알아서 조처할 테니 오늘 밤 너는 우리를 따라 나서기만 하면 된다. 알겠느냐?"

"예."

레온은 을라수의 대답을 듣고 얼른 자리를 뜬다. 을라수는 궁금하다. 레온 수사의 말은 곧 세스페데스 신부의 뜻일 텐데, 신부가 왜 갑자기 야간에 웅천성을 벗어나 잠행을 하겠다는 것인지.

†

그믐인지 초승인지 밤하늘에 걸린 눈썹달이 날카롭다. 달 주위로 별들이 어우러진다. 따뜻한 밤공기는 좀 후터분하기까지 하다. 희끄무레한 달빛 아래 희고 검은 그림자 셋이 걸어간다. 허연 옷차림의 을라수가 앞장서고 시커먼 복장의 세스페데스와 레온이 뒤따른다. 전교활동 차 두 번 제포에 다녀온 것 외에 신부와 수사가 성 밖을 나돌기는 처음이다. 남의 눈을 의식한 밤 나들이일지언정 말이다.

웅천성을 나와 얼마나 걸었을까. 등에 땀 기운이 느껴지는 걸로 봐서 어지간히 걸어왔나 보다. 그믐초승의 달밤이 이리도 괴괴할 수 있을까. 밤이슬 젖은 들길이며 야트막한 고갯길이며 한참을 걷는 동안 사람 하나 만나지 못했으니 오로지 으스름할 뿐이다.

"신부님, 저깁니다. 이제야 마을이 보이네요."

밤길을 인도하던 을라수가 작은 산모퉁이를 돌면서 앞쪽을 가리킨다. 민가 십여 채가 띄엄띄엄 있는 마을 하나가 희미한 달빛에 드러난다. 마을에 들어서도 개 짖는 소리 하나 없다. 다들 피란을 떠난 탓에 초라한 집들이 버려져 초가지붕은 꺼지고 흙담벼락은 쓰러져 있다.

"제 말이 맞죠? 죄다 빈집이어서 동네에 구경거리가 없다니까요."

마을 초입의 한 폐가 앞에서 을라수가 방정맞게 떠든다.

"전쟁판에 오죽하겠느냐? 사람 살던 집이 이 모양이구나. 우리가 잠깐 들어가서 살림살이 흔적이라도 살피고 나올 테니, 넌 여기 밖에서 기다려라."

신부가 수사와 함께 폐가로 들어가며 을라수에게 지시를 내린다.

"왜요? 저도 들어가면 안 되나요?"

"넌 그냥 문밖에서 지키고 있어라."

신부와 수사가 집안으로 사라지고 을라수만 폐가 앞에 우두커니 서 있다.

'왜 나 혼자만 밖에 남아 있으라는 거지? 바깥에서 망이나 보라고? 빈 집에 망볼 일이 뭐가 있다고…….'

을라수는 그런 생각을 하며 하릴없이 밤하늘이나 올려다본다. 가냘픈 눈썹달을 띄운 하늘은 밝지 않다. 그 대신 별들이 또렷이 빛난다. 총총 들어박힌 별들 사이를 비집고 달 한 조각이 달랑 끼어든 듯하다.

'난리판에 하늘이 저리 아름다워도 되나? 하느님은 도대체 눈치가 없잖나.'

을라수가 으스름달밤에 별이나 세고 있는 판인데 신부와 수사가 폐가에서 나오며 혀를 찬다.

"쯧쯧! 피란길이 얼마나 급했는지 살림살이도 미처 챙기지 못하고 떠났군요."

"이 집 사람들은 지금 어느 산속을 헤맬까요? 살았을지 죽었을지…….."

"수사님, 또 다른 집으로 가봅시다."

"예, 신부님. 저 건넛집으로 가보시지요."

신부와 수사는 집밖에서 기다리던 을라수를 앞세워 다시 발길을 옮긴다. 을라수는 묵묵히 길을 안내할 뿐이다. 그들이 방문한 두 번째 집 역시 비어있다.

"넌 잠시 기다려라."

신부는 이번에도 을라수에게 문밖을 지키게 하고는 수사와 함께 집안으로 사라진다.

'오늘밤 신부님 참 이상하시네. 왜 자꾸 나를 떼어놓는 거지?'

평소 눈치 빠른 을라수이지만 지금으로선 막연한 의문만 들 뿐 신부의 지시를 따르는 도리밖에 없다. 또 밤하늘의 으스름달이나 바라봐야 할 판이다.

신부 세스페데스, 수사 레온, 길라잡이 을라수. 셋은 그렇게 폐허가 된 마을을 살피며 더 안쪽으로 들어간다. 그러던 중 그들은 흐릿한 불빛이 새어나오는 민가 한 채를 발견한다. 무슨 사정인지 피란을 떠나지 않은 집이다. 방안에 불을 밝혔지만 인기척은 없다. 잠깐 저녁 끼니라도 때우기 위해 불을 밝힌 모양이다. 세 사람은 먼발치에서 얕은 담벼락 너머로 집안을 살핀다. 수사가 신부에게 귀엣말을 한다.

"살짝 들어가 보시렵니까?"

"아니오."

신부가 고개를 젓는다. 그의 생각으론 집에 사람이 사는 것만 확인했으면 됐지, 사람을 놀라게 하면서까지 집안에 들어갈 이유는 없다. 집주인은 밤중에 왜군이라도 들이닥친 줄 알고 기겁할지 모른다. 그나마 이 동네 십여 채의 민가 중에서 유일하게 사람이 사는 집이다.

"자, 이젠 다른 데로 가자."

신부의 고갯짓에 모두 조용히 발걸음을 옮긴다. 다른 집으로 이동하는 길에 을라수가 조잘거린다.

"저 집은 왜군에 붙으려고 피란을 안 갔는지도 몰라요. 이 근처 민가들은 왜성과 어떤 식으로든지 통하거든요. 살아남으려면 어쩔 수 없겠지요. 하기야 왜군을 피해 멀리 달아나도 굶주리긴 마찬가지이고요. 이래저래 조선 백성들만 죽어나는 세상이니……."

을라수가 넋두리를 늘어놓는 사이 일행은 다음 집에 다다른다. 다 쓰러져가는 외딴집인데 여기도 어둠과 정적만이 감돈다. 신부는 역시나 을라수를 문밖에 세워둔 채 수사만 데리고 집안으로 들어간다. 을라수는 홀로 마을의 민가들을 바라본다. 마음이 으스름달처럼 어둡다. 괴괴한 달밤에 드러나는 마을의 적나라한 정황을 보니 더욱 그렇다. 그러던 차에 집안에서 신부의 목소리가 울려나온다. 웬일로 이번엔 을라수를 부르는 소리다.

"안으로 들어오너라. 네가 도울 일이 생겼다."

을라수가 뛰어 들어가 보니 신부와 수사가 어두컴컴한 방안에 나란히 놓인 두 구의 시신 앞에 서 있다. 늙은 내외의 것으로 보인다. 노부부가 피란길이 힘겨워 집에 남았다가 굶어죽은 모양이다. 의술가이기도 한 수사가 잠깐 사체를 검안한다.

"어제오늘 새 숨이 끊어진 것 같군요."

"묻어주고 갑시다."

신부는 짧게 말한 뒤 을라수 쪽을 돌아본다. 신부의 뜻을 알아챈 을라수가 방을 나가며 먼저 대답한다.

"제가 마당 한쪽에 구덩이를 파겠습니다."

을라수가 헛간에서 삽 한 자루 찾아내 땅을 파는 동안 신부와 수사는 방안에서 간단하게나마 시신을 수습해 나온다. 달빛 으스름한 폐가에서 허연 무명옷과 검은 사제복의 그림자 셋이 어슬렁대며 시체를 치우는 광경이란 괴기스러울뿐더러 으스스하기까지 하다. 가매장이나 다를 바 없기에 일은 곧 수월하게 끝난다. 신부가 시신이 묻힌 구덩이 앞에서 라틴어 기도문을 빠르게 중얼거린다.

"아멘!"

신부와 수사가 함께 십자성호를 긋는다. 을라수도 옆에서 멈칫멈칫 따라 하는 시늉을 낸다. 을라수에게 그 동작만큼은 아직도 손에 익지 않아 어색하다. 기도를 끝낸 신부가 그의 어깨를 툭툭 두드려준다.

"을라수! 수고했다."

"제가 뭘요. 신부님이 수고 많으셨지요. 오늘 야행은 나들이 구경길이 아니라 고생길이었네요."

"아니다. 난 오늘 밤 내 눈으로 코라이 전쟁의 참상을 목도했고, 너희 나라 사람들의 비극을 몸소 체험했다. 난 하느님의 종으로서 코라이의 평화를 위해 더 많이 기도할 것이다."

"신부님 고맙사옵니다."

"이제 그만 성으로 돌아가자."

세 사람은 엉뚱한 장례까지 치르고 폐가를 나선다. 다들 땀이 등에 촉촉이 배었다.

†

은밀한 야행을 끝내고 웅천성에 돌아오니 밤이 이슥하다. 이제 세스페데스 신부와 레온 수사는 천수각 숙소로 오르고 을라수는 마방간 처소로 들려는 참이다. 을라수가 신부를 향해 어렵사리 말을 꺼낸다. 야행하는 동안 내내 참았던 궁금증이다.

"신부님, 한 가지 알고자 여쭙니다."

누각으로 오르려던 신부와 수사가 돌아선다. 신부가 짐짓 되묻는다.

"무엇을 알고자 하는 것이냐?"

"아까 어찌하여 번번이 저 혼자만 집밖에 남게 하셨습니까?"

신부는 잠시 뜸을 들이다 또 엉뚱한 질문을 던진다.

"그래 넌 그때 혼자서 무슨 생각을 했느냐?"

"전 그저 망을 보며 컴컴한 밤하늘의 별이나 세고 있었습니다."

"정녕 밤하늘의 별만 세었더냐?"

"그러하옵니다."

"행여 우리 몰래 떠나고 싶은 마음은 들지 않더냐? 어두운 밤에 감시자도 없이 혼자였으니 슬그머니 사라지면 그뿐이었을 텐데. 그렇지 않느냐?"

"예?"

을라수가 움찔 놀란다. 신부의 말은 뜻밖이려니와 천연스럽기도 하다.

'신부님이 오늘밤 나를 시험했단 말인가? 그러니까 몇 번씩이나 도망칠 기회를 주고 내 행동을 지켜보기라도 했다는 것인가?'

"아닙니다, 신부님! 신부님과 수사님 몰래 도망치다니요? 어찌 제가 그런 마음을 먹겠습니까요."

을라수는 펄쩍 뛰는 시늉을 한다.

"그럼 됐구나. 나도 네 속마음이 궁금하던 차였다. 피차 궁금증이 풀린 듯하구나. 난 그만 들어갈 테니 너도 가서 쉬어라."

신부는 수사와 함께 누각으로 들어가 버린다. 을라수는 혼자 남아 머리를 돌린다.

'오늘 야행은 단순한 나들이가 아니었어. 신부님에게 다른 뜻이 있었던 거야.'

을라수의 뇌리에 얼마 전의 일이 번개처럼 스친다.

조선인 포로 강제수송 사건에 대해 아뢰던 그날 수송선에 실리게 된 경위를 묻는 신부의 질문에 을라수는 솔직한 고백을 하지 않았다. 그는 그때 동무들을 보러 포로 막사를 찾았다가 공교롭게 수송선에 태워졌다고 둘러댔을 뿐, 밤마다 동무들과 어울려 웅천성 탈출을 모의한 사실은 숨기지 않았던가. 신부는 그때 이미 뭔가 알고 있다는 듯이 을라수를 향해 더 고백할 게 없느냐고 재우쳐 묻기까지 했다. 을라수로 하여금 스스로 고백하고 싶을 때 고백하라고 짐짓 말미까지 주지 않았던가.

'신부님은 내가 이 성을 탈출하고 싶어 하는 걸 알고 있어. 오늘 밤 내 마음을 확인하려고 한 거야. 아, 난 다시 탈출을 시도해야 하는가. 여길 탈출하면 정든 신부님과는 결별이야. 그건 안타까운 일이다.'

을라수는 어수선해진 심중을 붙잡지 못한다. 왠지 신부의 곁을 쉽게 떠날 수 없을 것 같은 예감이 든다. 신부의 부재 중에 성을 탈출하려 했던 계획도 물거품이 된 마당에, 게다가 매일같이 신부의 얼굴을 대하는 상황에서 탈출의 결심을 굳게 지켜나갈 자신이 없다. 신비스럽기까지 한 신부의 그윽한 푸른 눈빛, 흑갈색 구레나룻까지 실그러지는 신부의 인자한 미소는 을라수의 결심을 흔들리게 한다.

'지금껏 살아오는 동안 내가 누구에게서든 그런 눈빛, 그런 미소를 받아본 적이 있었는가?'

을라수는 그윽한 눈빛, 인자한 미소로 자신을 바라봐준 사람은 부모 외에 세스페데스 신부가 유일하다는 생각을 한다. 그런데 부모는 두 해 전 임진년에 왜군의 총칼에 목숨을 잃고 말았으니, 이제 자신에게 따스한 눈길을 보내주고 부드러운 웃음을 지어줄 사람은 신부 말고는 아무도 없다.

웅천성 밤하늘의 흐릿하던 눈썹달마저 어느 틈엔지 구름에 가려 사위가 어둡기만 하다.

'떠날 것인가, 머물 것인가?'

을라수의 마음이 어지럽기만 한데 마구간 쪽에선 말들이 남의 속도 모르고 투레질을 하느라 요란하다.

투루루, 투루루 푸!

†

 울산 서생성에서 열린 사명당과의 첫 강화 회담은 성과 없이 끝났다. 가토 기요마사로서는 의심 반 기대 반의 심정으로 자신의 성채에서 사명당과 대면했으나, 조선 측과 대화의 물꼬를 텄다는 것에 만족하고 다음을 기약해야 했다. 원래 양측의 생각이 달랐던지라 회담은 피차 상대방의 본심을 읽으려는 탐색전에 신경전의 성격으로 흘렀다. 회담 자리에서 잠깐 벌어진 살생논쟁 필담이 그런 것이었다.

 '대사는 무인도 아닌 불승으로서 어찌 승병을 일으켜 살생에 나선 것인가? 조선에선 승려의 법계를 함부로 어겨도 되는 것인가?'

 '살생을 막기 위한 살생이 과연 살생인가? 그대야말로 불제자인 무장으로서 조선을 침략해 살생에 앞장섰으니 부처님의 계율을 어긴 죄업을 어찌 씻으려는가?'

 가토로선 조선의 노승에게 훈계를 듣는 느낌이 들어 불쾌하기까지 한 순간이었다. 그것은 앞으로의 회담이 지난할 것임을 예고하는 대목이기도 했다.

 시간은 점점 자신의 편이 아니라는 것을 가토는 알고 있다. 지금 웅천성의 고니시는 명국 황제에게 화친을 청하는 표문을 보내 놓고 답신을 기다리는 판국인데, 자신은 기껏 울산 바닷가의 산성이나 지키며 조선의 고집스러운 노승을 상대하고 있을 뿐이다. 전쟁은 소강상태라지만 대치 전선에 언제 압박이 가해 올지 몰라 불안하다. 멀지 않은 곳에 조선군과 명군의 진이 있다.

사명당과의 회담이 팽팽한 기싸움으로 끝나 어수선해진 마음을 법화경 암송으로 다스리며 나날을 보내던 차에 은연중 기다리던 소식이 날아들었으니 닌자의 첩보가 그것이다.

"다이묘님, 웅천성에 서양 신부가 잠입했다는 소문이 사실입니다."

닌자가 가토 앞에 머리를 조아리고 염탐해온 내용을 보고한다. 먼 길을 달려온 탓에 닌자의 흑두건에 땀이 배어 있다. 검은 닌자복에서도 땀내가 난다.

"옳거니, 그거 잘됐다. 내 짐작대로구나."

뜻밖의 낭보에 가토는 체증이라도 가신 듯 속이 후련하다.

"세스페데스라는 나가사키 예수회 신부입니다. 그를 돕는 일본인 수사도 있습니다. 기리시탄 이름으로 레온이라는 자입니다."

닌자의 보고가 채 끝나기도 전에 가토는 입을 씰룩인다.

"고니시 그놈이 감히 다이코사마의 예수교 금교령을 어기고 조선에까지 선교사들을 끌어들였다 이거지, 흠!"

"그자들은 주로 성안에서 기리시탄 군병들에게 기도 의식을 베푸는데, 사람을 차별하지 않아 때론 조선인 포로에게도 그렇게 한다고 합니다. 가끔은 성문 밖 출입도 해서 얼마 전엔 야밤에 인근 마을에 나다녔다는 첩보입니다."

닌자는 웅천성 주변에서 얻어들은 것까지 빼놓지 않고 낱낱이 알린다.

"그것들이 서양 귀신에 씌어 제 정신이 아니구나. 네가 이것저것 알아내느라 수고가 많았겠구나. 땀 흘려 오느라고 고생도 했고. 이번에도 네게 큰 상을 내리겠다."

가토가 칭찬을 아끼지 않는다.

"다이묘님께 충성을 다하겠습니다. 앞으로 제가 할 일에 대해 하명해주시기 바라옵니다."

닌자는 황감해하며 다시 고개를 조아린다.

"며칠 휴식한 뒤 웅천으로 돌아가라. 가서 첩보 활동을 계속해라. 선교사는 물론이고 고니시도 움직임을 살펴서 내게 알려라."

"다이묘님의 명을 받들겠습니다."

그날 저녁 가토는 붓을 들어 편지를 쓴다. 본국의 도요토미 히데요시에게 보내는 밀서인데 투서나 다름없다.

'이 편지가 다이코 손에 들어가는 순간 고니시 넌 끝장이다. 후후후!'

실로 쾌재라도 부르고 싶은 심정이다. 붓을 놀리는 가토의 손이 춤이라도 추는 듯하다. 그는 중간중간 붓을 멈추고 자신이 써내려간 글을 확인이라도 하려는 듯 소리 내어 읽어본다.

"역적 고니시 유키나가는 국법인 금교령을 어기고 서양 선교사를 조선에 끌어들여 반전평화를 획책하는 전교 활동을 사주함으로써 병사들의 전의를 드높이기는커녕 오히려 사기를 떨어뜨리고……, 종전을 서두르고자 강화 협상을 비밀리에 도모하면서 시종일관 졸속과 굴욕의 자세로 임하고 있는바……, 조선에서 불충과 매국을 자행하고 있는 대역죄인을 조속히 체포해 본국으로 압송해서 치죄해야 마땅할 줄 아오니……."

†

황초 불빛 아래 세스페데스 신부가 교리책을 펴고 을라수와 마주 앉아 있다. 저간에 서로 이러저러한 곡절을 겪은 끝이니 오래간만의 일이다.

"라틴어로 돼있는 교리를 네게 전하려니 힘들고 더디구나."

신부가 탄식한다. 마음같이 안 되는 데서 오는 안타까움의 표시다. 교리책 몇 줄 해독하는 데 라틴말, 일본말, 에스파냐말, 조선말이 뒤섞이는지라 가르치는 쪽이나 배우는 쪽이나 계통이 서지를 않는다. 피차 자유롭지 않은 언어소통의 문제에다가 남의 이목까지 살펴 말미를 내야 하는 일이고 보니 신부로선 탄식이 나올 법하다.

"자, 다시 차분히 시작하자."

을라수는 고개를 들고 자세를 곧추세운다. 무더위에 더벅머리 터럭도 제 손으로 잘랐는지 제법 깔끔하고 시원한 모습이다.

"저……, 공부를 시작하기 전에 고백을 드리고 싶습니다."

"고백? 지금?"

"신부님은 제게 고백은 하고 싶을 때 하는 것이라고 말씀하셨지요?"

"왜? 지금 털어놓고 싶은 것이 있느냐?"

"예. 제가 지난번 왜선에 실리게 된 까닭에 대해 신부님께 거짓을 말씀드렸습니다. 사실 전 그때 동무들과 성을 탈출하려고 모의하러 갔다가 그만……."

을라수는 차근차근 이야기를 잇는다. 그러니까 포로 강제수송 사건과 관련해 지금까지 신부에게 사실대로 밝히지 않았던 자신의 행적에 대한 실토다.

"신부님이 안 계시는 동안 저는 이 성을 탈출하려 했습니다. 신부님을 버리고 몰래 떠나려 했습니다."

을라수는 양심의 가책을 느껴오던 터에 고백을 하고 나니 속이 시원하다.

"며칠 전 저를 데리고 밤나들이를 하실 때 모든 걸 알면서도 모른 체해 주시는 것 같아 제 마음이 불편했습니다. 그래서 언제 고백할까 생각 중이었습니다."

묵묵히 듣던 신부가 고요히 묻는다.

"이젠 어쩔 셈이냐?"

"저도 모르겠습니다."

"모르다니?"

"성을 나가곤 싶지만 신부님을 떠나고 싶지도 않습니다."

"방금 나 몰래 떠나려 했다고 말하지 않았느냐?"

"이제는 그럴 일 없을 것이옵니다."

대답은 그리 해도 을라수에게 갈등은 남는다. 탈출의 욕구가 그를 성 밖에서 잡아당기는 원심적인 것이라면, 신부의 존재는 그를 성안에서 끌어당기는 구심적인 것이다. 자유의 의지와 이별의 아쉬움, 두 감정의 궤로는 이 순간에도 마음속에서 평행선을 그린다.

"넌 내게 귀하고 행복을 주는 존재다. 난 네가 언젠가 떠날 걸 안다. 넌 나를 떠나는 게 맞다."

연민인 듯 미련인 듯 신부의 목소리가 잠기려다 이어진다.

"네가 떠나기 전에 세례를 주고 싶다만……."

"제가 세례라는 걸 받는다고요?"

"싫은 것이냐?"

"아니옵니다. 그런데 저 같은 조선인 포로에게 세례를 주면 왜군들이 가만히 있을까요? 신부님이 곤란해지는 거 아닌가요?"

"다 하늘의 뜻에 달린 일 아니겠느냐."

"……."

"자, 이젠 공부에 정신을 쏟도록 하자."

신부가 책을 펼친다.

†

조선 남녘에 장마가 진다. 비가 내리는 날이 잦다.

"북경에선 왜 아직 소식이 없는가? 조안은 뭘 하고 있단 말인가!"

아우구스티노는 장맛비를 바라보며 답답한 심정을 토로한다. 기리시탄 심복 조안이 가짜 항표를 갖고 강화 사절로 심유경을 따라 명나라에 들어간 게 언제인데 아직까지도 감감무소식이다.

"답답하구나. 신부나 잠깐 보러 가자."

궂은 날씨에 아우구스티노가 세스페데스의 처소를 찾는다. 명나라의 회답을 기다리며 하루하루 초조한 시간을 보내는 터에 음울한 날씨까지 이어지는 요즘이고 보니 신부에게 기도라도 청하면 그나마 위안이 될 것 같다.

"잘 오셨습니다. 어서 드시지요."

세스페데스가 아우구스티노를 정중히 처소로 맞아들인다. 아우구스티노는 자신의 철십자가 목걸이를 감싸 쥐기라도 하듯 양손을 가슴께에 붙이고 있다. 곧 이어 신부의 기도가 창밖의 빗소리에 섞여 울린다.

"오, 도미네 데우스! 하느님의 뜻을 어기고 전쟁에 앞장선 아우구스티노 고니시가 이제 하느님의 뜻을 받들어 스스로 전쟁을 끝내려 하나이다. 지금 치나 페킹에 가 있는 요한으로부터 평화의 소식이 들려오게 하소서. 아우구스티노로 하여금 코라이 전쟁에서 지은 죄를 속죄하게 하시고, 그의 병사들은 고향집으로 돌아갈 수 있게 하소서. 그리하여 코라이 땅에 평화가 깃들게 하소서!"

†

고니시를 모함할 목적으로 가토가 본국으로 써 보낸 밀서는 도요토미 히데요시의 손에 들어가지 못했다. 도요토미 정권의 실세로 최고행정관 지위에 있는 이시다 미쓰나리(石田三成)가 먼저 편지를 읽어보고 중도 차단했기 때문이었다. 이시다는 조선에서 전쟁을 더 계속하는 것은 무모하다고 믿는 주화파로서 고니시의 종전 평화협상 노선을 지지하고 있었다. 그는 임진년에 출병해 조선에 주둔한 바 있으며, 귀국 전까지 강화 교섭 문제로 강경파인 가토와 대립한 인물이었다. 또한 기리시탄에 대해서도 너그러워 고니시를 옹호하는 입장이었다. 그런 터에 조선에서 고니시를 음해하는 가토의 편지가 날아들었으니 그로서는 그 편지를 묵살하는 쪽으로 결심을 할 수밖에 없었다. 더 나아가 그는 고니시에게 가토의 음해공작 사실을 귀띔해 각별히 조심하도록 해야겠다는 마음까지 먹었다.

†

조선에 주둔하고 있는 일본 무장들은
분노와 불만, 엄청난 초조감을 참으며 견디고 있었다.
그들은 낯선 땅의 적들 한가운데에서
숱한 번민과 비참함에 빠져 있었다.
-《일본사(Historia de Japam)》, 루이스 프로이스

위험한 여행

　경상도 기장현(機張縣)의 바다는 동해와 남해의 두 거대한 물결을 아우른다. 전란의 회오리에도 바닷물은 유유히 감돌아드니 그 깊고 그윽한 바다가 빚어내는 광경이란 여전히 풍아하기만 하다. 조수의 흐름도 시종여일하여 오늘도 밀물과 썰물은 어김없이 맞부딪어 합수를 이룬다. 기장의 해안선은 그렇게 만들어진 숱한 합수머리들을 그러안고 부산으로, 울산으로 달린다.
　　기장 고을의 두모포(豆毛浦).
　　자고이래로 합수머리 한 자락이 오롯이 파고든 포구다. 곶 언저리부터 곧바로 야트막한 구릉으로 이어진다. 그 구릉에 축조된 단단한 석성이 해변의 요새처럼 버티고 있다. 성곽 곳곳에선 흑백색의 군기가 바닷바람에 나부낀다. 지난해 난데없이 두모포에 솟은 왜성 기장성(機張城)이다. 부자지간인 구로다 조스이(黑田如水)와 구로다 나가마사(黑田長政)가 이제는 패잔병이나 다름없는 잔존 병력을 거느리고 웅거하는 보루다.
　　"다이묘님, 아버님께서 뵙자고 하십니다."
　　참모의 전갈에 나가마사가 시무룩한 얼굴을 쳐든다. 그는 지금껏 성루에 앉아 두모포 선창을 내려다보며 생각에 젖어있던 중이다. 개전 초기에 3군 선봉장으로 휘하 군사 1만 1천을 휘몰아 황해도까지 북진했던 자신이 아닌가. 1군 선봉장 고니시 유키나가가 평안도로, 2군 선봉장 가토 기요마사가 함경도로 치고 올라갈 때 자신도 그들에게 한 발짝이라도 뒤질세라 선봉의 경쟁 대열에 섰건만, 지금은 부산의 한 모퉁이 해안가로 퇴각해 농성전으로 근근이 버티는 처지인 것이다.

"용건을 말씀하시더냐?"

"그 말씀은 없었습니다. 직접 성채로 올라가 보시지요."

"알았다."

나가마사가 자리에서 일어선다. 아버지 조스이는 아들 나가마사의 본성에서 북쪽으로 팔구백여 보, 그러니까 반 마장쯤 떨어진 언덕바지에 별도의 작은 성채를 지어 거처하고 있다. 같은 기장성 영내라고는 해도 걷기엔 다소 멀고 시간이 걸리는 거리다. 나가마사는 철판 투구에 검붉은 갑옷 차림으로 말을 달린다.

†

조스이의 성채는 규모는 작아도 반듯한 화강암 성벽에 아담한 정원까지 꾸민 게 짜임새를 제대로 갖추고 있다. 두모포 해변에서 갯바위를 파내 수석으로 썼을 것이고, 두모포 야산에서 꽃과 나무를 캐내 분재로 심었을 터인데 그것들이 제법 아기자기스러운 풍경을 이룬다. 정원에는 어느덧 옅은 가을빛까지 스미는 성싶다.

조스이는 한쪽 다리를 저는 걸음걸이에도 불구하고 나가마사를 데리고 정원을 산책한다. 아름다운 정원의 분위기와는 달리 아까부터 부자간의 대화는 어둡다. 기장성이 처한 상황을 걱정하는 얘기뿐이다.

병사들이 괴질로 속속 죽어나간다는 얘기, 향수병으로 온종일 고향쪽 바다나 넋 놓고 바라보는 병사들이 많다는 얘기, 전의를 잃고 조선 관군에 투항해 '항왜'가 되는 자가 속출한다는 얘기, 조선 의병군이라는 잇키(一揆)의 잦은 출몰에 골머리가 아프다는 얘기 등이다.

"내 마음대로 내 땅 일본에 돌아갈 수 없으니 답답하구나."

"저도 초조하고 화가 납니다. 명색이 지휘관인데 내 힘으로 할 수 있는 게 없어요."

딱히 대책이 없으니 문제다. 싸움을 하는 것인지 화친을 하는 것인지, 도무지 돌아가는 시국은 알 길이 없고 마음만 어수선할 뿐이다. 조선 남녘의 바닷가 귀퉁이에 처박혀 외부 정보는 조각조각 단편으로나 얻어듣는 처지이다 보니 처량한 마음마저 든다. 일본 제일의 전략가라는 평판을 들으며 도요토미 히데요시의 군사(軍師)를 지낸 조스이, 이십대 약관임에도 선봉장에 임명돼 지모와 용맹성을 떨친 나가마사, 두 왜장 부자의 시름과 한숨이 깊다.

조스이가 절뚝걸음을 멈추고 정원석 한 자리에 엉덩이를 걸친다. 아들을 부른 용건에 대해 말하려는 참이다.

"내가 너를 보자고 한 이유를 말하겠다."

"말씀하시지요, 아버님."

나가마사도 바윗돌에 나란히 걸터앉는다. 조스이가 화초 잎사귀를 쓰다듬으며 읊조리듯 말한다.

"웅천성에 서양 사제가 잠입해 있다고 하는구나."

"예? 웅천성에요?"

나가마사와 달리 조스이는 담담한 태도를 잃지 않는다.

"세스페데스 신부란다. 고니시 다이묘가 비밀리에 데려온 모양이다."

"세스페데스를요?"

"그렇다. 우리와도 안면이 있는 그 신부다."

부자는 신부를 안다. 명색이 그들도 기리시탄 다이묘인지라 일본에서 신부와 대면을 했던 터다.

"나가마사! 우리도 그 사제를 불러 위안이라도 받는 게 어떻겠느냐? 우리도 기리시탄 아닌가."

조스이의 말은 절망과 고통에 빠진 기장성의 절실한 처지를 웅변한다. 그의 말대로 자신들도 신부 앞에서 고백성사를 했던 기리시탄 신자이긴 하다. 지금으로부터 7년 전까지는 말이다.

당시 도요토미 히데요시 간파쿠가 예수교 금교령과 바테렌(신부) 추방령을 내리고 일본 기리시탄들에게 개종을 명하자 그들 부자는 주군의 명령에 순응해 즉각 신앙을 버렸다. 시몬(Simon)과 다미아노(Damianus)라는 자신들의 기리시탄 이름도 함께. 지략가인 아버지는 신앙이 깊지 못한 대신 처세에 밝았다. 개종 후에 '요시타카(孝高)'에서 '조스이(如水)'로 이름을 바꾼 것도 바로 그런 이유에서였다. 물처럼 흐른다는 뜻의 새 이름은 그의 처세술과 무관하지 않았다. 그렇다고 마음속에서 예수교 신앙을 완전히 지워낸 것도 아니었다. 신앙을 저버렸다고는 해도 그 앙금은 심저에 침전해 문득문득 가책과 미련을 불러일으키곤 했던 것이다.

"아버님의 뜻이 그러실진대 마땅히 따르겠습니다."

조스이의 흉중을 헤아린 나가마사가 선뜻 응답한다.

"고맙구나. 내가 고니시 다이묘를 통해 사제를 초청하도록 하겠다. 고니시는 우리와 친밀하니 부탁을 들어줄 것이다."

"세스페데스 신부가 기장성을 방문한다면 큰 위로가 될 것입니다. 우리 성에도 기리시탄 병사들이 많으니까요."

"우리가 어쩌다 이 성에 이렇게 갇혀 지내는 꼴이 됐는지 한숨이 나는구나."

조스이가 여전히 화초에 손길을 주며 힘없는 말을 내뱉는다.

†

근 일주일 만이던가. 을라수가 교리를 배우려고 저녁에 사제의 처소를 찾은 것이. 자신을 과분하게 대해주는 세스페데스에게 고마움을 느끼고 있는 을라수이지만 오늘은 왠지 자리에 앉자마자 짓궂은 심통이 발동한다. 투정이기도 하고 위악이기도 하다.

"신부님, 저같이 미천한 출신을 어찌 그리 늘 따뜻이 대해주십니까? 신부님은 바보 아니신지요?"

사제는 빙긋이 웃다가 입을 뗀다.

"믿고, 바라고, 사랑하는 세 가지가 있을진대 그중에 제일은 사랑하는 것이라고 그분은 가르치신다. 넌 내게 사랑이니라."

"사랑……? 저에겐 너무나 어울리지 않는 말이군요. 공허합니다."

"네가 훗날 내 말뜻을 알게 되길 바랄 뿐이다."

"왜란에 부모도 집도 잃고 포로까지 됐는데, 그런 제게 뭔 앞날이 있겠습니까?"

"젊은데 왜 미래가 없겠느냐?"

"저에겐 앞으로 불신과 절망과 증오뿐이라고요."

"사랑은 그래서 너에게 필요한 것이다."

"저는 그런 것 모른다니까요. 그러니 신부님도 쓸데없이 저를 사랑하지 마세요."

"허허!"

사제는 어이없어 하며 웃다가 곧 담담한 목소리로 되돌아온다.

"내가 너에게 다시 말한다. 너는 내게 사랑이다."

"글쎄, 제가 왜 신부님의 사랑이냐고요?"

"내가 처음 이곳에 왔을 때 성스러운 십자가 짐을 져서 날라다준 사람이 바로 너였기 때문이니라."

"예……? 그건 그저 우연히……."

"아니다. 너와 나의 필연, 바로 그분의 뜻이었을 게다."

"하지만 신부님이 여기에 오신 건 저 때문이 아니고 왜군을 위해서죠. 따지고 보면 신부님도 왜군이나 마찬가지 아닌가요?"

"……."

침묵 끝에 사제가 말을 꺼낸다.

"나에게 세상의 나라, 세상의 군대는 없다. 나에게 나라가 있다면 하늘나라가 있을 뿐이고, 나에게 군대가 있다면 하늘의 군대와 수호천사가 있을 뿐이다."

"……."

다시 침묵이 흐른다. 피차 말이 없다. 사제는 묵상에 잠긴 듯하다. 사제의 처소에 밝힌 촛불이 가만가만 타오르는 밤인데, 바깥에선 눈치 없는 풀벌레들의 울음소리가 수선스럽다. 어언 가을이 오는가.

†

웅천성의 동향과 관련해 닌자들의 정탐 보고가 또 서생성으로 날아들었다. 웅천성 주위에서 암약하는 닌자들은 과연 가토 기요마사의 비밀 첩보원답게 충직하고 유능했다. 닌자의 보고에 의하면 나가사키 예수회 선교사 세스페데스가 병영 내 일본군은 물론 조선인 포로에게도 예수교 사교를 퍼뜨릴 욕심으로 제 처소에까지 은밀히 조선인을 출입시킨다는 것이었다. 보고 내용으로 미뤄볼 때 세스페데스와 을라수에 관한 것임이 분명했다.

가토는 자비로운 불심도 잊은 채 얼굴에 붉으락푸르락 노기를 드러냈다.

"조선인 포로는 우리의 적 아닌가. 선교사 놈이 포교에 눈이 멀어 아군과 적군도 가리지 않는다? 그건 이적행위야. 웅천성의 꼬락서니가 갈수록 가관이구나. 고니시 그 얼간망둥이 장사꾼 놈이 우리 군대를 이 지경으로 만든 게야. 고니시가 더 나쁜 놈이야."

가토는 말을 이을수록 화가 치밀었다. 그럴 수밖에 없는 다른 이유도 있었다. 조선의 승병장 사명당과 벌인 2차 강화 회담이 지난번 1차 때처럼 팽팽한 줄다리기만 거듭하다가 끝난 직후인지라 가토는 신경이 예민해져 있었다. 그 까다롭고 꼬장꼬장하기까지 한 고승과 며칠씩 협상 탁자에서 얼굴을 맞대는 것 자체가 피곤한 노릇이었는데 회담도 뜻대로 풀리지 않았으니, 가토의 두드러진 다혈질의 성격에 그럴 만도 했다.

닌자를 돌려보낸 뒤 가토는 애써 마음을 가라앉혔다. 그러곤 골똘히 생각을 하던 끝에 붓대를 쥐어 잡았다. 이번에도 본국의 다이코에게 고니시를 비방하는 글을 써 보내려는 것이었다. 저번에 보낸 투서가 중간에서 가로채여 다이코에게 전해지지 않은 사실도 모르는 채 그는 붓을 먹물에 꾹꾹 찍으면서 퉁명스럽게 중얼거렸다.

"다이코사마는 왜 아직 답장을 안 보내시는 게야? 편지가 제대로 가긴 한 건가? 에잇, 뭐 하나 속 시원히 풀리는 일이 없구나."

†

세스페데스 사제가 숙소에서 전갈을 받고 아우구스티노의 천수각 지휘소로 오른다. 사제가 지휘소 휘장을 젖히고 들어서고 보니 아우구스티노는 뒷짐 지고 서서 창밖 너머 웅천만 바다를 바라보고 있다.

"다이묘님, 부르셨는지요?"

사제의 기척에 아우구스티노가 뒤돌아서며 그 특유의 짙은 송충이 눈썹이 실룩이도록 반가운 표정을 짓는다.

"그레고리오 신부님, 이리로 앉으시오."

위험한 여행 211

아우구스티노가 지휘소 중앙에 있는 탁자로 사제를 안내한다. 두 사람이 탁자 옆에 앉자 시종이 다반 두 개를 내어온다. 차향이 은은하다. 아우구스티노가 시종이 물러가기를 기다렸다가 운을 뗀다.

"부산 기장성에서 내게 은밀히 사람을 보내 신부님과 수사님을 초청하고 싶다는 뜻을 전해왔소."

"저희를요? 기장성이라면……?"

"구로다 부자가 머물고 있는 성이오. 그들도 열성적이진 않아도 기리시탄 다이묘이지요. 나하고도 친밀한 사이외다. 아들 나가마사는 제3군 선봉장이었소."

아우구스티노는 차 한 모금을 마신 뒤 말을 잇는다.

"신부님도 아실 게요. 아버지의 기리시탄 이름이 시몬이고 아들은 다미아노라고……."

"시몬과 다미아노, 기억합니다. 일본에서 그들에게 강론한 적도 있으니까요."

사제가 고개를 끄덕이며 찻잔을 집어 든다.

"그들이 어떤 경로로 신부님이 우리 성에 와 있다는 사실을 알았는지 궁금하긴 하지만, 같은 기리시탄으로서 믿지 못할 사람들은 아니외다. 꼭 신부님을 모셔서 고백성사를 드리고 싶다는 간청이오. 기장성의 처지도 매우 딱한 것 같소."

사제는 차 맛을 음미하며 묵묵히 경청한다.

"신부님에 대한 비밀보장과 신변안전도 약속했소. 자기들이 직접 기장성에서 배를 보내고 호위병도 따라 붙이겠다고 하더이다."

사제가 묻는다.

"체류 기간은 얼마나 될 건가요?"

"그쪽에선 한 달 동안 계셔주기를 바라는데 내가 그건 어려울 것 같다고 말했소. 이곳 웅천성을 오래 비워둘 수는 없지 않겠소이까? 내 생각엔 십오 일, 넉넉잡아도 이십 일이면 어떨까 싶소만……."

아우구스티노는 다시 찻잔을 드는 시늉을 하며 힐끗 사제의 눈치를 살핀다.

"제 생각에도 그건 너무 길군요."

그 말에 아우구스티노가 재우치듯 물어온다.

"어쩌시겠소, 가시겠소?"

"저는 사제입니다. 누구든 어디든 저를 부르는 목소리를 외면할 수 없지요."

"그러실 줄 알았소. 나도 쾌히 신부님을 보내드리겠소이다. 다만 두 가지 마음에 걸리는 게 있긴 하외다."

아우구스티노는 노파심에서 말을 덧단다.

"다이묘님, 무엇이 그런지요?"

"신부님이 방문할 기장성은 부산에서도 울산 쪽으로 더 올라가는 곳이외다. 그런데 거기가 도라노스케의 본거지 근처여서 그게 좀 께름칙하다 이겁니다."

말인즉슨 기장성이 가토 기요마사의 서생성과 가까워 신부의 안위가

위험한 여행 213

걱정된다는 것이다. 기장 두모포에서 울산 서생포까지는 엎어지면 코 닿을 거리이긴 하다. 울산 쪽은 가토의 세력권이다.

"다른 한 가지는 무엇인지요?"

"그건 뭐냐면……, 기장 쪽에 잇키의 출몰이 잦아 그것도 걱정스럽소."

"잇키라면 코라이 민병대를 말씀하시는 거군요."

"그렇소. 그 지역에선 영남 의병이라는 자들이 무리를 지어 불시에 기습을 해오는데 우리에게 큰 위협이 되고 있소."

아우구스티노는 얼마 전에도 기장성 근처에 의병들이 출현해 소규모 전투가 벌어졌다는 이야기를 들은 터다. 그의 우려에도 사제는 그저 담담한 표정을 지어 보인다.

"다이묘님, 제가 가는 곳이 어딘들 위험하지 않고 편안하겠어요. 지금까지도 늘 그래 왔어요. 마드리드 집을 떠난 뒤로 리스본, 고아, 마카오, 나가사키, 그리고 이곳 웅천까지요. 안락한 곳을 좇는다면 그건 사제의 길이 아닙니다."

"신부님, 훌륭한 말씀이오만……."

"저는 하늘의 명에 순종할 따름입니다."

세스페데스 사제가 조용히 눈을 감는다. 아우구스티노는 송충이 눈썹을 꿈틀한다.

†

새벽에 돛대를 세우고 누각까지 갖춘 일본 군선이 소리 없이 웅천성 선착장에 닿는다. 배에는 무장 호위병이 삼십여 명이나 타고 있다. 부산 두모포의 기장성에서 구로다 부자가 보낸 배다.

"그럼 잘 다녀오십시오."

이미 선착장에서 대기 중이던 세스페데스 신부와 레온 수사가 몇몇 사람들의 단출한 배웅을 받으며 배에 오른다. 검은 사제복장 차림에 대나무 삿갓을 눌러쓴 채다. 배안에선 호위병들의 예우가 깍듯하다. 배는 다시 무엇에 쫓기기라도 하듯 빠른 속도로 새벽 어둠을 가른다.

"제포성에 이어 이번엔 기장성이군요."

"멀리 부산 너머까지 여행을 가니 기분이 이상합니다. 기대도 되고요."

세스페데스와 레온이 누각에서 휴식을 취하며 잠깐 대화를 나눈다.

새벽을 틈탄 배는 벌써 웅천만과 진해만을 벗어나 부산 쪽으로 미끄러져 나아간다. 배를 해안선에 바짝 붙이다시피 하여 모는 것은 조선 수군의 탐망선이나 복병선에 발각되지 않기 위해서일 것이다.

아침이 밝을 무렵 배는 경상도 부산 앞바다를 지난다. 세스페데스와 레온은 누각에서 나와 뱃전에서 부산의 육지를 바라보는 중이다. 레온이 거추장스러운 삿갓을 벗으며 나지막이 말한다.

"신부님, 저기가 바로 이 전쟁이 처음 시작된 부산포입니다."

세스페데스도 삿갓을 벗고 레온이 가리킨 쪽을 유심히 바라본다.

'부산포……, 그렇다면 이 년 전에 아우구스티노가 저곳으로 상륙했다는 것인가. 그가 저기에서부터 이 끔찍한 코라이 전쟁을 벌였다는 말

인가.'

세스페데스의 마음이 복잡해진다. 임진년에 아우구스티노 고니시 유키나가가 이끄는 일본 군대의 침략과 더불어 전쟁의 서막을 알린 부산포는 2년이 지난 지금도 그 처참한 현장을 적나라하게 드러낸다. 멀리 있는 뱃전에서 바라보더라도 산과 들은 황폐하고, 집들은 불에 탔으며, 창고 같은 건물들은 부서져 도무지 온전한 풍경이 없다. 저 곳곳에 뿌려진 피와 눈물은 또 얼마일 것인가. 아침햇살이 속절없이 비쳐드니 처연함이 더할 뿐이다.

"도미네 데우스!"

세스페데스의 입에서 말버릇처럼 라틴어가 튀어나온다. 그는 멀리서나마 부산포 쪽을 향해 십자성호를 긋는다. 그러곤 위로의 기도를 올린다. 죽은 자들을 위해, 불탄 것들을 위해, 파괴된 것들을 위해.

사제의 마음속 기도는 이어진다.

'저 부산포 땅에서 전쟁을 시작한 아우구스티노는 지금 전쟁에 염증을 느끼고 있나이다. 부디 그를 도우시어 이 전쟁이 끝나게 하소서!'

사제의 뇌리에 다른 생각 하나가 스친다.

'도요토미 히데요시는 왜 기리시탄인 아우구스티노를 선봉에 내세워 저 땅을 오르게 했는가. 어째서 기리시탄 병사들을 죽음의 최전선으로 내몰았는가. 눈엣가시 같은 기리시탄을 박해하기 위한 흉계였을까.'

사제는 뱃전에서 부산포를 바라보며 애써 어지러운 마음을 달랜다. 어느덧 배는 순풍을 받고 있다. 뱃길은 순탄하다. 이제 부산을 돌아 북쪽으로 해안선을 타고 오르면 머잖아 기장 두모포에 닿을 것이다.

†

을라수는 또다시 웅천성에 혼자 남게 되었다. 자신의 수호자인 사제 세스페데스와 수사 레온은 또 멀리 부산으로 떠났다. 세스페데스는 삿갓을 눌러쓴 모습으로 떠나면서 배웅하는 을라수를 향해 에스파냐식 작별인사를 농담처럼 던졌다. 지난번 제포로 떠날 때처럼.

"아디오스, 을라수!"

주변의 눈치 때문에 목소리를 낮춰 잠깐 몇 마디 나눈 대화도 있긴 했다.

"이번 여행은 넉넉잡고 한 달이니 오래 걸릴 것이다."

"신부님을 긴 시간 뵙지 못하겠군요."

"나 없는 사이에 너는 또 도망하려느냐?"

"아니라고 저번에 말씀드렸는데요. 돌아오실 때까지 기다리겠습니다."

"그동안 배운 교리나 되풀이해 외우고 있으렴."

"예."

†

을라수는 마방간 숙사의 귀퉁이 거적자리를 겨우 차지하고 누웠지만, 밤이 이슥하도록 잠을 이루지 못한다.

'난 또 혼자다. 이제 신부님도 수사님도 없다. 돌산, 검칠, 말질복, 춘달, 개네들도 다들 제 갈 길을 떠나고 없다. 나만 또 홀로 적군의 성에

남겨진 것이다. 외롭다. 무섭다.'

　웅천성의 육중한 돌, 솟은 담, 막힌 벽, 단절된 공간, 그 공간에 스미는 불안과 공포……. 이러다 또 불시에 노예수송선에 강제로 태워지게 될지도 모르는 일이다. 젊은 을라수가 운명으로 감당하기에 지금의 처지는 가혹하다.

　'전 지금 힘들어요. 하느님, 제게 어찌 이런 시련을 주시나요?'

　사실 세스페데스 신부가 없다면 을라수가 이 무섭고 숨 막히는 왜성에 더 남아 있을 이유가 없다. 지난번 제 동무들과 죽음을 각오하고 탈출하려고 했던 것처럼 그는 어떻게든 다시 성을 빠져나가려 했을 것이다. 신부가 문제다. 신부가 이미 그의 마음속에 깊이 들어와 있는 것이다. 신부에게 마음이 이끌릴수록 탈출 의지가 약화되는 이 곤혹스러운 감정의 작동에 그 자신도 하릴없을 뿐이다.

　불길처럼 일었던 탈출의 욕구가 어느 순간 사그라지면서 결국 탈출 자체가 차일피일 미뤄지게 되고 마는 데는 또 다른 현실적인 이유가 있다. 그것은 바로 그가 전쟁에 모든 걸 잃고 세상에 홀로 남겨진 존재라는 사실이다. 그가 요행히 성을 탈출해도 막상 갈 곳, 찾아갈 사람, 할 일이 없으니, 외려 탈출 이후가 더 막막한 것이다. 바야흐로 어느 때인가. 전란의 소용돌이에 천애고아가 되어 유리걸식을 하다 종내 굶고 병들어 쓰러지는 가련한 영혼들이 도처에 널린 지금 아닌가. 차라리 적군의 성에나마 마구간지기로 있으면서 하다못해 말먹이로 주는 푸성귀라도 훔쳐 먹는다면 당장의 죽음은 면할 수 있으리라.

'신부님도 언젠가는 아주 떠나겠지. 지금처럼 열흘, 한 달씩이 아니라 영원히 떠나는 날이 올 거야. 신부님이 떠나기 전에 나도 떠나야 해. 그땐 어디로 가서 뭐를 하지?'

마방간 숙사에 밤도 깊어가고 을라수의 고민도 깊어간다. 신부가 떠나고 없으니 이런저런 잡념이 많아진다. 무심하게도 옆에선 잡역군으로 끌려온 늙은 왜인 마부들이 아무렇게나 쓰러져 코를 곤다.

'돌산은 지금 어디서 무엇을 하고 있을까?'

왜성을 탈출하면 의병으로 되돌아가겠다던 돌산의 얼굴이 문득 떠오른다.

'난 성을 탈출해도 찾아갈 사람이 없다. 돌산한테나 찾아갈까.'

돌산은 혈기 있고 신의 있는 친구였으니 스스로의 약속대로 의병의 무리에 다시 가담했을 터다. 을라수는 의병이 되어 있는 돌산의 늠름한 모습을 상상해본다.

'나도 의병이 될 수 있을까?'

을라수의 생각이 거기에까지 미친다. 을라수는 포로가 되어 누구보다도 오랫동안 왜성에 머물렀다. 그러면서 왜군의 하수인 노릇도 했다. 하지만 그는 마음을 다잡는다.

'내가 의병이 못 될 건 뭐람. 스스로 내 발로 왜성에 들어온 것도 아니고, 내가 왜군을 도운 것 또한 그러고 싶어서가 아니라 살아남기 위해서가 아니었나. 왜군 때문에 내 부모도 죽고 나도 이 꼴이 됐으니 왜군은 내 원수야. 그러니 내가 의병이 된다면……'

머릿속이 어지럽다.

'상놈 주제에 나라를 구하겠다고 나선다니……. 나라가 내게 뭘 해줬다고 내가 의병이 되겠다는 거지? 이토록 나라를 망친 그 벼슬아치 양반님들을 위해서? 나를 천민으로 만들어 고통을 준 이 나라를 위해서?'

새벽녘까지 몸을 뒤틀며 오만 가지 생각을 하다 까무룩 잠이 들었는가 싶은 맡인데, 그것도 잠깐. 을라수는 가위눌려 아악, 소리와 함께 다시 눈을 뜨고 만다. 악몽이다. 기억하기도 싫건만 꿈은 조각조각 되살아난다.

신부의 검은 사제복이 날개로 변했다. 신부는 을라수의 손을 잡고 성을 날아올랐다. 신부가 둥둥 하늘을 날며 외쳤다. 을라수야, 내게도 너에게처럼 이 성은 감옥이다. 나도 너와 같은 포로다. 우리 이제 이 감옥의 성을 훨훨 날아 벗어나 천상의 낙원으로 가자. 넌 저 하늘의 소리가 들리지 않느냐? '내가 너희를 자유롭게 하리라!' 어디까지 날아올랐을까. 갑자기 뱀들이 허공에 나타나 둘을 친친 휘감았다. 둘은 서로 손을 놓치고 다시 성으로 추락했다. 뱀들은 스르르 사라졌다. ……

"에잇, 시끄러워!"

을라수가 가위눌려 외마디 소리를 지르는 바람에 옆자리에서 코를 골던 늙수그레한 왜인 마부가 눈을 반쯤 뜨고 신경질적인 반응을 보인다. 을라수는 슬그머니 일어나 마방간을 나온다. 하늘에 새벽별이 총총하다. 가을바람도 제법 소슬하다.

'왜 그런 흉몽을 꾼 걸까? 신부님과 수사님은 부산에 잘 도착하셨을까? 별일 없어야 할 텐데…….'

새벽부터 왠지 기분이 찜찜하다. 을라수는 하늘을 올려다본다.

†

기장성 역시 음울한 기운이 감돈다. 사제 세스페데스와 수사 레온의 뛰어난 직감력을 피할 수 없다. 해자의 물이 바닥 모를 만큼 깊고 성벽의 돌이 사람 키의 서너 배 높이로 솟아 제아무리 견고하다 한들 성채에는 벌써 죽음의 냄새처럼 스산하고 으스스한 공기가 스며있다. 웅천성과 제포성에서처럼 예외 없이 느껴지는 분위기다.

'겉으론 단단하고 속으론 모래성이구나.'

사제와 수사는 그런 생각을 하며 묵묵히 기장성에 들어선다.

"저희 성까지 멀리서 와 주시어 영광입니다."

"저희 성에 큰 은총 내려주시기 바랍니다."

구로다 조스이와 구로다 나가마사 부자가 몸소 성문까지 나와 손님들을 맞는다. 아버지와 아들은 기쁨의 미소를 짓지만 얼굴빛 한쪽에 드리워진 수심의 그림자까지 숨기지는 못한다. 사제의 예민한 감지 능력이 그들의 표정을 놓치지 않는다.

'여기도 또 하나의 바벨론성이다. 아니 어쩌면 밖에서 고함만 질러도 안에서 스스로 무너져 내리는 예리코성인지도 모른다. 난 지금 저주의 성에 들어온 것이다.'

사제의 마음이 무겁다. 아들인 나가마사가 손님들을 안내한다.

"두 분께선 우선 제 아버님의 성채로 오르시지요. 기장성에서 가장 높은 곳인 만큼 전망도 좋습니다. 장기전을 대비하고 매우 튼튼하게 쌓

앉습니다. 저깁니다."

사제는 나가마사가 가리키는 쪽을 바라본다. 정말이지 성루들이 우뚝우뚝 솟은 게 하늘에 닿을 기세다. 아래에서 위로 올려다보고 있으니 더욱 그런 느낌이다.

"장기전이라면 이 싸움을 얼마나 끌고 갈 생각이십니까?"

사제의 물음에 부자는 선뜻 답을 하지 못한다.

"글쎄요, 저희도 그게 답답합니다. 싸움은 수세에 몰리고……."

"저희는 본국 다이코께서 무슨 생각을 하시는지 통 알 수 없으니……."

답답하긴 사제도 그들 못잖다.

'당신들은 이 무모한 전쟁을 얼마나 더 계속하려고 저토록 하늘 높이 성을 쌓았단 말인가. 전쟁은 하느님의 뜻을 거스르는 일이다. 바벨탑……, 저건 하느님을 거역하고 쌓아올린 바벨탑 같은 것이다.'

†

두모포의 푸른 바다가 한눈에 들어오는 성채의 높은 전각. 구로다 조스이가 거처하고 있는 곳이다.

그곳에서 세스페데스 신부가 레온 수사와 더불어 첫 미사를 집전하려는 맡이다. 그에 앞서 잠시 조스이와 나가마사 부자가 고백성사를 하는 중이다.

"신부님, 저희 부자는 그동안 시몬과 다미아노라는 이름을 버리고 살았습니다. 싸움에 빠져 기리시탄의 영적인 이름을 외면한 죄를 용서해

주십시오."

신부는 나란히 무릎 꿇은 부자를 향해 차례로 십자성호를 긋는다.

"하느님께서 지금 다이묘님의 고백을 들으셨습니다. 이 순간부터 두 분의 이름은 다시 시몬과 다미아노입니다."

"신부님께서 이렇게 오셔서 저희의 기리시탄 이름을 되찾아주시니 크나큰 은혜이자 광영입니다."

이윽고 미사가 진행된다. 다시 시몬이 된 조스이와 다시 다미아노가 된 나가마사 부자 외에 그들의 기리시탄 가신들과 참모진 등 지휘부가 모두 모여 있다. 이국의 전쟁터에서 올리는 뜻밖의 미사인지라 다들 감격스러운 표정을 감추지 못한다.

"하느님의 종인 제가 위험을 무릅쓰고 이곳을 찾은 건 바로 그분의 뜻을 전하기 위해섭니다. 전쟁은 그분의 뜻이 아닙니다. 인간이 저지르는 전쟁은 그분의 뜻을 크게 거스르는 죄악입니다."

신부의 강론이 이어지는 동안 맨 앞줄에 앉은 시몬과 다미아노가 괴로운 표정을 짓는다. 미사가 끝나자 시몬이 정중하게 부탁을 한다.

"제 휘하의 기리시탄 장졸들도 만나주시기 바랍니다. 조선에 출병한 뒤로 몇 년째 미사를 못 드리고 있습니다. 부하들이 신부님을 뵙고 복음을 듣는다면 크게 위안을 받을 것입니다."

"시몬 다이묘님, 당장 만나겠습니다. 가능한지요?"

"물론입니다. 그러잖아도 지금 막사에서 기다리는 중이니 함께 가시지요."

시몬이 다리를 저는 불편함도 마다하지 않고 군막 안내를 자청한다. 그들은 전각을 내려와 병사들의 군막으로 향한다. 그러는 중에 신부는 한 막사 앞에서 비명과 신음을 듣는다. 그가 걸음을 멈추고 시몬에게 묻는다.

"다이묘님, 여긴 무슨 막사인가요?"

"병자 막사입니다. 병에 걸린 병사들을 따로 수용하고 있지요."

묵묵히 뒤따르던 수사가 의술가로서 묻는다.

"어떤 환자들인지요?"

"고열에 토악질에 증세가 갖가지인지라 정확히 어떤 병인지는……."

시몬이 말끝을 흐리는 사이 신부가 수사 쪽으로 얼굴을 돌린다.

"수사님이 바빠지겠군요."

"제 의술이 통할지 어떨지 모르지요."

수사는 옆으로 가만히 고개를 젓는다.

"정작 지금 당장 복음이 필요한 건 저 죽어가는 영혼들이군요. 우리가 저 환자들부터 봐야 되지 않겠습니까?"

수사가 이번에는 위아래로 고개를 끄덕인다. 신부는 시몬의 양해를 구한 뒤 수사와 함께 군막으로 들어간다.

막사 안은 목불인견이다. 환자들이 거적자리가 깔린 바닥 여기저기에 나뒹굴며 비명을 지르고 신음을 흘린다. 이미 숨이 멎었는지 꼼짝하지 않는 환자도 있다. 환자 하나가 신부의 옷차림을 보더니 손을 허우적대며 입술을 달싹인다.

"아, 신부님이군요. 전 기리시탄입니다. 마지막으로 기도를 부탁드립니다."

신부는 두말없이 부탁을 받아준다. 신부가 환자의 이마에 손을 얹고 종부성사를 베푸는 동안 환자는 애써 기꺼운 미소를 짓는다.

"신부님의 기도 속에 죽을 수 있게 되어 행복합니다."

"편히 하늘나라로 오르세요. 거기는 전쟁이 없는 영원한 안식처입니다."

"신부님, 감사합니다."

옆에서 그들의 대화를 엿들었는지 다른 환자가 또 사정한다.

"저도 기리시탄입니다. 죽기 전에 제가 전쟁터에서 저지른 죄악을 용서받고 싶어요. 제 죄를 씻게 해주세요."

신부와 수사는 오랫동안 기도한다. 기도가 끝나자 또 다른 환자가 애원한다. 이번에는 증세가 그나마 나아 보이는 젊은 병사다.

"가족이 보고 싶어요. 고향집에 돌아가게 해주세요. 제발, 제발 좀!"

병사의 절규에 신부는 차라리 귀를 막고 싶다.

†

"뭣이라고? 그 서양 신부라는 자가 정말로 부산 기장성까지 왔다는 말이냐?"

닌자의 긴급 정탐보고를 받은 울산 서생성의 가토 기요마사는 화들짝 놀라며 눈을 치뜬다. 세스페데스 신부의 동정이 가토의 일급 비밀첩보원인 닌자의 정보망에 걸려든 것이다. 서생성에서 볼 때 기장성은 웅천성보다 가까워 닌자들의 정탐활동도 그만큼 활발한 곳이다.

가토는 급한 성격대로 혼잣말로 쏴붙인다.

"서양 기리시탄 놈이 겁도 없이 내 턱밑까지 들락거려? 구로다 부자는 또 뭣 하는 작자들인가. 전쟁하는 장수들이 굳건히 성을 지키기는커녕 성문을 다 열어젖히고 기리시탄 사교도들을 끌어들여? 늙은 애비와 젊은 아들이 똑같이 미쳤군. 서양 귀신에 단단히 씌었어!"

가토는 마구잡이식 비난을 잠시 멈추고 허공을 노려본다. 이글거리는 눈빛이다.

'이게 다 고니시 그놈 때문이야. 제 놈의 성채만으로 모자라 이젠 남의 성채에까지 그 사교도들을 몰래 보내 허망한 요설로 병사들의 정신을 홀리다니! 고니시야말로 역적이야.'

갑자기 무슨 생각이 났는지 가토가 탁자를 손으로 치며 벌떡 의자에서 일어선다.

"그렇지. 바로 그거야!"

정탐보고 후 탁자 맞은편에 시립해 있던 검은 복색의 닌자가 궁금한 표정을 짓는다. 가토의 시선이 닌자에게 향한다.

"닌자 총동원령을 내리겠다. 너희는 전원 소집에 응하도록 하라."

"다이묘님의 분부 받들겠습니다. 어떤 이유인지요?"

"특명을 내리고자 한다."

"어떤 특명이옵니까?"

닌자는 되물으면서 예의와 절도를 깍듯이 차린다.

"그건 너희가 다 모인 자리에서 밝히겠다."

"알겠습니다. 그럼 저는 동료들을 비상소집하겠습니다."

"몇 명이 모일 수 있겠느냐?"

"모두 다섯 명입니다."

"다섯……! 일본에서 출병할 때 열 명을 뽑아왔는데 그동안 절반이나 잃었구나. 아깝다! 나의 자랑스럽고 충성스러운 닌자들이었는데 말이다."

가토의 목소리가 잠겨든다. 못내 애석한 모양이다.

"저희는 다이묘님을 위해 죽는 걸 영광으로 생각합니다."

우렁찬 음성으로 충성을 다짐하는 닌자의 모습이 듬직하다.

"고맙다."

가토는 친히 탁자 맞은편까지 다가가 손을 잡아준다. 감격한 닌자가 냉큼 허리를 꺾는다.

†

조선에 출정할 당시 제2군 선봉대장 가토 기요마사는 휘하에 2만 대군을 거느렸다. 그중 자신이 직할하는 병력은 1만여 명이었다. 조총수, 궁수, 기마병 등으로 구성된 그의 직할 부대에는 특이하게도 열 명의 닌자가 배속돼 있었다. 전쟁에서 특수전의 필요성과 중요성을 간파한 가토 기요마사가 첩보활동, 적진교란, 암살 등의 임무를 맡기기 위해 별도로 선발한 검은 복면의 인간병기들이었다.

가토가 친히 조선의 전쟁터까지 끌고 온 닌자들은 하나같이 날고뛰었다. 칼 쓰기, 활 쏘기, 표창 던지기에 능했고, 주먹질과 발길질에 능란했으며, 기마술이나 은신술 따위에도 능숙했다. 가토는 그런 닌자들을 각별히 아꼈다. 그동안 닌자들이 최전선에서 보여준 목숨 건 활약상에 대해서는 가토가 금덩이로 상을 내려도 치하함에 부족할 지경이었다.

그런데 그런 닌자들을 다섯 명이나 잃다니 가토로서는 애통할 노릇이 아닐 수 없었다. 조선군에 투항한 부하 장수 사야카(沙也可)에 대한 암살공작이 실패하면서 두 명이 목숨을 잃었고, 조선 왕자들을 생포하기 위한 비밀공작, 행주산성 전투와 진주성 전투의 전방침투 교란공작 과정에서 각각 한 명씩의 희생자를 낸 것이었다.

사야카! 가토에게는 골수에 맺히는 이름이었다. 사야카의 부대가 집단 투항한 사건은 그에게 아직까지도 뼈아픈 기억으로 남아 있었다. 자신의 직속 돌격대장이 조선 땅을 밟자마자 돌격하기는커녕 제 부하들까지 데리고 집단으로 조선군에 투항하다니!

당시 서로 선봉 경쟁을 하던 앙숙 고니시가 알게 된다면 도저히 낯을 들 수 없는 사건이었기에 투항 사실을 철두철미 감추기에 급급했고 본국에는 차마 보고할 수 없어 지금까지도 쉬쉬하며 비밀로 덮어 온 터였다. 일본은 칼과 전쟁의 나라여서 염증을 느껴왔고 반면에 조선은 예의와 학문을 숭상하는 나라여서 흠모해오던 차에 조선에 출정하게 된 것을 계기로 애초 투항할 마음을 품고 있었다니, 직속 상관으로서 그런 부하를 미리 알아보지 못하고 돌격대장으로 삼은 게 실수였고 잘못이었는바 그 책임을 누구에게 물으랴! 스스로 생각해도 그것은 이번 '문록의

역(文祿の役, 임진왜란)'을 통틀어 자신이 범한 최대의 과오이자 실책으로 꼽힐 사안이기에 충분했다.

　가토는 자책감과 배신감에서 헤어나지 못했고, 분노를 억누르지 못했다. 급기야는 사야카를 암살하기 위해 비장의 살인 병기인 닌자들을 두 차례나 풀었지만 안타깝게도 연거푸 실패로 끝나고 외려 아까운 닌자만 둘이나 잃고 말았던 것이다. 사야카는 지금 조선군 장수가 되어 총칼을 거꾸로 일본군에게 겨누고 있으니 가토로선 이가 갈리고 피가 솟구칠 노릇이었다. 비록 닌자들의 암살 공작이 두 번이나 실패했지만, 가토에게 사야카는 여전히 암살 대상 1호였다.

†

관군도 흩어지고 왜적들의 소굴이 되다시피 한
기장현 해안에서는 의병활동이 활발히 일어났다.
삼형제 의병장 김일덕, 김일개, 김일성은
고향 두모포에서 왜군과 싸웠는데
밤중에 북을 치며 이곳저곳에서 함성을 지르고 공격하면
적들은 갈피를 잡지 못하고 배를 이용해 도망쳤다. ……
의병장 오홍은 두모포 바닷가에서
오춘수, 이언홍, 김흘 등의 의병대와 합세해
왜군에 포위된 동료들을 구출했고
대운산 골짜기에 본거지를 정해
의병을 모아 훈련시켰다.
-《기장군지》, 부산 기장군지편찬위원회

신부를 사로잡으라

 부산 기장성에 온 지 벌써 열흘이 다 되는가. 하루하루 일과가 바쁘니 날짜 가는 것도 잊을 정도다. 시몬의 성채와 다미아노의 성채를 번갈아 오고가는 단조로운 일상이지만 하루의 시간 자체는 바삐 흐른다. 세스페데스 신부는 아침과 저녁으로 미사를 올리고 전례 의식을 베푼다. 기리시탄이 되고자 하는 자들을 위해서는 따로 교리문답서도 가르친다. 레온 수사도 신부를 보좌하느라 하루해가 짧다. 포교 활동에 더불어 의술가로서 환자까지 도맡아 보살피자니 몸도 고되다.
 성채가 두모포 바닷가에 잇닿아 있는 게 다행이다. 신부와 수사는 저녁 무렵에 잠깐씩 삿갓을 깊이 눌러쓰고 성 밖 바닷가에 나가 심신의 피로를 달랜다. 석양의 풍경은 성채의 음울한 분위기와 다르다. 우쭐우쭐 박힌 갯바위에 걸터앉아 바다를 붉게 물들이는 낙조를 온몸에 받고 있노라면 어느 순간 영혼이 정화되는 느낌을 받게 되는데, 세스페데스 신부에게 그것은 종교의 신비와는 또 다른 자연의 신비를 체험하는 순간이기도 하다. 귓가를 간질이는 듯한 잔잔한 파도 소리는 또 어떤가. 전쟁터의 종군 고해사제로서 오늘도 기꺼이 들어줘야 했던 온갖 끔찍한 신앙고백의 언사에서 벗어나 잠시나마 영성의 귀를 맑힐 수 있는 신비로운 자연의 소리 아닌가.

"우리에게 이런 작은 즐거움이라도 있어 다행이군요."

"그게 없었다면 이 성채가 더 삭막했을 테지요."

신부와 수사가 두모포 갯바위에 나와 저녁 노을을 바라보며 파도 소리를 듣는 시간. 하늘과 바다는 스스로 경계를 허물어 진홍빛 일색을 이루는 중이다.

'코라이 바다는 지중해를 닮았어. 고향 에스파냐의 바다, 내 유년의 바다!'

신부는 두모포의 바다 풍경에서 자신의 옛 시절을 떠올린다. 아까부터 묵상의 틈을 비집고 들어오는 오래된 기억의 조각들을 떨쳐낼 수 없다.

'지중해의 추억뿐이겠는가. 알함브라 궁전, 살라망카 교정, 마드리드 성당, 라만차 평원, 올리브와 해바라기가 가득한 안달루시아 들판……. 내 어린 시절이 머물렀던 그곳, 가족이라는 이름의 그리운 사람들과 함께했던 그 아련한 시간들……. 이제는 다시 만나지 못할 아버지 페르난도, 어머니 도냐, 형제 가브리엘과 후안, 조카 헤로니모……!'

종신서원을 한 사제로서 그때, 그곳, 그 사람들……, 모든 것과 결별하고 지금은 지구 동단에 와 코라이의 전쟁터를 떠도는 몸이지만, 그에게도 이 순간만큼은 어쩔 수 없이 보고 싶은 얼굴들, 부르고 싶은 이름들이 떠오른다.

†

울산 서생포 회야강의 갈대밭이 바람에 한들거리니 가을은 소슬하게 짙어간다. 진하 바닷가를 훑어가던 바람줄기가 건듯 서생성으로 돌아든다.

가토 기요마사의 전쟁지휘소인 천수각 5층에선 아까부터 서늘한 긴장감이 돈다.

"부산 기장성에 잠입한 신부와 수사를 생포해 내 앞에 대령시켜라."

가토가 심복인 닌자들에게 준엄한 특명을 내리는 중이다. 검은 복색의 닌자 다섯 명이 그의 앞에 위풍당당하게 도열해 있다.

"신부는 반드시 산 채로 잡아야 한다. 죽이는 것에 비해 사로잡는 게 훨씬 어렵다는 걸 내가 모르지 않는다. 그럼에도 꼭 생포해야 하는 이유가 있으니, 그 서양 사교도를 본국으로 압송해 다이코사마께 금교령을 어긴 산 증거물로 보여드려야 하기 때문이다. 알겠는가?"

"옛!"

닌자들이 일제히 허리를 꺾는다. 가토는 흡족한 나머지 자신의 기다란 투구가 흔들리도록 크게 고개를 끄덕인다. 닌자 부하들의 건장한 위세에 지지 않으려 일부러 키가 커 보이도록 긴 투구를 쓰고 있는 그다.

"그대들은 일찍이 다이묘 시대로부터 무예의 맥을 이어온 자랑스러운 닌자다. 내가 내린 특명을 기필코 완수해 나를 기쁘게 하라."

그는 명령하는 중에 닌자들을 추어주는 것도 잊지 않는다.

"충성으로 다이묘님을 받들겠습니다. 다만 한 가지…….."

우두머리 격인 닌자가 말을 머뭇거린다.

"말하라."

"예. 그럼 전에 저희에게 특명을 내려주신 사야카 암살공작 건은 어찌되는 것이옵니까?"

사야카 암살 공작은 극비사항이다. 가토가 닌자들에게만 그에 관한 비밀명령을 내렸기 때문에 심지어 참모들조차 알지 못한다. 가토의 지시가 떨어진다.

"그 임무는 일시 중단하라. 우리를 배신한 사야카를 추적해 응징하는 일도 중요하지만, 지금은 서양 신부를 생포하는 게 시급하다. 우선적으로 이 일에 매달려라."

"알겠습니다, 다이묘님!"

닌자들이 다시 허리를 굽힌다. 하나같은 검은 옷차림에서 굳은 결기가 느껴진다. 눈빛들이 냉혹하다.

†

웅천성 마방간이 아침부터 부산하다. 갑자기 기마병 이십여 명이 타고 나갈 마필을 내느라 마구간지기들이 바삐 움직인다. 마구를 챙겨 안장을 얹고 재갈을 물리고 말굽에 징을 박는 일 따위다. 어디서 무슨 싸움이라도 터진 것인지 궁금하지만 늙은 잡역군 신분인 마구간지기들로서야 감히 누구를 향해 한마디 물어볼 수도 없는 일, 그저 급히 말을 대령하라는 명령과 지시에 따를 뿐이다. 거기엔 을라수도 끼어 있다. 을라수가 보기엔 그들이 싸움터로 향하는 것 같지는 않다. 그들의 표정이나 차림새가 그렇다. 말들까지 그런 낌새를 알아챈 것인지 온순하게 군다. 말도 오랫동안 전쟁에 내몰리다보니 다 눈치가 있다. 싸움터로 끌려 나갈 땐 벌써 겁먹은 눈빛이 되어 흥분하고 허둥거린다.

을라수는 말이 한꺼번에 빠져나간 쓸쓸한 마방간을 우두커니 바라본다. 소슬바람까지 불어 더 휑한 광경이다. 마구간지기가 말을 돌볼 일이 없으니 마음이 한가해져야 마땅하련만 그렇지 못하다. 외려 여러 사념들로 걱정스럽고 염려스러운 마음이다.

'신부님은 잘 지내시는 걸까? 오늘이 열흘째인데······.'

세스페데스의 빈자리가 커서일까, 자꾸 그런 생각이 든다.

'박해 받는 신부, 학대 받는 포로, 그분이나 나나 불쌍한 처지야.'

꿈자리까지 사나운 요즘이다. 신부가 나오는 흉몽을 자주 꾸게 되니 마음이 번잡할 노릇이다. 간밤의 꿈은 또 얼마나 끔찍했는가.

신부의 온몸이 쇠사슬로 감겨 있었다. 신부는 답답한 숨만 몰아쉬었다. 기도의 외침인 듯 하늘을 향해 무슨 말인가 뱉어내려 안간힘을 썼으나 입을 열지 못했다. 몸을 감았던 쇠사슬이 하나씩 징그러운 뱀으로 변해갔다. 뱀들은 목을 휘감아 조르고 팔다리를 친친 둘러 옥죄었다. 신부는 고통으로 몸을 비틀었다.

을라수는 악몽에 눌려 잠을 깬 새벽 내내 속을 태웠다.

'무슨 징조인가? 부산 쪽에 무슨 일이라도 있는가?'

세스페데스 신부가 걱정도 되고 보고도 싶다. 신부가 돌아오면 정성껏 심부름도 하고, 게으름 피우던 교리 공부도 열심히 하리라 다짐한다.

†

"신부님이 복음을 전해 주셔서 저희 기장성이 한결 안정을 되찾는 것 같소이다. 신부님은 저희에게 육신의 굶주림도, 영혼의 목마름도 가시게 하셨소이다."

시몬이 늙은 얼굴에 웃음기까지 띠고 세스페데스 사제와 레온 수사에게 친히 차를 권한다.

"아버님처럼 저 또한 마음이 편해졌습니다. 두 분께서 저희 성채를 찾아주신 덕분입니다."

아들인 다미아노도 옆에서 깍듯이 예의를 차린다.

"과찬이십니다. 두 분 다이묘님에게 내린 은총이겠지요. 저희는 하느님의 부름을 받고 이곳을 방문했을 따름입니다."

사제가 수사와 함께 양손을 모아 답례한다. 네 사람이 찻상을 가운데 두고 둘러앉은 광경이 전각 밖 두모포 바닷가의 풍치와 그럴싸하게 어우러진다.

"신부님이 오신 뒤 저는 회개했소이다. 요즘에는 다시 하느님의 말씀을 따라 기도와 묵상을 열심히 하고 있지요."

시몬이 세스페데스 앞에서 담담하게 고백한다. 금교령에 따라 배교의 길을 택했던 자신들 부자에 대해 참회라도 하는 듯하다. 그 행동은 지금 부산 변두리 바닷가의 성곽에 갇혀 지내는 그들 부자의 절망적인 심경을 방증하는 것이기도 하다.

"신부님, 간곡한 청이 있소이다."

"말씀하시지요, 시몬 다이묘님!"

세스페데스가 찻잔을 상에 내려놓으며 시몬을 응시한다.

"저희 부자는 이번에 두 분께 큰 감명을 받았소이다. 그래서 말씀인데, 앞으로도 저희 성채를 방문해 복음을 전해주실 수 있겠소이까?"

다미아노도 제 아버지를 거든다.

"저희 성채에도 입교하려는 가신과 참모들이 있습니다. 부디 다시 오시어 그들에게 영세를 주시기 바랍니다."

세스페데스는 다시 찻잔을 들어 한 모금 마신 뒤 천천히 입을 연다.

"그런 일로 부르신다면 저희는 언제든 기꺼이 부름에 응할 것입니다."

"감사합니다. 그럼 언제쯤 다시 오시겠습니까?"

다미아노는 내친김에 미리 약조라도 받아둘 태세다.

"성탄일쯤이 어떨까 싶습니다만, 저희도 그때 가서 여러 가지 사정을 봐야겠지요. 제가 못 오면 여기 수사님이라도 보내드리지요."

세스페데스는 옆자리의 레온을 힐끔 쳐다본다. 레온이 좌중의 의향을 살피기라도 하듯 점잖게 묻는다.

"저라도 괜찮겠습니까?"

"저희는 수사님도 대환영입니다."

시몬과 다미아노가 함께 흡족한 미소를 짓는다.

이윽고 끽다를 겸한 환담의 자리가 끝난다. 세스페데스가 레온과 함께 일어서며 한마디 건넨다.

"그럼 저희는 잠깐 바닷바람 좀 쐬겠습니다."

"너무 멀리는 가지 마시기를 바랍니다. 남의 눈에 띄면 소문이 날 수 있소이다."

시몬이 다소 저어하는 투로 나온다.

"기장성 주변엔 잇키들도 출몰하니 조심하셔야 합니다."

다미아노도 시몬에 가세해 조선 의병군이 출현할 가능성까지 운운하며 우려의 목소리를 낸다. 조선의 의병들이 정규군 못잖게 위협적이라는 걸 누구보다도 잘 아는 그다. 임진년에 일본군 선봉장으로 황해도까지 북진했다가 조·명 연합군에 밀려 경상도 부산으로 남하하는 과정에서 설상가상으로 의병들의 끊임없는 기습공격에 시달려야 했던 다미아노, 아니 구로다 나가마사 아닌가.

"너무 걱정하지 마시기 바랍니다. 바로 요 아래 갯바위에 갔다 오는 거니까요."

세스페데스와 레온이 시몬과 다미아노 부자를 안심시키며 전각에서 내려간다. 두 사람은 곧장 삿갓을 눌러쓰고 성문 밖으로 향한다. 기장성에 온 뒤로 두모포 바닷가에 나가 잠깐씩 묵상과 산보를 하는 게 어느새 그들의 빼놓을 수 없는 일과가 된 듯하다.

†

그즈음 웅천성의 고니시는 본국 보급선을 통해 전해온 밀서 한 통을 받았다. 정부의 최고행정관인 이시다 미쓰나리가 고니시를 걱정해서 보낸 충고의 편지였다. '가토 기요마사가 명나라와의 종전 협상을 무산시키기 위해서 세스페데스 신부의 조선 잠입 건을 빌미잡아 본국에 고자질 투서를 보내오고 있으니 각별히 처신에 유의하라'는 게 편지 내용의 골자였다. 고니시로서는 이만저만 고민이 되지 않을 수 없었다.

'가토 도라노스케! 나를 끝까지 괴롭히는군. 지독한 악연이로다.'

†

낙동강 줄기를 따라 곳곳에서 봉기한 의병의 세력권은 영남을 아우른다. 전란 초 임진년에 거세게 타올랐던 기세만큼은 아니더라도 영남 의병들이 보여주는 구국의 일념과 충정은 면면하고 여전하다. 하여 왜군의 3대 선봉장인 고니시 유키나가, 가토 기요마사, 구로다 나가마사가 각자 자신의 아성을 쌓은 창원 웅천성, 울산 서생성, 부산 기장성 역시 영남 의병의 세력권에서 벗어나지 못한다. 왜성 주변에서 벌어지곤 하는 의병군과 왜군 간 크고 작은 충돌이 그런 사실을 웅변한다.

해가 서녘에서 뉘엿거리는 기장성.

성루에 비낀 석양의 그림자가 주변 야산의 숲에 드리워져 있다. 지금 막 그 산속에서 한 무리의 장정들이 소리 없이 움직이고 있다. 바로 조선 의병이다. 왜병들이 맞닥뜨리기를 꺼린다는 그 '잇키' 무리. 의병들은 활을 메거나 칼을 찼는데 얼핏 스무 명은 돼 보인다. 소규모 부대 단위로 적진에 침투해 기습을 가하는 의병 유격대다.

"쉿!"

선두에 선 유격대장이 갑자기 입술에 손가락을 대며 신호한다. 뒤따르던 대원들이 일시에 동작을 멈춘다. 유격대장이 전방 아래쪽 숲을 가리키며 속삭인다.

"저쪽에서 말 울음소리가 들린다. 말똥 냄새도 풍기는 것 같고……."

유격대장은 젊은 대원에게 귓속말로 명령한다.

"돌산아. 네가 정찰을 하고 와라."

돌산! 그렇다. 젊은 대원은 조선인 포로였던 바로 그 돌산이다. 웅천성에서 포로 수송선에 실려 일본으로 끌려가던 도중에 조선 수군에 의해 극적으로 구출된 돌산. 그는 지금 스스로 약속했던 대로 다시 의병이 돼 있는 것이다.

"예, 대장님!"

돌산은 어깨에서 활을 벗고 단출한 채비를 한 뒤 숲속으로 바람처럼 사라진다.

†

기장성 아래 두모포 백사장에 잇닿은 바닷가 산기슭.

잔솔밭에 괴한 다섯 명이 숨죽인 채 매복해 있다. 검정 복색에 흑두건까지 쓰고 등짝에는 엇비슷이 칼을 걸머멘 채다. 뒤편 소나무에는 말 다섯 필이 매여 있다. 말들은 투레질을 하기도 하고 똥오줌을 싸기도 한다. 괴한들은 바로 울산 서생성에서 가토 기요마사의 특명을 받고 출동한 닌자들이다. 모두 몸을 엎드려 백사장 쪽만 주시하고 있다. 시야에 무엇이 포착되는가. 석양빛에 삿갓을 쓰고 한가로이 백사장을 거니는 두 사람이다. 성채에서 저녁 미사를 집전하고 습관처럼 잠깐 산책하러 나온 사제와 수사. 바로 닌자들이 노리는 목표물이다. 닌자들은 자신들이 매복한 바닷가 기슭 쪽으로 목표물이 좀 더 가까이 와주기를 기다리는 중이다. 거리가 가까워지면 일거에 덮쳐 생포할 생각이다. 사제와 수사는 아무것도 모른 채 닌자들이 숨어있는 쪽을 향해 태평스럽게 걸음을 옮기고 있다.

'음, 뭔지 짐작이 가는군. 그런데 저 두 사람은 누구지? 거리가 멀고 삿갓까지 쓰고 있어 알아볼 수가 없군.'

돌산이 솔숲에 숨어 그 모든 상황을 지켜본다. 아까부터 닌자들의 매복 장소에 몰래 접근해 동태를 살피던 터다. 돌산은 즉각 유격대장에게 돌아가 상황을 보고한다. 유격대장이 대원들에게 은밀히 지시한다.

"우린 적들의 뒤쪽으로 가서 매복한다. 행동 개시!"

대원들이 감쪽같이 움직여 닌자들의 후방을 파고든다. 닌자들은 자기네 뒤통수 쪽에 또 다른 누가 매복하고 있다는 사실을 눈치 채지 못한다. 그러니 어떤 순간인가. 흡사 양을 덮치려는 늑대를 다시 호랑이가 노리는 형국이랄까.

†

여느 날처럼 사제와 수사는 황혼녘의 두모포 해변을 거닌다. 전쟁 탓에 바닷가는 텅 비어 쓸쓸하고 호젓하다. 황량한 분위기에 황혼이 깃든다.

"석양의 바다가 슬프고도 아름답군요."

"평화로웠다면 더 아름다웠겠지요."

한담도 그뿐, 사제와 수사는 다시 묵묵히 걷는다. 발에 밟히는 모래밭의 푹신한 촉감 때문에도 자꾸 걸음을 옮기게 된다. 그러는 사이 두 사람은 모래밭 가장자리 산기슭 쪽으로 점점 다가간다. 거기에 일본 닌자들과 조선 의병들이 숨어 있다는 건 꿈에도 상상하지 못할 일이다. 얼마나 걸어갔을까.

"잡아라!"

돌연 숲속에서 검은 그림자들이 뛰쳐나온다. 복면의 닌자 5인조다. 마치 때를 기다려 사냥감을 덮치는 흑표들과도 같다.

"헉!"

숨이 멎을 정도로 놀란 것도 순간, 사제와 수사는 반사적으로 몸을 돌려 기장성 쪽으로 달아나기 시작한다. 삿갓도 벗어던진 채다. 닌자들이 사나운 흑표들처럼 뒤쫓는다.

"신부님, 빨리!"

수사가 사제를 피신시키기 위해 손까지 잡아 끌고 뛴다. 조금만 달려가면 성채에 닿을 수 있다. 하지만 덩치 큰 사제에 늙은 수사이다 보니 뜀박질이 더디긴 둘 다 마찬가지다. 닌자들의 재빠른 발놀림을 당할 수 없다. 쫓는 자와 쫓기는 자의 거리가 자꾸 좁혀진다. 거의 따라잡힐 찰나, 위기일발의 순간이다.

"윽!"

맨 앞에서 뒤쫓던 닌자 하나가 갑자기 비명을 지르며 풀썩 고꾸라진다. 검은 등짝에 화살이 꽂혀 있다. 화살은 연속해서 닌자들을 향해 날아들며 여기저기 모래밭에 꽂힌다. 그와 동시에 숲속에서 모습을 드러낸 한 무리의 병력이 닌자들을 공격한다. 저마다 활을 쏘거나 칼을 휘두르며 돌진한다. 의병군 유격대의 출현이다.

"잇키다!"

닌자들이 다급히 외친다. 전혀 예기치 못한 상황이다. 느닷없이 등 뒤에서 나타난 '잇키'와 대적해야 할 판이니 더 이상 사냥감만 뒤쫓을 수 없다. 닌자들이 방향을 돌려 의병의 기습에 맞선다. 그 틈에 사제와 수사는 절체절명의 위기에서 벗어난다. 두 사람이 무사히 성채에 당도해 십자성호를 긋는다.

"오 하느님! 저희를 구하셨군요. 대체 이게 무슨 일이랍니까?"

두모포 바닷가에선 일전이 벌어진다. 조선 의병과 일본 닌자의 대결이다. 기습에 능한 의병군 유격대인 만큼 다들 활과 칼을 쓰는 솜씨가 기막히다. 그들 속에 용감한 돌산의 모습도 보인다. 돌산은 또 언제 그렇게 능숙한 활쏘기를 배웠는가, 동료 궁수들과 함께 연신 시위에 화살을 재어 날리는 품이 명궁이 따로 없다. 그들의 화살에 복면의 닌자 하나가 또 모래밭에 나뒹군다. 다른 닌자들이 검객답게 일제히 칼을 빼어들고 맞선다. 그들은 단검 던지기의 명수이기도 한지라 몇몇은 표창이나 수리검을 날려댄다. 어찌나 날카롭게 날아드는지 귓전에서 바람을 가르는 소리가 날 정도다. 의병 두엇이 그 표창과 수리검에 맞아 쓰러진다. 하지만 닌자들이 제아무리 칼을 잘 쓰고 단검을 잘 던지는 무예의 고수라 해도 중과부적인 상황이다. 다섯 닌자 중 둘이 쓰러진 판에 스물이나 되는 '잇키'를 당해낼 수는 없을 테다. 수적으로 밀린 닌자들이 뒷걸음치기 시작하더니 급기야 바닷가 반대편 야산으로 도주하고 만다.

"대장님, 추격할까요?"

돌산이 숨을 헐떡이며 묻는다.

"아니다. 이쯤에서 멈추고 우린 즉각 빠진다. 여긴 적진이어서 자칫하다간 우리가 당한다."

기습전 경험이 많은 의병 유격대장의 용의주도한 작전이다. 대장의 명령에 대원들이 일사분란하게 따른다. 다친 동료 몇몇을 들쳐 메고 서둘러 싸움터를 빠져나온다. 닌자들이 솔밭에 버리고 간 다섯 필의 말은 승리자의 전리품이다. 대장은 한편으로는 궁금하다.

'닌자 왜적들을 무찌르긴 처음이군. 한데 닌자들은 그 두 사람이 누구이기에 기를 쓰고 붙잡으려 한 걸까? 왜적들끼리 자중지란이라도 일어났나?'

자세한 내막을 알 길 없으니 그렇게 추측하는 선에서 궁금증을 접을 노릇이다. 돌산도 마찬가지다.

'기장성으로 피신해 들어간 두 사람은 누구지? 하나는 생김새가 좀 특이해 보이던데……. 누군지 모르지만 우리 덕분에 살아났군.'

돌산으로서는 본의 아니게 사제와 수사를 구해준 셈이다. 돌산은 그들이 누군지조차 모른다. 돌산이 웅천성에 포로로 잡혀 있었다지만 성안에서 그들과 대면할 기회는 없었다. '생김새가 좀 특이해 보이던' 그 인물이 바로 제 친한 동무인 을라수와 교분을 나누는 서쪽나라 사람 세스페데스라는 사실을 돌산으로서야 더더욱 알 까닭이 없다.

†

"저희의 불찰입니다. 두 분께 호위병이라도 붙여드려야 했는데."

"두 분께선 이제 안심하시고 마음을 가라앉히시기 바랍니다."

바닷가 산책에 나섰다가 사색이 되어 성채로 도망쳐온 세스페데스와 레온을 시몬과 다미아노가 위로한다.

"저희에게 이런 일이 벌어지다니 도무지 믿어지질 않는군요."

세스페데스는 아직도 놀란 가슴을 진정시키지 못한다. 일본군 닌자의 해코지를 엉뚱하게도 조선 의병이 막아준 역설적인 상황을 이해할 수 없다는 표정이다.

"울산 서생성에서 가토 기요마사가 밀파한 닌자 부대임이 틀림없소이다. 가토가 비밀 친위대로 부리는 심복 자객들이지요."

시몬이 단언하며 내뱉는다.

"이상한 건 그 자객들이 우리를 죽이려 했다면 멀리서 총이나 활을 쏴도 됐을 텐데, 굳이 우리에게 달려들었단 말입니다."

"신부님을 생포할 목적이었을 테지요. 가토의 계략일 겁니다."

"생포 계략이요?"

세스페데스의 반문에 이번에는 다미아노가 답한다.

"가토와 고니시, 두 다이묘 간에 권력암투가 있다는 건 신부님도 아실 겁니다. 가토는 거기에 신부님을 희생물로 끌어들이려는 꿍꿍이지요."

"저희를 정치권력 암투의 희생양으로 삼으려는 흉계가 무섭기만 하군요."

"두 다이묘의 앙숙 관계는 제가 잘 압니다. 저도 그 두 사람과 함께 선봉에 섰던 사람이니까요. 전쟁 초기에 두 사람이 한성을 먼저 점령하려고 경쟁했던 것부터가 그랬지요."

아들 다미아노의 말에 아버지 시몬은 한술 더 떠 푸념조로 나온다.

"이거야 원, 조선에서 우리 일본군끼리 싸우는 꼴 아닌가. 그러다 고라이(고려) 잇키들에게 당하기나 하고, 에잇!"

나이 든 시몬은 조선과 고려의 국호를 구분하지 않고 뒤섞어 말하는 때가 있다. 조선이 개국한 지 이백 년이 넘었건만 아직도 조선을 예전의 '고라이'로 관습적으로 부르는 일본인들이 있는데 시몬도 그중 하나다. 하기야 서양인인 세스페데스도 조선을 '코라이(Coray)'라고 부르는 터이긴 하다.

"아버님 말씀대로 우리 기장성이 어쩌다 이리 만만해졌는지 한탄스럽습니다. 조선 잇키들이 출몰하고 일본 닌자들까지 출현해 우리 집 앞마당에서 싸움을 벌이는 판이니 울화가 치밉니다."

젊은 다이묘인 다미아노가 잠깐 혈기를 부린다. 새파란 나이에 선봉장이 되어 용맹스럽게 황해도까지 치고 올라갔던 무장이니 그 본연의 기질이야 어떠할까만, 이제는 별수 없이 부산 바닷가 산성이나 지키는 초라한 성주일 뿐이다.

"대세가 그런 걸 어쩌겠냐. 우리가 여기까지 밀려 내려올 줄 누가 알았는가?"

부자지간의 대화가 무거운 방향으로 흐른다. 내내 잠자코 묵주만 굴리던 레온이 나선다.

"우린 기리시탄입니다. 오늘 같은 일도 하느님의 뜻으로 받아들이십시오. 마음이 어지러울 땐 기도를 올리세요."

"수사님의 말씀대로 하겠습니다."

다미아노가 레온을 향해 목례한다. 분위기가 다소 차분해진 듯하다. 시몬이 조심스럽게 세스페데스의 의향을 묻는다.

"신부님, 이제 어쩌시겠소? 서생성 가토에게 알려진 이상 안심할 수만은 없을 것 같소이다."

"저희는 내일이라도 서둘러 웅천성으로 돌아가겠습니다. 더 큰 불상사가 생기면 안 되겠지요."

세스페데스의 답변에 레온도 고개를 끄덕인다.

"아무래도 그래야겠지요. 이런 괴변으로 급거 귀환하시다니 안타깝소이다."

"저희도 아쉽지요. 그래도 기장성에 십오 일도 넘게 묵으며 복음을 전할 수 있어서 행복했습니다."

"편히 쉬지도 못하고 밤낮없이 애만 쓰다 떠나시는군요."

"이 땅에 저희가 편히 쉴 곳은 없습니다. 하늘엔 있지요, 허허!"

세스페데스가 와중에도 뜻 있는 농담을 흘린다.

"나중에 잠잠해지면 꼭 다시 오셔야 합니다. 저번에 신부님이 약속하셨어요."

"성탄절 방문 약속 말씀이시지요? 저도 그러길 바랍니다."

다미아노가 손님들을 위한 마지막 배려를 잊지 않는다.

"제가 두 분의 웅천성 귀환을 책임지겠습니다. 오실 때처럼 군선에 호위병들을 태워 두 분을 안전하게 모셔가도록 하겠습니다."

"감사합니다."

†

세스페데스 신부가 17일간의 위험한 부산 여행에서 돌아왔을 때 고니시는 본국에서 받은 신부에 관한 경고 편지로 고민하고 있었다. 그런 차에 신부가 부산에서 가토의 복면 자객들에게 습격까지 받았다니 큰 걱정이 아닐 수 없었다. 고니시는 어쩔 수 없이 가토의 음해공작 사실을 신부에게 알렸다. 신부가 크게 놀라 큰 눈이 흔들렸다. 가토가 자신을 노리는 것도 모자라 본국에까지 고자질을 했다니 몸서리가 쳐질 일이었다. 고니시가 어렵사리 말을 꺼냈다.

"신부님, 당분간 활동을 자제하셔야겠소. 성 밖 출입도 삼가주시오."

"아우구스티노 님의 말씀에 따라야겠지요."

신부는 순순히 수긍하지 않을 수 없었다. 뇌리에서 얼핏 생각이 스쳤다.

'카타콤바…….'

이제 또 다시 그 로마의 지하 무덤 속과도 같은 은둔과 밀폐의 시간이 이어질 터였다. 웅천성에 처음 도착해 겪었던 것처럼.

†

"신부님, 웬일인지 안색이 좋지 않으시군요."

을라수가 세스페데스의 짐을 받아 처소로 나르면서 방정맞게 떠든다.

"그럴 일이 있었다. 네가 자세히 알 건 없다."

"어쩐지 제가 밤마다 나쁜 꿈만 꾸었다니까요."

"내가 없는 동안 또 잡생각만 했나보구나. 밤마다 악몽을 꿨다니."

"신부님이 그리워서였겠지요. 좋은 꿈이 아니어서 좀 그랬지만요."

을라수는 양손에 큰 가죽가방을 들고 세스페데스의 뒤를 따르면서도 계속 방정을 떤다.

"어쨌든 고맙구나. 한 가지 너에게 할 말이 있다."

"뭔데요?"

세스페데스가 잠깐 뜸을 들인 뒤 입을 연다.

"당분간 내 방 출입을 금해라. 머잖아 내가 너를 다시 부를 때까지 말이다."

"예? 그럼 그때까지 교리공부는 어떻게 하고요?"

"그것도 잠시 쉬어야 할 것 같다."

"누가 우리를 감시하기라도 하나요?"

"……."

을라수는 눈치가 빠르다. 신부의 마음을 헤아려 더는 묻지 않는다. 다만 신부가 부산 쪽에서 결단코 무슨 사달을 겪었어도 단단히 겪었거니 하고 속짐작만 해본다.

  바람이 차다. 가을이 가고 겨울이 닥칠 모양이다.

†

분고(豊後) 출신의 기리시탄 무사는 전쟁 동안
수많은 조선 아이들이 부모를 잃고 죽어가는 것을 가슴 아프게 여겨
그 자신이 그런 아이들에게 세례를 주었다.
그들의 육신을 구제할 순 없었지만 영혼만은 구제하고자 했던 것이다.
이 일을 위하여 그는 허리에 물병을 찬 하인을 항상 데리고 다녔다.
이러한 방식으로 그는 이백여 명의 영혼을 하늘나라로 보냈다.
―《선교사들의 이야기(Historia de las misiones)》, 루이스 데 구스만

크리스마스 선물

사제가 은거에 들어간 지도 여러 날이다. 천수각 처소에서 두문불출이다. 기도와 묵상과 성서 읽기로 나날을 보낼 뿐이다. 옛날 수도원 시절의 수사로 돌아간 듯하다. 칩거 생활이 언제까지 이어질지 모른다. 앞날을 알 수 없다. 곧 겨울이 닥친다. 두 번째다. 코라이의 겨울은 남녘이더라도 지독하다. 계절조차 사제의 고통스러운 시간을 예고한다.

어느 날 저녁 세스페데스 사제는 옆방의 레온 수사를 불러 조용히 이야기를 나눈다. 수사 역시 은둔하는 처지이지만 사제보다는 그나마 낫다. 눈에 띄는 서양인의 외모를 지닌 사제에 비해 일본인인 수사는 행동에서 운신의 폭이 다소 넓다고나 할까.

"우리가 코라이에 온 지 일 년이 다 돼가는군요."

"전쟁터에서 그 일 년을 어떻게 보냈는지 아득하군요."

"우리를 향한 압박이 점점 심해지고 있어요."

"우리에게 친구는 없는 걸까요?"

새삼 위기감이 든다. 부산으로 포교 여행을 떠났다가 닌자들의 습격을 받게 된 뒤로 근신하는 중이고, 자신들의 유일한 보호막인 아우구스티노는 본국으로부터 경고 편지를 받고 있는 상황이다. 이러다가 느닷없이 도요토미 히데요시 앞으로 끌려가 처벌을 받게 될지도 모른다. 조선 의병군의 출몰도 잦은 만큼 행여 그들에게 잡혀 조선의 정부 관리에게 넘겨져도 큰일이긴 마찬가지일 것이다. 사방에 적뿐인 셈이다. 세상이 온통 자신들을 노리는 것만 같아 무섭다.

'선배 사제들이 이름도 모르는 곳곳의 선교지에서 피를 흘렸듯이 만약에는 나도 이 코라이 땅에서 순교를 각오해야 하는 것인가.'

순간적으로 사제의 얼굴에 스친 비장한 표정을 늙은 보좌수사가 놓치지 않는다. 나름 위로까지 한다.

"신부님, 저와 함께 묵도하시지요. 다 하늘의 뜻입니다."

"그러십시다."

사제와 수사가 묵상기도에 들어간다. 벽 정면에 걸린 십자고상이 그들을 내려다본다. 촛불만 홀로 고요히 타오른다. 방안이 어찌나 조용한지 황초 심지에서 불꽃 튀는 작은 소리까지 들릴 정도다. 이윽고 기도가 끝나고 사제가 차분히 입을 뗀다.

"을라수 얘긴데요……, 사실 수사님을 부른 것도 그 아이 문제를 상의하고 싶어서였어요."

"신부님이 그 아이를 어쩌시려고요?"

"내 생각을 말씀드리지요. 을라수를 내 손으로 이 성에서 내보내주고 싶어요."

"예? 그 아이는 포로이잖습니까?"

"이 긴박한 상황에서 만약 우리가 어떻게 되기라도 한다면 을라수는 어찌되겠어요. 그 아이는 또 무슨 수를 써서라도 성을 탈출하려고 할 겁니다. 그 아이의 눈빛이 그걸 말하고 있어요."

"저도 그 아이의 속마음을 알고는 있습니다만……."

"을라수가 우리 곁에서 일도 많이 거들고 가까이 지냈는데 우리가 그 아이를 보살펴야 하지 않겠어요? 더구나 그 아이는 내 가르침을 받았어요."

"저도 동감입니다."

"이제 우리가 그의 육신과 영혼을 자유롭게 해줍시다. 이 또한 하느님의 뜻 아니겠어요."

사제의 말에 수사는 연방 고개를 끄덕인다. 궁금한 점도 있긴 하다.

"그런데 어떻게 석방하시려고요?"

"뭐, 석방한다기보다는……, 억울하게 포로가 되었으니 다시 제 나라 땅으로 돌아가게 하는 것이지요."

"그렇긴 해도 우리 힘으로 어떻게 그 아이를 풀어준다는 말씀인지?"

수사가 거듭 의구심을 나타낸다. 사제가 이미 가다듬은 생각이 있었던 듯 답변을 꺼낸다.

"이 문제로 조만간 아우구스티노 다이묘를 면담하려고 합니다."

"이번에도 고니시 다이묘님에게 부탁하신다고요?"

"달리 방도가 없군요. 만나서 마음을 터놓고 상의하겠습니다. 지난번에 그 아이를 마구간으로 데려오기 위해 면담했던 것처럼 말이죠."

사제는 끝으로 수사에게 면담 요청과 관련해 아우구스티노 쪽에 연락을 취해줄 것을 부탁한다. 일본인 수사여서 처소 밖 출입을 하더라도 남의 이목에 크게 구애되지 않을 것이기 때문이다. 이럴 땐 단박에 눈에 띄는 자신의 서구인 외모가 원망스러운 사제다.

†

요즘 을라수는 고립무원의 처지를 절감한다. 신부와 단절돼버린 시간이란 이다지도 막막한가. 낮엔 그나마 마구간 치다꺼리를 하느라 여념이 없다. 그러다가도 밤이 되면 엄습하는 외로움과 불안감을 감당할 길이 없다. 교리도 외워보고 기도도 해보지만 도무지 생각만 뒤얽히는 게 갈피를 잡을 수 없다. 그럴 때 을라수는 찬바람 부는 천수각 주변을 서성이며 신부의 처소나 올려다볼 뿐이다. 밤늦도록 묵도라도 올리는지 신부는 아직도 방에 촛불을 밝히고 있다. 창밖으로 새어나오는 불빛이 을라수의 마음처럼 흐릿하고 희미하다.

'신부님은 어찌될까? 난 또 어찌되는가?'

†

주일 저녁에 칩거 중인 처소에서 세스페데스 사제가 레온 수사의 보좌를 받아 미사를 집전한다. 유일한 신자로 아우구스티노가 참석해 있다. 사제가 수사를 시켜 조용히 그를 초대한 터다. 미사에 초청하는 형식으로 그와 자연스럽게 면담 자리를 마련한 것은 사제의 뜻에 따른 것이다. 이윽고 세 사람만의 주일 저녁 미사가 끝난다. 아우구스티노가 사제와 수사에게 위로의 말을 건넨다.

"두 분에게 답답한 생활을 하게 해서 죄송합니다. 내 본의가 아니니 너그러이 이해하시고 당분간만 근신해 주시오."

"괘념치 마십시오. 저희는 이런 생활에 익숙합니다. 저희보다도 다이묘께선 요즘 어찌 지내시는지요?"

세스페데스의 말에 아우구스티노의 낯빛이 흐려진다.

"답답하고 초조하긴 나도 마찬가지외다. 종전을 위해 내 나름 백방으로 노력하곤 있으나 지지부진하니 답답한 노릇 아니오. 명나라에 보낸 강화사절 조안은 아직도 소식이 없어요. 올해도 다 가는데 내년 봄에나 소식이 있을지……."

아우구스티노는 한숨을 내쉰다. 그는 요즘 조선 측과의 강화협상 회담을 준비하는 일로 바쁘다고 했다. 창원 마산포 쪽에서 조선 경상우병사 김응서(金應瑞)를 직접 만나야 한다고 했다. 회담 의제, 접촉 일시와 장소 등을 조율하느라 핵심 참모들과 함께 연일 숙의하는 중이라고 했다.

아우구스티노가 자신의 근황을 설명한 뒤 화제를 돌린다.

"그레고리오 신부님, 칩거에 들게 해서 미안한 마음이오. 애로 사항이 있으면 말씀하시오. 내가 도우리다."

세스페데스에게는 들던 중 반가운 소리다. 아닌 게 아니라 도움을 청하고 싶은 게 있던 차다. 자신에 관한 것이 아니고 바로 을라수에 관한 문제다.

"아까도 말씀드렸습니다만, 저희는 은거하는 생활이 불편하지 않습니다. 다만 저희를 가까이 따르는 마구간지기 아이 하나가 있는데 그 아이에 관하여 부탁의 말씀을 드리고자 합니다."

세스페데스의 말에 아우구스티노가 아는 척을 한다.

"신부님이 보살피고 있는 그 조선인 포로 얘기 아니오?"

"그렇습니다. 그 아이는 단순한 포로가 아닙니다. 제가 틈틈이 가르쳐 이젠 교리에 눈이 뜬 아이입니다."

"신부님이 수고 많으셨소. 그런데 무슨 문제가 있는 것이오? 그 아이를 더 가르치기 힘들면 쓰시마에 있는 내 딸 마리아에게 맡기거나 본토 나가사키 예수회로 보내도 될 터인데……."

아우구스티노는 언젠가 했던 말을 또 꺼낸다. 세스페데스가 잠깐의 침묵 끝에 입을 연다.

"다이묘님, 그 마구간지기를 성에서 풀려나게 해주시길 청합니다. 그 아이를 가르친 신부로서 그의 영육에 자유와 휴식을 주고 싶습니다."

아우구스티노가 눈을 크게 뜬다. 예의 그 송충이 눈썹이 움찔한다.

"조선인 포로를 풀어주잔 말이오? 포로는 우리의 적군이오."

세스페데스의 목소리는 차분하다.

"그 아이는 원래 민간인이었는데 억울하게 붙잡혀 포로가 되었습니다. 그가 자유의 몸이 돼야 하는 중요한 이유도 있습니다."

"그게 무엇이오?"

"그 아이는 장차 하느님의 자녀가 될 것입니다. 제게는 소중한 아이이지요. 사제로서 기리시탄 다이묘님께 간청합니다. 부디 그를 포로로만 보지 마시고 신앙 차원에서 생각해주시기 바랍니다."

"말씀은 가슴에 와 닿소만……."

아우구스티노는 곤혹스러운 눈치다. 그러나 세스페데스의 뜻이 간곡하다.

"다이묘님, 저 또한 앞날을 예측할 수 없습니다. 심지어 닌자들에게까지 표적이 된 마당이니 제 목숨도 위험합니다. 행여 제가 어찌되기 전에 그 아이가 풀려나는 걸 보고 싶습니다. 포로나 노예를 해방하는 것은 하느님의 말씀을 따르는 일입니다."

"흠, 하느님……."

아우구스티노는 기리시탄으로서 사제의 말을 흘려듣기가 어렵다. 오히려 마음에 큰 자극을 받는다. 그는 눈을 감고 고민한다.

'성안에는 많은 조선인 포로들이 있다. 신부의 소원대로 그까짓 포로 하나쯤 풀어준다고 해서 대수일까. 신부가 은혜를 베풀어 교리까지 가르친 아이라는데…….'

아우구스티노는 사제의 부탁을 거절할 수는 없다고 생각한다. 그 자신도 오타 줄리아, 권가회 비센테 같은 조선 아이들을 일본으로 보내 기리시탄이 되게 하지 않았던가. 한참동안 고민에 빠져 있던 그가 불쑥 내뱉는다.

"그레고리오 신부님, 그 아이 문제는 알아서 하시오. 솔직히 말하면 지금 중차대한 시국인데 그런 일로 신경 쓰고 싶지 않소."

의외의 선선한 승낙이다. 세스페데스와 레온의 얼굴에 희색이 돈다.

"저희의 청원을 들어주셔서 고맙습니다."

"난 모르는 체할 테니 조용히 아이를 내보내시오. 참모나 부하들이 알면 나도 곤란해지니."

아우구스티노는 마지막 당부의 말을 남기고 자리를 뜬다. 세스페데스와 레온이 그를 처소 밖까지 배웅한다. 밤공기가 차갑지만 마음은 안온하다. 행복한 주일 저녁이다. 사제와 수사의 표정이 그렇다.

"곧 크리스마스인데 을라수에게 좋은 선물이 될 것 같군요."

"성탄의 은총입니다."

†

부산 두모포 기장성에서 세스페데스 신부의 두 번째 방문을 요청하는 서신 연락이 왔다. 구로다 조스이와 구로다 나가마사 부자가 시몬과 다미아노라는 기리시탄 이름으로 띄운 글월이었다. 해가 가기 전에 자기네 성채에 다시 왕림해 고통 받는 자신들을 위로해 달라는 내용이었다. 세스페데스는 지난번 그들에게 한 약속을 상기한다. 하지만 근신 중에 웅천성을 떠날 수는 없다. 그렇다고 기장성의 요청을 외면할 수도 없는 노릇이다.

'이를 어쩌지?'

세스페데스는 궁리 끝에 레온을 불러 사정을 말한다.

"수사님, 나보다 처지가 자유로우니 나를 대신해 부산 기장성에 다시 한 번 다녀오세요. 크리스마스 때 방문하겠다는 약속을 지키고 싶군요."

"그러지요."

"수사님이 기장성으로 출발하는 날에 또 한 가지 중요한 일이 있어요."

"무엇인지요?"

"을라수에 관한 일입니다."

"을라수요?"

레온의 늙수그레한 얼굴이 잠시 일그러진다. 궁금해 하는 레온을 위해 세스페데스가 길게 설명을 늘어놓기 시작한다. 레온은 다 듣고 난 뒤 맞장구를 친다.

"그 방법이 좋겠군요. 신부님의 계획에 따르겠습니다."

세스페데스가 말을 덧단다.

"우리가 코라이에서 크리스마스를 맞게 된 것도 신의 뜻이겠지요."

"그렇겠지요."

"수사님, 작년 크리스마스 생각나세요?"

"무슨 끔찍한 말씀을! 두 번 다시 생각하기 싫네요."

두 사람은 지난해 크리스마스를 앞두고 조선으로 건너오다 폭풍을 만나 죽을 뻔했던 기억을 떠올리며 새삼 넌더리를 낸다. 곧 크리스마스가 다가온다. 전란의 회오리에 휩쓸린 이 땅, 환란을 당한 이 땅의 사람들에게는 아무런 상관도 없는 날일 따름이지만……. 사제는 기도한다.

'코라이의 불행한 크리스마스이지만 을라수 그 아이에게 성탄의 축복을 내리시길…….'

†

울산 서생성의 가토 기요마사는 기리시탄 신부를 체포하는 데 실패하고 돌아온 닌자들에게 다시 몇 가지 강력한 명령을 내렸다.

"그 서양 사교도를 사로잡되, 여의치 않을 땐 죽여도 무방하다."

"서생성, 기장성, 웅천성 일대에 잇키의 출몰이 잦으니 너희 닌자들은 독자적으로 행동하지 말고 조총수를 데리고 다녀라."

가토는 개탄의 소리도 높였다.

"아, 답답하구나. 일찍이 함경도에서 조선의 왕자들을 사로잡은 자랑스러운 우리 군대 아니더냐. 그런데 코앞 웅천 땅에 숨어있는 그깟 사교도 놈 하나를 못 잡는다는 말인가."

닌자들은 얼굴이 벌게져 몸 둘 바를 찾지 못했다. 가토가 특별히 아끼는 '인간병기' 닌자는 이제 겨우 셋으로 줄어 있었다. 닌자 다섯이 부산 두모포에서 의병의 기습에 걸려 신부를 생포하기는커녕 둘이 죽고 셋만 살아 돌아왔다는 보고를 받았을 때 가토는 얼마나 상심했던가.

†

크리스마스를 사흘 앞둔 저녁. 사제 세스페데스의 천수각 처소는 작은 성전이 된 듯하다. 조촐한 제단이 거룩히 꾸며지고, 제대 뒷벽에 걸린 성화는 유난히 밝게 타오르는 황촉 불에 광채를 띤다. 이 밤에 조선 청년 을라수가 수사 레온에게 몰래 이끌려 사제의 방을 찾은 터다. 사제가 은거에 들어간 뒤 처음이다.

"넌 내일 새벽 이 성을 나가거라."

"예?"

사제의 돌연한 말머리에 을라수가 느닷없이 놀란다.

"네가 꿈꾸던 웅천성 탈출 아니냐. 내일 새벽 수사님이 기장성으로 다시 전교 여행을 떠나는데, 그때 네가 수사님의 말구종으로 따라나서 성문을 나가면 된다."

"수사님의 말구종요?"

을라수는 여전히 놀란 눈으로 레온 쪽을 바라본다.

"이따 마구간으로 돌아가거든 튼튼한 말 한 필 골라 놔라."

"말을 준비하라고요?"

"너도 알다시피 나는 근신 중이어서 성 밖으로 나가지 못한다. 네가 수사님을 따라 성문을 빠져나가면 그 뒤에는 수사님이 알아서 할 것이다. 내일 새벽 넌 육신도 정신도 더불어 자유다."

"신부님······."

을라수가 울컥한다.

"내가 네게 주는 크리스마스 선물이다. 너와 헤어지는 건 슬프다만······."

사제도 목이 메는 것 같다.

"내 앞날도 알 수 없다. 이곳을 떠나게 될지 어떨지······."

사제를 대신해 수사가 조선말을 섞어가며 좀 더 설명을 잇는다.

"너도 어렴풋이 눈치 챘겠지만 우리의 정체를 알아낸 경쟁 세력이 정치적 음모를 꾸미며 우리를 노린다. 나보다 신부님이 위험하다. 신부님은 행여 불행한 일이 닥치기 전에 너를 내보내려는 것이다. 내일 새벽 성문 통과도 문제없을 테니 넌 걱정 말고 나를 따라나서기만 하면 된다."

"예, 수사님."

을라수는 마음을 진정할 수 없다. 형언키 어려운 감정이 밀려와 사제와 수사를 향해 더벅머리만 숙일 뿐이다. 그의 머리 위로 황초 불빛이 너울거린다. 사제가 다시 차분히 묻는다.

"너를 떠나보내기 전에 네게 세례를 주고 싶다. 받겠느냐?"

"받겠사옵니다."

을라수가 목소리를 떤다.

"그럼 넌 하느님을 섬기는 이름을 가져야 한다. 어떤 이름이 좋겠느냐?"

"제가 알 수 없사옵니다."

"그렇겠지."

"제게 이름을 내려주옵소서. 전 다만……."

을라수가 머리를 들고 눈빛을 반짝인다. 배우지 못했어도 총명한 구석이 있는 그다.

"할 말 있거든 하여라."

"저는 신부님을 잊지 못할 것입니다. 제 마음속에 언제나 신부님을 떠올릴 수 있는 그런 이름이라면 좋겠습니다."

"네 생각이 그러하다면……."

사제가 곰곰 생각하다 말한다.

"그레고리오. 내 이름을 따는 게 어떻겠느냐?"

을라수가 크게 눈을 번쩍인다.

"신부님의 존함을요? 영광이옵니다만, 감히 제가 그리해도 되겠습니까?"

"나도 코라이에서 네게 내 이름을 남기게 돼 기쁘다. 이제 넌 그레고리오다. 난 에스파냐의 그레고리오, 넌 코라이, 조선의 그레고리오!"

사제의 얼굴에 희색이 넘친다. 옆에서 수사도 빙긋 웃는다. 을라수는 적잖이 당혹스럽다. 사제의 방을 몰래 드나들던 지난날이 뇌리를 스친다.

"을라수 그레고리오에게 세례를 준다."

사제의 말이 떨어지자 수사가 준비를 한다. 영세 의식은 약식이어서 많은 시간이 걸리지는 않는다. 사제가 을라수에게 간단히 교리에 대한 문답을 한 뒤 그의 이마에 물을 흘려 붓고 성유를 바르는 것으로 끝이다. 을라수는 무릎을 꿇은 채 꼼짝도 하지 않는다.

"인 노미네 파트리스 에트 필리 에트 스피리투스 산크티(In nomine Patris et Filii et Spiritus Sancti, 성부와 성자와 성령의 이름으로)······."

사제는 라틴어 성호경을 외는 것으로 간결한 축도를 마친다. 그러고는 곁에 놓인 궤를 뒤지는가 싶더니 작은 물건 하나를 꺼내 을라수에게 건넨다. 누런색 금박에 알록달록 기이한 문양이 새겨진 조각이다.

"을라수 그레고리오, 이제부턴 이걸 목에 걸고 다녀라."

"하느님의 징표 아닙니까?"

을라수가 신기한 듯 두려운 듯 바라본다. 가느다란 줄이 달린 황금색의 작은 나무십자가 목걸이다.

"십자가다. 사랑의 상징일뿐더러 죽음과 고통의 상징이기도 하다."

사제의 말뜻을 헤아리기가 어렵다. 을라수는 그저 그것을 고이 받아

목에 걸고 두터운 옷깃을 여며 덮는다.

"기쁠 때도 힘들 때도 네 가슴의 십자가를 떠올려라."

"예."

을라수는 현기가 인다. 지금 일어나고 있는 일들이 꿈만 같다. 모든 게 환각처럼 느껴진다. 촛대에서 일렁대는 촛불까지 눈앞에서 어지러울 지경이다.

"그레고리오! 넌 이제 성을 나가면 무엇을 하겠느냐?"

을라수의 환각을 깨듯 사제의 음성이 울린다.

"의병이 될까 합니다. 전 오갈 데 없는 혼자 몸입니다."

을라수의 답변은 사제에게 의외다. 사제의 푸른 눈동자가 잠깐 흔들린다.

"의병? 코라이 민병이 된다는 얘기냐?"

"그렇사옵니다. 제가 의병이 되는 것에 대해 신부님은 어떻게 생각하십니까?"

"난 종전이 되어 코라이 땅에 평화가 깃들기를 기도해왔다. 네가 코라이 사람으로서 의병이 되고자 한다면 난 말리지 않겠다. 의병의 싸움은 평화를 위한 정의로운 싸움이기 때문이다."

"신부님 말씀에서 용기를 얻어 반드시 의병이 되겠습니다."

을라수는 사제에게 깊이 고개를 숙인다.

"하느님은 살육과 파괴의 전쟁을 원치 않는다. 하지만 정당하고 정의로운 싸움까지 원치 않는 건 아니다."

"그 가르침 꼭 새기겠습니다."

"나도 코라이 민병 을라수 그레고리오를 위해 기도하겠다. 내 기도가 하나 더 늘어나게 됐구나."

사제는 지그시 푸른 눈을 감는다. 수사는 아까부터 묵상하듯 잠자코 두 사람의 대화를 듣기만 하는 터다. 방 안에 정적이 감돈다. 얼마 후 어색한 적막감이 들었는지 사제는 슬그머니 농담을 던진다.

"그럼 이제 나는 너의 적이 되는 셈이구나. 난 지팡 군대 신부, 넌 코라이 민병대 전사, 허허!"

사제가 우스개를 부리자 을라수도 천연덕스럽다.

"신부님은 제 은인이신걸요. 제가 의병이 되면 신부님을 해치려는 왜군들부터 쫓아드리지요."

"허허, 말이라도 고맙구나. 사실은 말이다. 우린 두모포에서 우연히 코라이 민병들의 도움을 받은 적이 있단다. 그 의병들이 우리의 목숨을 구한 셈이지. 수사님, 안 그래요?"

사제가 수사 쪽을 돌아본다. 수사는 말없이 고개를 끄덕인다.

"예? 조선 의병들이 두 분을 구해주다니 그게 무슨 말씀이세요?"

을라수가 눈을 크게 뜬다. 사제는 지난번 부산 두모포 기장성에서 겪은 일에 대해 잠깐 얘기한다. 그때 울산 서생성의 닌자들에게 쫓기던 중 의병들의 출현으로 구사일생 목숨을 건졌던 그 이야기다.

"아하, 짐작은 했는데 두 분께 실제로 그런 일이 있었군요."

을라수가 연유를 알고는 더벅머리를 끄덕인다. 하지만 그 의병부대에 제 동무인 돌산이 끼어 있었다는 사실을 알 리는 없다.

어느새 사제는 진지한 표정으로 돌아와 있다. 그가 푸른 눈빛을 쏜다. 누런 황초 불에 얼비치는 그의 푸른 눈동자는 신비감마저 자아낸다. 을라수는 당돌하리만치 사제를 응시한다. 영영 못 볼 얼굴이기에.

"수난 중에 계신데 저만 떠나게 돼 가슴이 아픕니다. 그레고리오……, 데……, 세스페데스 신부님! 만수무강하옵소서."

을라수가 갑자기 자리에서 일어나 큰절을 올린다. 조선식 예법을 차리는 을라수 앞에서 사제는 감정을 억누르는 눈치다. 그러더니 자신도 을라수를 흉내 내어 에스파냐식 작별인사로 받는다.

"김……, 을라수……, 그레고리오, 아디오스 아미고!"

세스페데스가 다가와 두 팔로 을라수의 어깨를 감싼다. 한쪽에서 이를 지켜보던 레온이 고개를 돌려 슬그머니 눈가를 훔친다. 평소 무표정할 뿐 좀체 감정을 드러내지 않던 늙은 수사가 웬일로 오늘 밤엔 슬프기라도 하단 말인가.

†

싸락눈 날리는 첫새벽.

어둠이 채 가시지 않은 웅천성에서 두 검은 그림자가 소리 없이 빠져나온다. 하나는 말을 탄 채, 다른 하나는 그 말의 고삐를 잡은 채다. 수사 레온과 포로 을라수다. 레온의 말구종 행세를 하여 을라수가 웅천성을 탈출하는 순간이다.

두 사람이 성을 나가는 데 문제는 없었다. 예상한 대로였다. 성문과 성루를 지키던 파수병들은 미리 상부의 명령을 받아 두 사람을 제지하지 않고 통과시켰다.

그 새벽에 사제는 근신 중인 처소에서 촛불을 밝히고 묵상한다.

'코라이 그레고리오, 김을라수! 성탄의 은총 속에 떠나는구나. 바벨론 성과도 같은 이 압제의 웅천성에서 어서 벗어나거라. 나 또한 갇힌 몸이니 배웅도 못 하는구나. 난 이제 너마저 없이 홀로구나.'

†

레온이 을라수를 데리고 무사히 성문을 빠져나와 얼마만큼 멀어진 때다. 조용한 솔숲 길에 이르러 레온이 을라수에게 말을 멈추도록 한다.

"고행의 길을 걷는 수도자로서 말이나 타고 편하게 다니지 않겠다고 다짐했는데, 어쩔 수 없이 말을 타게 됐구나. 나를 여기서 내려다오."

"여기에서요?"

을라수가 말고삐를 당기며 레온을 올려다본다. 사위는 아직도 어둡다. 동이 늦게 트는 겨울의 새벽에 눈까지 내리니 인적도 없이 호젓하기만 하다.

"나도 신부님의 지시에 따를 뿐이다."

레온이 말에서 내리며 계속 나직하게 속삭인다.

"이제 이 말을 탈 사람은 너다."

"예?"

"보는 사람도 없으니 넌 여기서 이 말을 타고 빨리 달아나라. 나도 이제 너와 작별이다."

늙은 레온의 쉰 목소리가 어둠속에서 흘러나온다. 을라수는 이미 안다. 세스페데스 신부가 자신에게 왜 말을 준비시켜 레온의 말구종으로 꾸미게 했는지를.

"그럼 수사님은요?"

"난 저 아래 선착장에서 배를 타면 된다. 지금쯤 나를 데려갈 배가 도착해 있을 게다."

레온이 웅천성 아래 선착장 쪽을 손으로 가리킨다. 이제 그는 사제를 대리해 성탄 미사를 집전하러 부산 기장성으로 떠나야 한다. 지난번 전례 여행 때와 마찬가지로 그를 태워가기 위해 기장성에서 배를 보내왔을 터이다.

그 시각에도 사제는 홀로 촛불 밝힌 방에서 묵도를 이어간다.

'김을라수 그레고리오, 이 새벽 어둠살 걷히고 아침 빛살 퍼질 때 세상은 너를 자유케 하리라. 이제 너는 포로도 노예도 아니다. 날이 새면 그걸 느끼리라. 그러니 자유로이 가라.'

†

마침내 을라수가 새벽 어둠 속에서 말에 오른다. 마구간지기가 스스로 말안장에 앉아 말을 몰게 되니 기분이 묘하다. 지난 봄 동료 포로들과 함께 말을 훔쳐 타고 도망치기로 모의하기도 했는데 결국 말을 타고 탈출하게 되다니, 마구간지기가 된 것도 하늘의 뜻이었는가.

"수사님…!"

을라수가 말을 출발시키려다 말고 고개를 돌린다. 떨리는 목소리다.

"어서 가라니까."

레온이 재촉하는 시늉을 한다.

"수사님께 해드리고 싶은 말이 있어요. 수사님은 왜국 사람인데도 왜병들처럼 무섭지 않아서 좋았어요."

"그 말이 하고 싶었던 게로구나. 신부나 수사는 하느님의 평화를 위해 기도하는 사람이다. 우리 같은 사람들의 나라는 이 세상에 속하지 않는다. 나를 어느 나라 사람이 아닌, 어떤 사람인지로 기억하려무나."

"……."

새벽 눈발이 굵어진다. 을라수가 말 위에서 옷깃을 세운다. 목덜미에 달라붙는 눈송이 때문에 선득선득하다.

"수사님, 그동안 고마웠습니다. 신부님의 은혜와 함께 수사님의 은혜도 잊지 않겠습니다."

을라수가 힘껏 말을 달려 나아간다. 질주하는 말의 속도감에 더불어 해방의 희열이 밀려온다.

'아, 웅천 왜성을 탈출하는구나.'

을라수가 임진년 여름 왜군에 잡혀 계사년과 갑오년을 꼬박 보냈으니 포로생활을 한 지 햇수로 3년, 세스페데스 신부를 만난 지 1년 만이다.

눈발 날리는 하늘이어서 동트는 것도 늦다. 말은 희부연 어둑새벽을 뚫고 내닫는다. 을라수는 갈 곳이 있다. 만날 사람이 있다.

'돌산! 돌산을 찾아가자.'

†

'주님, 당신이 언제나 침묵하고 계시는 것을
원망하고 있었습니다.'
'나는 침묵하고 있었던 게 아니다.
함께 괴로워하고 있었다.'
− 《침묵》, 엔도 슈사쿠

흩날리는 벚꽃

"돌산아!"

"을라수야!"

얼마만의 재회인가. 을미년 새해 벽두. 낙동강변에서 만난 둘은 오래도록 얼싸안는다. 낙동강 하류의 얼음이 조금씩 갈라져 강물에 떠다니는 때다. 강가 갈대숲에서 이따금씩 얼음 꺼지는 소리가 들린다.

을라수가 낙동강 유역 의병군을 수소문해 돌산을 찾아내는 일은 그리 어렵지 않았다. 역시나 을라수의 예상대로였다. 왕년의 '임진 의병' 돌산은 지금도 의병이다.

"너 아주 딴사람이구나. 허리에 칼 차고 등에 활 메고······."

을라수는 의병으로 변모한 돌산의 의젓한 모습을 신기해 하는 눈으로 바라본다. 더 이상 왜성에 포로로 잡혀있던 돌산이 아니다.

"난 그때 포로수송선에서 구출되고 나서 다시 의병에 들어갔지."

지난해 갑오년 봄 웅천성에서 포로수송선에 실려 왜국으로 끌려가다가 천만다행이게도 조선 수군의 출동으로 바다 한가운데서 가까스로 구출됐던 돌산이다. 돌산은 잠깐 다른 동무들에 대한 뒤늦은 소식도 전한다. 옹기장이 말질복, 석수장이 춘달, 그 둘은 끝내 왜국으로 끌려갔고, 장사꾼 검칠은 수송선에서 왜병들에게 대항하다 목숨을 잃었다는 이야기다. 을라수에게는 뜻밖의 뒤늦은 비보가 아닐 수 없다.

"검칠이 죽어? 그때 검칠도 돌산 너와 함께 구출되었으려니 여겼는데……."

을라수가 말끝을 잇지 못한다. 당시 왜군 수송선에 혼자만 따로 실리는 바람에 다른 수송선에 태워진 동무들의 상황을 정확히 알 수 없었던 그다.

"검칠의 죽음이 원통했지."

"죽고, 끌려가고, 살아남고……. 우리의 운명이 제각각이구나."

"그건 그렇고, 너야말로 어떻게 왜성을 탈출한 거냐?"

돌산은 을라수 쪽이 궁금하다. 아까 을라수가 느닷없이 눈앞에 나타났을 때부터 적이 놀란 터다.

"왜적의 성에도 의인이 숨어 계시더구나."

"의인?"

"내겐 의인이며 은인이지. 그분의 도움으로 성을 나올 수 있었어. 내가 그분을 만난 건 하느님의 뜻이라고 생각한다."

을라수의 말에 돌산이 고개를 끄떡인다.

"누군지 짐작이 간다. 언젠가 잠깐 귀띔했던 네 스승이라는 그 사람이구나. 네게 무슨 새로운 교리를 가르쳤다는……."

"맞아. 서역 먼 나라 에스파냐에서 온 신부님인데 왜국에 머물다 조선에 잠입했지. 그땐 비밀이어서 너한테도 자세히 말할 수 없었다. 그 점은 지금도 미안해."

"미안하긴. 아무튼 네가 왜성을 무사히 탈출해 기쁘고, 이렇게 나를 수소문해 찾아와주니 반갑다, 동무야."

돌산은 어깨에 멘 전통의 화살이 덜거덕거리도록 상체를 흔들어 젖히며 흔연스럽게 껄껄 웃는다. 호방한 기상에 더불어 제법 도량도 갖춘 게 일찍이 '임진 의병'이었던 그답다.

돌산이 속한 의병군은 기동성을 발휘해 유격전을 펼치는 부대였다. 경상도 의령 출신의 의병장으로 관군을 지휘하고 있는 곽재우(郭再祐) 장군의 명령체계에 따른다고 했다. 그러고 보면 돌산은 영남과 호남에서 두루 의병에 참여한 셈이었다. 애초 임진년에는 전라도 의병장 고경명(高敬命)의 휘하에 들어갔고, 지금 을미년에는 경상도 '천강 홍의장군' 곽재우의 휘하에 들었으니, 그게 바로 돌산이었다.

"너 참 대단하다. 남들은 난리를 피해 숨고 도망치기 급급한데 넌 어떻게 두 번씩이나 의병으로 나설 생각을 했냐?"

을라수가 진심에서 묻는다. 막상 돌산은 덤덤하다.

"나 같은 농투성이가 그 잘난 벼슬아치 양반 나리도 아니고 뭔 대단한 우국충정이 있겠냐. 그저 우리가 농사짓는 땅, 고기 잡는 바다를 왜적들이 차지하고 있으니 우리 백성들이 스스로 나서서 쫓아내야 하는 것뿐이지."

"그게 말이 쉽지 아무나 할 수 있는 일이냐. 너 같은 백성들이 있어

이만큼이라도 왜적을 밀어낸 것 아니냐."

"이제 여기 경상도 바닷가만 남았다. 가덕, 웅천, 거제, 동래, 부산, 울산, 어디 할 것 없지 않느냐. 그 수두룩한 왜성들이 문제다."

"난 왜성이라면 몸서리가 쳐진다."

을라수가 부르르 몸을 떤다.

"적들의 성이 높고 단단해도 우린 싸울 것이다. 왜병들이 우리 동네 바닷가를 활보하게 내버려둘 수는 없다."

돌산의 기개가 자못 높다. 을라수는 돌산이 믿음직스럽다. 돌산을 찾아오길 잘했다는 생각이 든다.

"실은 너와 의논하고 싶은 게 있다. 너를 찾아온 것도 이 때문이다."

"뭐든지 말해라. 넌 내 동무다."

돌산의 시원스러운 태도에 을라수도 말을 지체하지 않는다.

"그래, 난 네 동무다. 그래서 나도 의병에 가담하려고 이렇게 너를 찾아왔다. 나도 싸우겠다. 난리판에 오갈 데도 없는 내가 따로 무슨 할 일이 있겠냐."

"네가? 음……."

을라수의 진지한 말투에 돌산이 고개를 끄덕거린다.

"난 적들의 성에서 살아남기 위해 적들의 비위를 맞추기도 했다. 속죄하는 뜻에서라도 의로운 일을 하고 싶다."

"잘 생각했다. 너를 환영한다. 우리 의병 대장과 대원들도 크게 반길 거다."

돌산은 희색만면하다. 을라수도 뿌듯한 마음이다.

"나를 환영해주니 고맙다."

"내가 고맙지. 의병을 불러 모으기 힘든데 네가 자청하고 나서니 말이다. 요즘은 임진년 같지가 않아."

"아무래도 왜란 초기 같진 않겠지."

"요샌 고을에서 의병 모집을 알리는 동네북, 동네징 소리도 없고, 북소리나 징소리를 듣고 모여들 사람도 없어. 기존 의병들도 해산해 고향 집으로 돌아가거나 관군에 편입되는 현실이지."

돌산이 씁쓸한 표정을 짓는다. 아닌 게 아니라 전국에서 기치창검도 의연했던 '임진 의병'은 이제 와서 대부분 흩어지고 드높이 타올랐던 구국투쟁의 불길도 어느 정도는 사그라진 상태였다. 바야흐로 강화 협상이 진행되고 전투는 소강 국면에 접어든 판국이었다.

"돌산, 네가 있어 용기가 솟는다."

"을라수, 나도 네가 있어 힘이 난다. 이제 우리는 동지다. 같이 싸우자."

돌산과 을라수가 손을 굳게 잡는다. 강가에서 얼음장 갈라지는 소리가 다시 들린다. 경상도 남녘 바다로 흐르는 강물의 빛깔이 부드럽다. 하류의 낙동강은 속절없는 봄빛이다.

†

사제 세스페데스는 하루하루 유폐된 시간을 기도와 묵상으로 견뎠다. 아득한 옛날 살라망카 신학교 시절의 수도사 생활로 되돌아간 느낌이었다. 지금은 조선 남녘 웅천 바닷가에 도사린 왜군 성채의 외딴방에 몸을 숨기고 있는 처지였다. 기껏해야 주일에 자신의 처소에서 아우구스티노 다이묘와 그의 믿을 만한 몇몇 기리시탄 참모들을 상대로 미사를 집전하는 게 활동의 전부였다. 한 주일이 끝나면 그다음 주일이 돌아올 때까지 다시 침잠의 세계, 그 깊고 어두운 물속과도 같은 시간 속으로 가라앉았다.

보좌수사 레온은 좀 나은 편이었다. 사제를 대신해 부산 기장성에서 성탄절 전례를 올리고 여타 일정을 마치고 해가 바뀌어 근 한 달 만에 귀환했다. 요즘은 근신 중에도 가끔은 숙소 밖 성내 동산에 올라 춘설이 덮인 풀뿌리 따위를 캐기도 했다. 의술가로서의 약초 채취 활동이었다.

고요한 밤에 사제는 을라수를 위해 묵도했다.

'코라이의 그레고리오, 을라수! 너는 지금 나를 떠나 어디 있는가. 코라이 민병이 되어 어느 험한 산속, 어느 거친 들판을 헤매며 싸우고 있는가. 오늘 밤에도 나는 너를 위해 기도한다.'

사제는 괴로웠다. 스스로의 현실이, 한계가.

'모순된 기도로 제가 고뇌하지 않게 하소서. 저는 코라이 민병을 위해 기도합니다. 저는 지팡 군병을 위해 기도합니다. 양쪽을 위해 기도해야 하는 저의 슬픈 처지를 헤아리소서.'

†

전란 중에 맞는 네 번째 봄.

을라수는 자유민으로서의 또 다른 삶을 돌산과 함께 시작했다. 난리의 소용돌이에 휘말린 두 조선 청년의 운명은 그들의 기묘한 인연만큼이나 별났다. 전쟁은 두 청년을 왜군의 포로로 만나게 했고, 이제는 조선의 의병으로 만나게 했다. 풍찬노숙의 의병군 생활일지언정 더 이상 압제의 사슬 따위는 없으니 몸과 마음이 더불어 자유였다.

　을라수와 돌산은 낙동강 하류 쪽 야트막한 구릉지 마을에 머물렀다. 거기가 의병군의 본거지였다. 난리 통에 버려진 동네 민가들을 병영으로 바꿔 의병들의 거처로 삼고 있었다. 버려둔 농토를 경작하기도 했다. 말하자면 의병촌(義兵村)이었다. 오십여 명의 젊은 장정들이 끝까지 흩어지지 않고 남아 '임진 의병'의 명맥을 이어 불굴의 항전의지를 불태우는 곳이었다. 서쪽으로는 웅천성, 동쪽으로는 기장성을 향한 곳에 위치함으로써 그 양쪽의 왜성을 노려 기습을 도모할 수 있었다. 의병들은 열 명씩, 스무 명씩 무리를 지어 왜성 쪽으로 정찰을 나갔고, 왜병들과 맞닥뜨려 산발적인 전투를 벌였다. 지난해 가을 부산 두모포의 기장성 바닷가에서 조우한 닌자들과의 전투가 그런 사례였다. 그 싸움에서 돌산의 의병 유격대는 닌자들을 격퇴하는 혁혁한 전과와 더불어 닌자들에게 쫓기던 세스페데스 신부와 레온 수사를 구해주는 본의 아닌 성과까지 거두지 않았던가.

　낙동강 의병촌은 연일 훈련의 열기로 뜨겁다. 전쟁의 소강상태가 이어지든 강화 회담이 열리든 의병들의 구국 일념은 한결같아 오늘도 병장기의 날카로운 쇳소리 속에 무술 연마의 함성이 드높다.

"훈련에 열심이구나. 활과 칼을 잡은 기분이 어떠냐?"

"얼떨떨하다. 차츰 익숙해지겠지."

돌산의 격려에 을라수는 고무된다. 그는 다른 의병들과 함께 활쏘기 훈련에 나서 연신 시위에 화살을 메겨 당기는 중이다.

"조선에 명궁 나것다. 왜군 코쭝배기도 맞히겠는걸!"

돌산이 을라수의 어깨를 가볍게 치며 객쩍은 농담을 흘린다. 돌산은 의병 전력도 있고 지휘통솔력도 있어 부대에서 고참 축에 든다.

의병촌에 들어온 후 요 며칠간 을라수 스스로 어색하고 서먹한 느낌이 든 게 사실이었다. 종전의 거추장스러운 더벅머리를 치고 머리띠를 동이고 배자를 입고 토시를 낀 채 활을 당기고 칼을 휘두르는 자신의 모습이 갑작스럽고 낯설었다. 애써 명분을 내세워 마음을 다잡을 일이었다.

'나는 부모를 죽인 원수들을 향해 복수의 화살을 쏴야 한다. 나를 포로로 잡아가둔 원수들에게 보복의 칼날을 겨눠야 한다.'

문득문득 머릿속이 혼란스럽기도 했다. 스스로조차 당황스러울 만큼 생각이 묘할 때가 있었다.

'한갓 종놈 인생으로 태어난 주제에 의병에 가담하다니 이 무슨 중뿔난 나라 걱정인가. 조상 때부터 대대로 천대를 받았지. 나를, 내 조상을 고단케 한 나라를 위해 내가 목숨 바쳐 싸울 각오를 하다니……'

사념에 사로잡힐 때면 을라수는 신부의 가르침을 떠올렸다.

'그분은 내게 사랑을 말하셨지. 마음의 증오를 버리라고 하셨지. 나의 싸움에 의미를 두자. 내가 증오한 나라일지언정 남에게 빼앗겨서 되겠는가. 나를 미워한 나라를 한번쯤은 사랑해보자. 내 기꺼이 싸우리라.'

올라수는 덧저고리 앞섶 쪽에 가만히 손을 얹었다. 조그만 나무 조각의 도톰한 질감이 손끝에 전해졌다. 그가 왜성을 탈출할 때 신부가 건네준 금빛 나무십자가 목걸이, 그것의 감촉이었다. 그는 그것을 감싸듯 저고리 옷깃을 가만히 여몄다.

†

세스페데스를 노리는 울산 서생성의 닌자들은 자객으로서의 본모습을 드러내고 있었다. 주군인 가토 기요마사로부터 극비 지령을 받은 그들이었다. '그 신부를 사로잡되, 여의치 않을 땐 죽여도 무방하다'는.

가토 곁에 남은 닌자는 세 명. 이제 닌자들은 각자 암살단을 꾸며 저격병으로 십여 명씩의 조총수들을 거느렸다. 닌자 암살단은 삼교대로 울산에서 웅천으로 밀파됐다. 그들은 웅천성을 은밀히 감시하며 신부가 성 밖에 모습을 나타내기만을 기다렸다. 지난번 부산 기장성에서 신부를 생포할 절호의 기회를 놓쳤던지라 이제는 여차하면 총을 쏴서라도 반드시 잡고 말겠다는 일념뿐이었다. 신부는 목숨까지도 위험한 상황에 놓여 있었다.

†

일 년여 전 강화 사절로 심유경을 따라 북경에 들어간 조안(요한)에게서 마침내 연락이 왔다. 명나라 사신들이 조선을 향해 출발할 것이라는 소식이었다. 가짜 항표까지 만들어 보내놓고 얼마나 마음 졸이며 기다렸던가. 웅천성의 아우구스티노는 일단 안도했다. 한편으론 형세의 긴박성에 마음이 급했다.

†

산마루에 푸른빛이 번져난다. 새순 돋는 나뭇가지 사이로 웅천성이 내려다보인다. 금빛 번쩍이며 솟은 천수각 지붕이 푸른 산중에 유별나다. 웅천성 아래로는 봄빛 머금은 바다가 펼쳐진다. 을라수는 나무숲에 엎드려 익숙한 풍경을 주시한다. 긴장감이 감돌 뿐 한가로운 상춘 나들이 따위가 아니다.

　을라수의 첫 출정. 을라수가 의병이 되어 처음으로 적지에 나와 정찰 임무를 수행하는 중이다. 돌산이 이십 명의 무장 정찰대원들을 지휘하고 있다. 지금은 을라수도 돌산의 명령에 따라야 한다. 푸른 숲은 고요하고 그 속에 매복한 의병들은 숨소리마저 죽인다. 왜성의 동태를 살피는 눈빛들만이 매섭다.

　'내가 저곳에 갇혀 있었다니.'

　을라수는 숨결을 가눈다. 포로로 잡혀 갔던 치욕의 왜성, 눈앞에 드러난 저 성은 이제 의병인 그에게는 복수의 칼을 겨누고 설욕의 화살을 날려야 할 대상이다. 지금 저 성에는 세스페데스 신부가 있다. 자신을 탈출시켜준 은인이 저 성에 외로이 갇혀 있다. 을라수는 잠시 감회에 젖는다.

　'신부님, 무사하신가요? 제가 지켜보고 있어요.'

　을라수는 안 봐도 안다. 신부는 지금도 저 천수각 구석방에서 홀로 기도하고 있을 것이다. 마음 같아선 당장 달려 들어가 신부를 만나고 싶지만, 아니 구출이라도 하고 싶지만 도리는 없다. 고작 의병 스무 명으로 왜적의 소굴에 뛰어들어 어쩌겠는가.

'내 은인을 해치려는 왜병들을 물리치게 하소서.'

을라수는 저도 모르게 앞가슴에 손을 댄다. 십자가 목걸이가 만져진다. 처음 십자가를 목에 걸었을 때는 자꾸 걸리적거려 불편했는데 이제는 몸에 익숙해져 그런 느낌은 없다. 오히려 지금처럼 마음이 간절할 때면 저절로 그것에 손이 가는 터다. 그때다.

"쉿!"

돌산이 짧은 입소리와 함께 손짓으로 아래쪽을 가리킨다. 정찰대원들의 눈길이 일시에 돌아간다. 웅천성 길목으로 이어지는 숲 쪽에서 한 군병 무리의 은밀한 움직임이 포착된다. 흑두건에 검은 복장을 한 자를 필두로 조총을 든 십여 명의 왜병들이 뒤를 따르고 있다. 그들은 바로 울산 서생포 왜성에서 밀파된 닌자 암살단. 웅천성에 은둔해 있는 세스페데스 신부를 노리는 가토 기요마사의 친위 별동대다. 그들도 의병 정찰대와 마찬가지로 웅천성 주변에 매복하기 위해 장소를 찾는 중이다.

돌산이 정찰대원들에게 다시 손짓 명령을 내린다. 그 손짓은 활을 겨누고 적이 다가올 때까지 기다리라는 뜻의 군호다. 닌자 암살단은 의병 정찰대가 매복한 사실을 모른 채 움직이고 있다. 돌산은 적들이 사정거리에 들면 대원들로 하여금 일시에 화살 공격을 가하게 할 생각이다.

'흑두건 저자는 그 닌자 아닌가.'

돌산은 맨 앞의 닌자를 주시한다. 일찍이 기장성 두모포에서 닌자들과 싸워 무찌른 경험이 있는 돌산이다. 이번에도 닌자를 먼저 발견했으니 이게 우연인가 행운인가. 매복전에서 승리의 관건은 적을 먼저 발견하는 것. 지금의 양상 또한 두모포 전투 때와 흡사하게 전개된다.

'제가 저 적들을 물리치게 하소서.'

을라수는 기도한다. 그래도 가슴이 뛴다. 첫 싸움이다. 왜적들과의 거리가 좁혀진다. 긴장한 탓에 활시위를 쥔 손이 떨린다. 돌산의 명령이 떨어지기기를 기다릴 뿐이다.

피우우웅.

드디어 돌산이 공격 명령의 군호로 날린 효시가 소리를 내며 숲속 공기를 가른다. 거의 동시에 대원들도 화살을 날린다. 을라수도 연신 활시위를 당긴다. 난데없이 날아드는 화살에 닌자 암살단은 혼비백산한다. 몇몇이 단박에 고꾸라지고 나머지는 허둥지둥 흩어진다. 흑두건 닌자도 팔에 화살을 맞았는지 한쪽 팔을 움켜잡고 숲으로 달아나기 바쁘다. 조총수들도 총 몇 방 쏘는 둥 마는 둥 도망친다. 미처 총에 화약을 재고 불을 댕길 겨를이 없어 그나마 헛방도 갈기지 못하고 허겁지겁 내빼는 조총수가 태반이다. 그들이 달아난 자리에는 화살이 꽂힌 시체 네댓 구가 널브러져 있고 총칼이 동댕이쳐져 있다. 의병군 정찰대의 번개 같은 기습에 닌자 암살단은 그렇게 뭉개진다. 의병들의 일방적 승리. 그러나 지금 그 기분에 도취할 수 없다.

"이제 우리는 빠진다. 여긴 위험한 적진이야. 총성을 듣고 왜성의 적병들이 추격해올 수 있어."

유격전에 능한 돌산이 대원들을 진두지휘한다. 아닌 게 아니라 웅천성 왜영 구역을 빨리 벗어나지 못하면 역공을 당할 수 있다. 대원들이 날렵한 동작으로 숲속을 빠져나간다. 을라수도 서둘러 자리를 뜬다. 가슴이 벅차다. 짜릿하다.

'내가 해냈어. 그들의 포로였던 내가 그들을 이겼어.'

†

왜군과의 싸움에서 이기고 돌아오는 길.

왜영 구역도 무사히 빠져나왔으니 이제는 마음을 놓아도 된다. 멀리 낙동강 줄기가 석양을 받아 아련히 빛난다. 영남의 산하가 젊은 의병들의 의기양양한 개선 행렬을 반기는 듯하다. 강가를 따라 내려가면서 두어 번 큰 산굽이를 돌면 의병촌이다. 돌산과 을라수는 대열 앞쪽에서 보조를 같이하고 있다.

"너 오늘 처음인데 아까 떨리지 않았냐?"

"든든한 너를 믿었지. 네가 지휘를 잘해서 우리가 이겼어."

둘이서 앞서가며 서로 소곤거리는 말소리인지라 뒤쪽에서는 잘 들리지 않는다. 돌산이 한층 더 목소리를 낮춘다.

"사실은 아까 우리가 무찌른 왜군들에게서 뭔가 짚이는 게 있다. 을라수 너하고도 상관이 있는 얘기다."

"응? 그게 무슨 소리야?"

둘 사이에 조곤조곤 대화가 이어진다.

"아까 왜병들을 이끌던 흑두건 말이다. 그자는 닌자라는 자객이다. 지금 내가 궁금한 건 어째서 그자가 이곳에 나타났는가 하는 점이다."

"흑두건 닌자? 자객이 누굴 노린다는 거야?"

"내 짐작이 맞는다면 닌자는 바로 네가 은인이라고 부르는 그 서양 신부를 해치려는 것이 분명하다. 지금 신부가 웅천성에 숨어 있다는 걸 알고 여기까지 쫓아온 거야."

"뭐, 신부님을 노리는 자객이라고? 틀림없냐?"

을라수가 소스라치며 돌산을 쳐다본다.

"내게 짚이는 게 있다니까. 난 이미 기장성 쪽에서 닌자 저들과 맞닥 뜨려 싸운 적이 있다. 그때 닌자들이 사로잡으려고 뒤쫓던 사람이 있었는데, 지금 생각해보니 그게 바로 그 서양인이다. 그땐 내가 싸움 중에 멀리서 봤기 때문에 서양인인 줄 몰랐고, 생김새가 특이한 사람이라고만 여겼지."

"아니, 그게 그럼……."

돌산의 말에 을라수에게도 퍼뜩 스치는 생각이 있다. 바로 세스페데스 신부가 했던 얘기다. 부산 두모포 바닷가에서 흑두건 닌자들에게 쫓기던 중 '코라이 민병'의 덕분으로 살아났다던 그 얘기.

"그럼 그때 신부를 구한 의병들이 바로 돌산 너네였구나. 나도 얼핏 신부님한테 얘길 들었다."

"얘기가 그렇게 되네. 이제야 나도 궁금증이 풀린다."

"이런 공교로운 일이! 돌산아, 네가 신부님을 두 번이나 지켜준 셈이구나.”

"오늘은 을라수 너도 싸웠으니 네가 지켜준 거지.”

돌산은 의젓이 을라수를 치켜세운다. 아무도 모르는 사이에 이렇게도 우연한 일들이 일어나고 있었다니, 을라수는 가슴이 먹먹할 뿐이다.

'신부님, 제가 당신을 위해 싸우고 있다는 사실을 아시나요? 당신의 사랑과 은혜에 대한 보답이 된다면 좋겠군요.'

을라수는 돌산도 모르게 가만히 나무십자가 목걸이에 손을 갖다 댄다.

"닌자 자객들이 네 은인을 해치려는 걸 알았으니 우리도 이쪽으로 정찰을 더 자주 나와야겠다.”

"네가 그렇게 말해주니 참으로 고맙다.”

둘이서 한참이나 두런대며 걸어가다 보니 낙동강이 시야에 좀 더 가까이 들어온다. 노을빛을 머금어 누런색으로 굽이굽이 흐르는 강줄기가 흡사 거대한 황룡이 꿈틀거리기라도 하는 듯한 형용이다.

"돌산아. 네게 부탁할 게 있다.”

"무슨 부탁?”

"신부님에 대해서는 다른 의병들에게는 비밀로 해줘. 여기저기 발설하면 그분이 더 위험해질 것 같아서 그래.”

을라수는 주변의 눈치를 살핀다.

"네 마음 안다. 그럴게.”

돌산은 역시나 썩썩하다. 을라수의 눈길이 첩첩한 산 너머 멀리 세스페데스 신부가 은둔한 웅천성 쪽을 향한다. 전란의 남도 땅에도 봄빛이 스민다. 산마다 꽃들이 피어나려는 맡이다.

†

고니시 아우구스티노는 본국에서 자신의 뒤를 봐주는 정부 최고행정관이시다 미쓰나리로부터 다시 밀서를 받았다. 내용인즉슨 도요토미 히데요시가 세스페데스 신부의 웅천성 체류를 낌새챈 듯한 상황에서 자신은 더 이상 보호막이 되어주지 못하니 신부에 대한 특단의 조치를 취하라는 것이었다.

아우구스티노는 편지를 읽는 동안 가토 기요마사의 얼굴을 떠올리며 파르르 손을 떨었다.

'가토 도라노스케! 우리를 괴롭히는 조선 잇키보다 더 고약스러운 자! 전쟁터에 함께 나온 아군끼리 이럴 수 있는가.'

탄식과 분노만 하고 있을 수는 없는 상황이었다. 다급했다.

†

웅천성 지휘부 긴급 대책회의가 열리고 있는 천수각.

봄기운이 퍼져가는 바깥 공기와 달리 회의장은 서늘한 긴장감이 흐른다. 원탁 정중앙에 앉은 아우구스티노의 표정이 자못 심각하다. 사위 다리오와 휘하 기리시탄 가신 등 핵심 참모들도 덩달아 굳은 얼굴을 하고 있다. 아우구스티노가 좌중을 돌아보며 묻는다.

"그레고리오 신부가 심히 위태롭소. 어찌하면 좋겠소?"

다들 묵묵부답이다. 아우구스티노가 발언을 이어간다.

"내 마음이 다급하고 답답하오. 다들 알다시피 엊그제 성 밖에서 가토 도라노스케의 닌자 부대와 조선 잇키 부대 간에 접전이 벌어져 총성이 요란했소. 가토의 지령을 받은 조총 저격수들이 신부를 암살하려다 잇키들과 충돌한 게 분명하오. 이런 와중에 나는 오늘 본국에서 또 밀서를 받았소. 본국 다이코사마의 눈치가 심상치 않으니 빨리 신부에 대한 안전조치를 강구하라는 경고 편지요."

회의장은 또 침묵에 싸인다. 아우구스티노의 음성이 다시 무거운 공기를 가른다.

"여러분도 알다시피 지금 명나라 사신들이 조선으로 오고 있는 중이오. 우리가 그토록 매달렸던 강화조약이 결실을 맺으려는 중차대한 순간이오. 물론 명나라가 우리의 요구조건을 다 받아준 건 아니지만 일단은 성공을 눈앞에 두고 있소. 이런 민감한 시기에 신부의 문제가 겹친 것이오. 여러분, 이 문제를 어찌해야겠소?"

아우구스티노가 잠깐 좌중을 살핀다.

"다이묘님, 신부와 수사를 더 이상 웅천성에 머무르게 할 수는 없습니다."

회의 참석자 중 가장 먼저 반응을 보인 건 사위 다리오 즉 쓰시마 영주 소 요시토시다.

"머무르게 할 수 없다면 어떻게 해야 되겠는가? 자네의 생각을 말해보게."

아우구스티노는 사위에게 묻는다.

"신부를 당장 본국으로 돌려보내야 합니다. 이젠 쓸모없고 위험한 인물을 계속 감싸고 있다간 우리가 더 큰 일을 당하게 됩니다. 지금 신부는 우리 군영과 가토 군영의 불화를 키워 결국 아군에 분란을 빚어내는 장본인입니다. 더구나 강화조약 성사를 앞둔 이때 우리는 이런 문제로 신경 쓸 겨를이 없습니다. 내일이라도 신부와 수사를 배에 태워 보내야 합니다."

다리오는 말하는 내내 미간을 일그러뜨리고 있다. 그 언사는 표변적인 태도와 더불어 몹시 매정하고 야멸치다. 아우구스티노의 송충이 눈썹이 꿈틀거린다. 실망감과 야속함이 묻어나는 표정이다.

'다리오! 네가 이제 와서 신부를 비난하는 식으로 말하다니 너무 심한 것 아닌가. 너도 기리시탄 아닌가. 네가 과연 내 사위 맞는가?'

아우구스티노가 사념에 사로잡힌 순간 또 다른 참모의 찬동 발언이 이어진다.

"그렇습니다. 우리는 조선의 반대 속에서 명나라와의 강화조약을 추진했고, 지금 그 성사를 앞둔 순간입니다. 이런 중요한 순간에 엉뚱한 문제로 시끄러워져 자칫 외교 중대사를 그르칠까 저어되옵니다. 다이묘 님, 결정을 내려주시기 바랍니다."

아우구스티노의 시선이 좌중을 향한다.

"다들 같은 의견이오?"

"예."

참석자들이 고개를 끄덕이며 대답한다. 사실 아우구스티노로서도 선

택의 여지가 없다. 긴급 대책회의를 소집하기 전에 이미 스스로 결심을 내린 바다.

"알았소. 신부와 수사를 조속히 귀환시키겠소. 내가 신부에게 이 사실을 직접 통보하겠소."

아우구스티노의 얼굴에 쓸쓸한 빛이 어린다. 낙심한 듯 예의 그 송충이 눈썹을 다시 움직거린다. 신부를 급거 돌려보내야 하는 안타까움에서만은 아니다. 그보다는 오히려 사위에 대해 또 한 번 느끼게 된 쓸쓸함 때문이다.

'다리오! 신부가 처음 왔을 때 가장 먼저 초대해 환영하더니 이젠 위기에 처하니까 역시 먼저 신부를 저버리는구나. 넌 신앙도 그렇게 버릴 테지. 넌 어쩌면 장인인 나를 배신할지도 몰라. 내 딸 마리아도. 넌 일찍이 내 딸과의 정략혼인을 위해 손바닥 뒤집듯 개종한 전력이 있지. 넌 능히 또 그럴 위인이다. 아까 회의석상에서 그 간교한 면모를 드러낸 너 아니더냐.'

아우구스티노는 한동안 막연한 상상에 빠진다. 머릿속이 한없이 혼란스럽다.

†

대책회의 직후 아우구스티노는 혼자서 곧장 세스페데스 사제의 숙소로 무거운 발걸음을 옮긴다. 회의에서 급거 귀환이 결정된 사실을 전하려니 마음도 무겁다.

"어쩐 일로 이렇게 찾아주셨는지요. 어서 드시지요."

사제가 묵도에 잠겨 있다가 아우구스티노를 맞아들인다. 그의 검은 사제복이 다소 침침한 실내 분위기에 어우러져 숙연함마저 자아낸다. 배가 좀 홀쭉해진 탓인지 허리에 맨 장식 띠도 헐겁게 걸쳐진 느낌이다.

"그레고리오 신부, 위로의 말씀부터 드려야겠소. 많이 수척해 보이는구려. 유폐 생활을 감내하느라 몸도 마음도 얼마나 고생이시오?"

"아닙니다. 전 오히려 옛날 수도원에서 기도하던 시절로 돌아간 것 같아 행복합니다."

사제는 잔잔한 미소를 머금는다. 그동안 깊은 눈이 더 깊어져 상대적으로 코가 더욱 높아 보인다.

"저……, 이제부터 내 얘기를 잘 들으시기 바랍니다."

"무슨 말씀이든 하시지요."

조심스러워하는 아우구스티노 앞에서 사제는 담담할 따름이다.

"실은 신부님 문제로 긴급한 회의를 열었소이다."

아우구스티노가 회의 내용과 관련해 자초지종을 밝히기 시작한다. 닌자 암살단이 발악한다는 것, 본국에서 잇단 경고 편지가 날아든다는 것, 명나라 외교 사신들이 곧 도착한다는 것 등 저간의 급박한 사정들에 관해서도 빠짐없이 얘기한다. 사제는 눈을 감고 묵묵히 듣는다.

"그레고리오 신부, 회의의 결정 사항이오. 미안하오만 서둘러 일본으로 돌아가셔야겠소."

아우구스티노의 말에 사제는 예견했다는 듯 천천히 고개를 끄덕인다.

"오는 것도 그랬으니 가는 것 또한 다이묘님의 명에 따라야겠지요. 그리하겠습니다."

"조선 전쟁터에까지 모셔와 고생만 시켜드렸소이다. 신부님을 위험에 빠지게 해서 더욱 죄송한 마음이오. 게다가 화급한 사안으로 곧 명나라 사절단을 맞아야 하는 상황이니 나로서도 어쩔 도리가 없소이다."

"경황없으신 사정을 제가 충분히 압니다. 제가 대세를 그르치는 위험스러운 존재가 돼선 안 되겠지요. 레온 수사와 함께 떠나겠습니다."

사제는 대답해놓고도 속마음으론 착잡하다.

'난 정녕 이들을 두고 도망치듯 떠나야 하는가. 피를 흘려 순교할지언정 끝까지 이들의 곁을 지켜야지 않는가. 아니다. 내가 피를 흘리면 이들도 피를 흘리게 된다. 아니, 나가사키의 기리시탄들에게도 피바람이 일리라. 우리를 박해하려는 자들에게 내가 빌미가 돼선 안 된다. 내가 그자들의 증거물이 돼선 안 된다.'

아우구스티노의 조심스러운 음성이 다시 울린다.

"신부님, 재차 미안하오이다. 우선 내 딸 마리아가 있는 쓰시마에 들러서 며칠 몸과 마음을 추스르시는 게 좋을 듯하오."

"예. 일단 쓰시마 섬으로 향하겠습니다. 그나저나 다이묘님께 도움도 되지 못하고 떠나는군요."

"아니외다. 신부님은 큰일을 하셨소. 나와 내 부하들에게 정신적 위로와 힘과 용기를 주셨소. 내게 훌륭한 정책 조언도 해주셨소. 지금 강화조약이 성사돼 명나라 사신들이 오고 있다는데 내가 이 일을 결심하고 추진할 수 있었던 것도 신부님의 조언 덕분 아니었겠소."

"과분한 말씀입니다. 저는 평화의 사도로서 조언을 드렸을 뿐입니다."

"겸손한 말씀이시오. 아무튼 감사했소. 나도 곧 명나라 사신들을 데리고 본국으로 다이코사마를 뵈러 가야 하니 그때 다시 만납시다."

아우구스티노가 다소 들뜬 분위기다. 막상 사제는 불안하다. 아니, 불길한 마음까지 든다.

'1595년 코라이의 봄, 과연 평화의 봄이 될 것인가.'

일 년여 전 명나라 유게키 쇼군 심유경과 더불어 간책을 써서 '가짜 항표'를 꾸밀 때 아우구스티노가 보였던 초조한 얼굴이 불현듯 사제의 뇌리를 스친다.

'가짜로 꾸며 얻은 강화조약이 과연 온전한 종전과 평화를 담보할 수 있을까? 진실에 기초하지 않은 화친이 오래갈 수 있을까? 결국엔 파국이 닥쳐 코라이가 다시 전쟁의 참화에 휩싸이게 될지 모른다.'

"그레고리오 신부님, 아까부터 무슨 생각을 그리 하시오? 안색이 더 어둡소."

"아닙니다. 아우구스티노 다이묘님께 평화를 빕니다."

사제는 내색을 감춘다.

"고맙소. 한데 나 같은 기리시탄에게도 축복이 내리겠소? 내 손은 숱한 목숨을 앗았고, 내 칼은 많은 피를 묻혔소."

"……."

"난 죄 많은 기리시탄이오. 사무라이로서 죽을 때 명예롭게 할복할 수도 없는 몸이오. 기리시탄의 자살은 하느님의 계율을 어기는 짓이잖소. 허허!"

아우구스티노가 농담처럼 말을 뱉으며 쓸쓸한 웃음을 흘린다.

"무슨 그런 말씀을!"

사제가 조용히 십자성호를 긋는다.

"그레고리오 데 세스페데스 신부! 무사귀환을 빌겠소."

아우구스티노도 성호를 그어 보인다. 반쯤 열린 숙소 창문 밖으로 벚나무 숲이 눈에 들어온다. 자세히 보면 가지가지에 벚꽃 봉오리들이 맺혀 있다. 머잖아 꽃망울을 터뜨릴 기세다.

†

울산 서생성은 분노에 묻혔다. 가토 기요마사는 닌자들을 불러 주군으로서 준엄히 호령하고 질책했다. 닌자에게 총애와 신뢰를 아끼지 않던 평소의 모습과 달랐다.

"흠, 잡으라는 기리시탄 선교사 놈들은 잡지 못하고 오합지졸이나 다름없는 조선 잇키들한테 번번이 당하기만 하는 너희가 과연 닌자가 맞느냐? 너희가 진정 내 자랑스러운 호위무사가 맞느냔 말이다."

주군 앞에 불려나와 죄인처럼 고개를 숙인 닌자는 이제 세 명뿐. 지금 이들은 그나마도 살아남아 무운을 누리는 셈이었다. 조선 출정 때 주군의 친위대로 따라왔던 열 명의 닌자 중 이미 일곱 명이 이런저런 특수임

무와 비밀공작에 투입됐다가 목숨을 잃은 터였다.

"선교사 놈들이 웅천성과 기장성을 들락거리는데도 너희가 한 게 뭐냐? 그놈들을 사로잡지 못하겠거든 죽이라고까지 하지 않았더냐. 너희가 그러고도 무술의 고수라 할 수 있느냐? 칼과 활과 표창의 명수이며 침투와 암살과 은신의 귀재여서 인간병기로 불린다는 너희 닌자들 아니더냐. 지금까지 내가 너희를 잘못 알았단 말이냐? 잘못 알았던 거냐고, 응?"

가토는 세 명의 닌자를 향해 종주먹을 들이댔다. 호되게 으르는 주군의 기세에 눌려 닌자들이 일제히 무릎을 꺾었다. 가토는 한참이나 눈을 부릅뜨고 있다가 마지막 명령을 내렸다.

"일어나라. 닌자가 무릎을 꿇다니! 당장 일어나서 웅천성으로 가라. 너희의 힘만으로 안 되겠으면 조총 저격수들을 데리고 가라. 그래서 끝장을 봐라. 서양 기리시탄이든 조선 잇키든 모조리 쓸어버리란 말이다."

닌자 우두머리가 일어서며 결연히 답했다.

"저희 닌자 결사대, 이번에도 실패하면 모두 할복하겠습니다."

†

웅천성 선착장.

봄날의 새벽 바다는 옅은 해무만 드리워진 채 잔잔하다. 다행히도 바닷길이 순탄할 듯하다. 동도 트기 전 첫새벽의 푸르스름한 기운이 감도는 선착장에 조용한 움직임이 일고 있다. 그레고리오 데 세스페데스 사제와 레온 보좌수사가 배에 오를 준비를 한다.

"부디 두 분 안녕히 가시오. 나도 곧 뒤따라 갈 테니 또 만나게 되리다."

아우구스티노가 몇몇 기리시탄 참모들과 함께 선착장까지 나와 배웅한다. 다리오의 모습도 보인다. 다리오는 골칫거리였던 문제가 해결돼 속으로 후련하겠건만 겉으로는 사제와의 작별이 아쉽다는 듯 손을 흔든다.

"여러분을 위해 기도하겠습니다."

세스페데스 사제와 레온 수사가 작별을 고하고 뱃전 사닥다리를 밟아 군선에 오른다. 가뜩이나 이른 새벽에 검은 옷을 입은 두 사람의 그림자는 금세 어둠속으로 자취를 감춘다. 곧바로 군선은 불도 밝히지 않은 채 은밀한 출항을 시작한다. 웅천 앞바다를 몰래 빠져나가기에 좋은 새벽 어둠이다.

아침 해가 점점 밝아오면서 배는 진해만을 통과해 가덕도를 거치고 거제도를 지난다. 크고 작은 섬들을 하나씩 돌 적마다 풍경은 아련해진다. 사제 세스페데스는 뱃전에 서서 멀어져가는 조선 땅을 바라본다. 만감이 교차한다. 아니, 뭔가 뒤죽박죽인 느낌이다. 어느 쪽에서도 환영받지 못하고 정치적 음모의 희생양이 되어 또 다시 쫓기는 몸이 된 이방인, 도리어 일본군들이 해치려 들고 오히려 조선인들이 구해주는 역설적 상황, 그들 모두를 위해 기도해야 했던 모순의 시간…….

사제의 머릿속에서 몸소 겪은 전쟁의 혼란상이 뒤얽힌다.

'이 이상한 전쟁에 저를 보내 무엇을 이루려하심이었습니까? 당신께선 제 질문에 또 침묵하시겠지요? 언제나 그러셨으니까요.'

옆에서 수사 레온이 사제의 심사를 건드린다.

"성탄절에 왔다가 부활절에 떠나네요."

"그러네요. 곧 부활절이 다가오는군요."

사제는 또 생각에 잠긴다.

'전 비록 저 코라이 남쪽 바닷가에 머물다 떠나지만 저곳에 찍힌 제 발자국은 남겠지요. 훗날 또 어떤 사제가 당신의 은밀한 뜻으로 저 땅을 밟게 될까요. 그때 그 사제는 또 저와는 다른 어떤 고통과 고뇌를 겪게 될까요. 당신께선 그때 어쩌면 사제로 하여금 순교의 붉은 피를 흘려 저 완고하고 메마른 땅을 적시게 할지도 모르겠군요.'

"신부님, 이젠 조선의 육지도 가물가물하군요. 시원한 바다 풍경이나 감상하면서 무거운 생각을 털어내시지요."

늙은 보좌수사 레온. 그는 끝까지 사제의 기분을 살피는 역할에 충실하다. 수사의 충고는 고맙지만 사제에게는 여유를 부릴 마음이 없다. 되레 수사를 향해 엉뚱한 말을 던진다.

"을라수 그 아이는 잘 있겠지요?"

사제의 가슴속에 늘 애틋한 존재로 자리 잡고 있는 을라수다.

"신부님의 가르침대로 살 겁니다. 성을 떠나던 마지막 순간 그 아이의 눈이 그렇게 말하고 있었어요."

"그 아이한테 지금 우리가 떠나는 걸 알릴 방법도 없군요."

잠시 사제도 수사도 말이 없다. 아침 바다에 윤슬이 인다. 바다가 말썽일 것 같지는 않다. 배는 이제 거제도도 지나쳤는가. 사제가 수사에게 눈길을 주며 목소리를 낮춘다.

"그 아이에 관한 이야기는 우리 둘만이, 아니 하느님만이 아는 비밀로 합시다."

"그리하겠습니다."

수사는 말뜻을 알아채고 고개를 끄덕인다. 검은 옷의 사제가 두 손을 모은다.

'김을라수 그레고리오, 그 아이를 당신께 맡기나이다.'

사제의 선상 기도가 이어지는 가운데 배는 순조롭게 쓰시마 섬을 향해 나아간다.

†

조선 남녘에 벚꽃이 핀다. 참혹한 전란의 땅에 피어나게 되어 야속할 법도 하다. 세스페데스 신부가 떠난 지 사흘째 되는 날이다. 산마다 들마다 벚나무들이 꽃망울을 터뜨리느라 아우성이다. 남도 땅에 연분홍빛 벚꽃이 천연덕스럽게도 흐무러진다.

탕, 탕, 탕!

웅천성이 바라보이는 야산의 벚나무 숲에서 돌연한 총성이 인다. 의병군 정찰대와 왜군 닌자 결사대의 느닷없는 교전이다. 양쪽 병력이 웅천성 쪽으로 숨어들다 그만 벚나무 숲속에서 맞닥뜨린 것이다. 또 다시 신부를 노리는 자들과 그자들로부터 신부를 지키려는 자들의 대결이다.

의병 쪽이나 닌자 쪽이나 이미 신부가 성을 떠난 사실을 모르는 채 벌이는 어이없는 싸움이기도 하다.

"쏴라. 조총보다 화살이 빨라야 한다. 적들에게 총 쏠 겨를을 주지 마라."

이번에도 돌산이 진두에서 의병 무리를 이끈다. 무리에는 물론 을라수도 끼어 있다. 의병들이 왜병 쪽에 화살을 날린다. 왜병들은 의병 쪽에 총탄을 퍼붓는다. 화살과 탄환이 벚꽃 사이로 어지럽게 난다. 이쪽저쪽에서 의병과 왜병이 땅바닥에 나뒹군다.

탕, 타탕!

또 다른 총성이 벚나무 숲을 흔든다. 갑자기 의병들의 뒤쪽에서 또 한 무리의 왜병들이 조총을 쏜다. 협공이다. 닌자 결사대가 총출동해 의병 정찰대를 양쪽에서 압박하는 형국이다. 왜병을 지휘하는 닌자들은 이번에도 신부를 잡거나 죽이지 못하면 할복할 각오를 했기 때문에 그야말로 결사적이다.

"조총 쏘는 솜씨가 보통이 아니군."

"놈들은 마흔 명도 넘어. 우리의 두세 배는 되는 것 같아."

돌산과 을라수가 활시위를 당기며 한마디씩 내뱉는다. 지난번과는 양상이 전혀 달라 전투가 의병 쪽에 불리하게 돌아간다. 한편에선 근접전까지 벌어지면서 칼과 창이 부딪는 소리에 더불어 비명이 날카롭다. 중과부적에 협공까지 당하는 상황에서는 유격전에 능한 의병군일지라도 도리가 없다. 돌산이 퇴각 명령을 내린다.

"모두 후퇴한다!"

분투 중이던 의병 열댓 명이 급히 내닫기 시작한다. 돌산도 을라수와 함께 내뛴다. 총탄이 귓전을 스친다. 벚꽃나무 가지에 탄환이 날아와 박히며 우수수 꽃잎을 떨군다. 왜병들이 조총을 쏘며 추격해온다. 윽, 갑자기 을라수가 비명을 지르며 엎어진다. 옆구리에서 피가 흐른다. 함께 뛰던 돌산이 총에 맞은 을라수를 둘러업고 얼른 옆쪽 숲으로 빠진다. 왜병들은 후퇴하는 다른 의병들을 뒤쫓는다. 왜병의 추격을 잠시나마 따돌린 돌산은 을라수를 땅에 눕히고 제 저고리를 뜯어내 옆구리 총상 부위를 동인다. 이미 을라수는 피를 많이 흘린 상태다.

"을라수야, 제발 정신을 차려!"

돌산의 간절한 심정에도 아랑곳없이 을라수는 의식을 잃어간다. 그러면서도 자꾸만 앞가슴 속의 무엇인가를 움켜쥐려 애쓴다.

"신부님……, 어디 계세요……. 고마웠습니다……."

을라수는 희미해지는 의식 속에 세스페데스의 얼굴을 떠올린다. 가까스로 말을 더 이어보려 하지만 점점 멎어가는 숨소리에 묻힌다. 을라수가 고통에 몸을 뒤틀자 웃옷이 풀어헤쳐지면서 가슴께서 금빛 반짝이는 나무 십자가 목걸이가 드러난다. 돌산은 처음 보는 것이다.

'네가 이걸 찾는구나. 이 열십자 나무 조각이 무엇이기에 몰래 목에 걸고 다녔을까?'

돌산은 그 목걸이에 어떤 사연이 깃들어 있는지 알지 못한다. 을라수가 말하던 신부라는 그 서쪽나라 사람과 관계되는 증표의 물건일 거라고 막연히 추측할 뿐이다. 돌산이 을라수의 손을 들어 올려 제 가슴에 대준다.

"돌……, 산……."

을라수가 돌산을 향해 간신히 입술을 달막인다. 얼굴에 고운 마음을 담은 미소가 엷게 어린다. 마지막으로 벚꽃 향기를 한가득 들이마시기라도 하듯 거친 숨을 크게 몰아쉬는 순간 그의 눈동자가 초점을 잃고 멈춘다. 그의 잠드는 얼굴에 벚꽃 서너 잎이 가만히 내려앉는다.

"네가 정녕 가는 것이냐? 스무 살 청춘에 이렇게 가는 것이냐? 아아……."

돌산이 흐느끼며 을라수의 눈을 감겨준다.

"편히 잠들어라. 네가 말하던 천국이라는 나라에 가서 행복하게 살아라. 그 나라는 양반상놈도 노예도 포로도 전쟁도 없는 곳이라면서."

돌산의 눈에서 뜨거운 눈물이 흐른다. 그때 멀리서 다시 왜병들이 다가오는 소리가 들린다. 지체할 겨를이 없다. 돌산은 급한 대로 을라수의 시신을 벚꽃 숲 우묵한 구렁에 끌어다 누이고 주변에 수북이 쌓인 벚꽃과 수풀 따위로 대충 덮는다. 돌산이 을라수가 묻힌 꽃 무덤을 떠나며 다짐한다.

'지금은 우리가 물러나지만 결국 우리는 살아서 승리하리라. 우리를 포로로 잡아 가두었던 저 왜성의 적들이 바다 건너로 쫓겨 가는 그날까지 우리는 싸우리라.'

벚꽃이 마구 날린다. 돌산은 달리면서 속다짐을 계속한다.

'화친? 평화? 자기들 맘대로 쳐들어올 땐 언제고, 이젠 제멋대로 빠져나가겠다고? 그러진 못하리라.'

흐드러진 벚꽃 숲에 다시 왜병들의 요란한 총소리가 울린다. 함부로 쏜 탄환에 맞아 벚나무 가지들이 뚝뚝 꺾이고 벚꽃이 우수수 쏟아져 내린다. 돌산은 벚나무 사이로 내달린다. 벚꽃이 무심하게도 연분홍빛으로 흩날린다.

†

하느님의 뜻에 따라 조선 왕국에 갔습니다.
일본과 조선이 벌이고 있는 전쟁에 나간
2천여 가톨릭교도 병사들의 고백성사를 듣고
그들을 도와주기 위해서였습니다.
저는 그곳에 1년간 머물러 있었습니다. ……
폭군 간파쿠(도요토미 히데요시)는
날이 갈수록 마음에 독기를 품으며
우리의 신성한 교리에 증오심을 보입니다.
- 세스페데스의 편지, 1597년 2월

어찌하여 저를 그곳에 보내셨나이까

쓰시마 섬의 봄바람이란 게 도무지 후터분하다. 조선과 달리 벚꽃도 일찍 피고 져서 어느새 벚나무에 푸른 잎이 돋는다. 세스페데스 사제는 레온 수사와 함께 금석성에 머물며 휴식을 취하는 중이다. 쓰시마에 도착한 지 며칠 됐건만 좀체 여독이 풀리지 않는다. 일 년이 십 년이었던 것 같다. 워낙에 험난한 '코라이 여행'이었다.

'지난 일 년하고도 몇 달, 난 대체 거기서 무얼 하고 온 걸까……'

금석성에서는 마리아가 연일 환대를 아끼지 않는다. 외롭고 불안한 나날을 신앙에 의지해 보내던 터에 사제와 반가운 재회를 했으니 그럴 만하다. 어린 색시의 몸으로 홀로 성을 지키는 그녀 아닌가. 아버지 아우구스티노와 남편 다리오의 안부를 전해들은 뒤로는 그나마 걱정이 놓이는 듯 얼굴빛도 밝다. 마리아는 늘 그렇듯 줄리아와 하루를 함께한다. 줄리아는 그동안 몰라보게 자라 제법 소녀티가 난다. 그래도 애수 어린 눈망울만은 여전하다. 둘은 아우구스티노의 친딸과 수양딸이건만 얼핏 친자매 같다.

†

부활절 아침이다. 사제와 수사가 기도한다. 마리아와 줄리아도 함께 두 손을 모으고 있다. 아담한 실내 공간에 울리는 사제의 기도 소리는 차분하다. 부활의 기쁨에만 온전히 젖을 수 없어서다. 도리어 이런저런 상념에 잠기게 되는 순간이다. 기도회가 끝나고 마리아가 사제에게 조용히 부탁한다.

"신부님, 이제 줄리아도 다 컸으니 신부님이 정식으로 맡아주셨으면 해요. 본토로 떠나실 때 저 아이도 데려가주시면 안 될까요?"

"……."

사제는 천천히 고개만 끄덕일 뿐 말은 없다.

"먼저 보낸 비센테 권가회 그 아이처럼 말이에요."

"……."

말 없는 사제 앞에서 마리아만 혼자 종알거린다.

"신부님! 부디 저 아이가 하느님의 딸이 되도록 인도해주셔요."

사제는 멀리서 다소곳이 서 있는 줄리아를 그저 바라볼 뿐이다. 전란의 와중에 강제로 끌려온 '코라이 소녀'의 애련한 눈빛을 똑바로 대하기가 여전히 어렵다. 조선 땅에서 전쟁의 참상, 포로들의 참경을 목도하고 막 돌아온 그다.

"도미네 데우스……."

사제는 무거운 마음에 눈을 감는다. 결코 잊을 수 없는 또 한 아이의 얼굴이 떠오른다.

'그레고리오 을라수.'

그 순간 줄리아의 얼굴에 을라수의 얼굴이 겹쳐져 묘한 형상의 잔상이 맺힌다. 누구의 것인지 분간할 수 없는 얼굴이다.

'코라이에 두고 온 너는 어찌 되었는가? 나를 만난 첫날에 내 십자가 짐을 졌던 너, 내 친구여! 나 에스파냐 그레고리오는 이 부활절 아침에 너 코라이 그레고리오를 위해 기도한다.'

사제는 조용히 성호를 긋는다.

'내가 항상 너와 함께할지니 너는 네 의로운 싸움에 두려워하지 말라. 네 젊음마저 한 잎의 꽃으로 스러질지라도 네 영혼은 부활의 꽃으로 영원히 피리라.'

사제는 직감한 것일까, 조선의 의병 청년 을라수의 죽음을?

†

마리아는 일본 본토에서 온 사람들을 통해 들은 소식을 세스페데스 사제에게 전한다. 일본에서 기리시탄들은 전쟁과 금교령으로 이중의 고통을 받고 있으며, 유럽인 선교사들은 여전히 박해와 탄압을 받는다는 전언이다. 말을 전하는 마리아나 전해 듣는 사제나 걱정스럽다.

"신부님, 안 가시면 안 되나요? 저희와 함께 이 섬에서 사셔요."

"고마운 말씀입니다만, 나가사키 예수회에 귀환 보고를 해야 하니까 그럴 순 없지요."

"그럼, 그 뒤엔 또 어디로 가시게요?"

"……."

사제는 대답을 하지 못한다. 그러고 보니 딱히 갈 곳이 없다. 일본에서 조선으로 숨어들었던 것처럼 이제는 거꾸로 조선에서 다시 일본으로 숨어들어야 하는 처지다.

"신부님이 딱하셔서 어쩌나!"

마리아가 눈물을 글썽인다. 사제는 쓰시마의 망망한 바다를 바라보며 사념에 사로잡힌다.

'목숨에 위협을 받다가 쫓겨난 혼돈의 코라이 땅, 목숨에 위협을 받게 될 박해의 지팡 땅, 다시 돌아갈 수 없는 망각의 에스파냐 땅……. 그 어디에서도 나는 안착할 수 없는 이방인인가?'

"도미네 데우스, 쿠오 에고 바도(Domine Deus, Quo ego vado, 주여, 저는 어디로 가야 합니까)?"

사제의 입에서 라틴어 한마디가 낮은 신음처럼 울려 나온다.

†

세스페데스의 황금색 나무 십자가는
그렇게 비밀스럽게 조선에 남겨졌다.
1595년, 그해 봄 웅천 땅에 산벚꽃이 많이 피었는데
흡사 김을라수의 영혼이 꽃으로 부활한 듯했다.
일본으로 돌아간 세스페데스는 탄압과 박해 속에서
1611년 눈을 감기까지 종신서원한 사제의 삶을 이어갔으며
일본에 끌려온 조선인들을 위해 기도하는 것을 잊지 않았다.
줄리아는 생애 끝까지 배교의 유혹을 물리치고
신앙을 지키며 스스로 택한 고난의 길을 걸었다.
비센테 권가회는 1626년 기리시탄 박해 때
나가사키에서 화형을 당해 순교했다.